이현주 목사의

달팽룡
일기

이현주 목사의 대학 중용 읽기

2006년 3월 15일 초판 1쇄 펴냄
2016년 5월 20일 초판 4쇄 펴냄
2023년 5월 1일 2판 1쇄 펴냄

펴낸곳 (주)도서출판 **삼인**

지은이 이현주
펴낸이 신길순

등록 1996.9.16. 제 25100-2012-000046호
주소 03716 서울시 서대문구 연희동 220-55 북산빌딩 1층
          (서대문구 성산로 312)
전화 (02) 322-1845
팩스 (02) 322-1846
전자우편 saminbooks@naver.com

표지 디자인 (주)끄레어소시에이츠
표지 글씨 이철수
제판 문형사
인쇄 수이북스
제책 은정제책

ISBN 978-89-6436-236-5 03140

값 22,000원

이현주 목사의

대학
중용
읽기

삼인

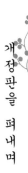

개정판을 펴내며

십 년쯤 전에 쓴 글을 다시 읽으면서 많이 부끄러웠습니다. 생각의 줄거리야 그동안 별로 달라진 게 없으니 새삼스레 부끄러울 것도 없겠습니다만, 제 말투가 이토록 건방지고 험상궂은 줄 몰랐습니다.

아마도 지난 십 년 세월, 저에게 그나마 조금이라도 진화進化된 구석이 있다면 제 말의 내용보다 말투라고 하겠습니다. 그리고, 이것은 저에게 매우 고맙고 중요한 사실입니다.

혹시 전에 이 책을 읽으신 분이 계시다면, 늦었지만 머리 숙여 사과드립니다.

이번에 다시 책을 내면서 잘못된 내용은 바로잡고 편집도 달리 해 보았습니다만, 그보다 중요한 것은 제 맘에 거슬리는 말투를 지우거나 다듬었다는 점입니다. 그런 뜻에서, 이 개정판 출간은 독자 여러분께도 그렇지만 누구보다 저 자신을 위해서 다행이라 하겠습니다.

꼼꼼하게 원문을 대조하고 문장을 손봐 주신 삼인 편집실 누이들,

어려운 출판 여건에도 불구하고 수지타산 없이 책을 내준 홍승권 아우님, 이번에도 좋은 그림으로 표지를 꾸며 주신 이철수 아우님께 감사드립니다.

2006년 2월 15일

이현주

차례

대학 大學 읽기

이 글에서 나는 『대학』大學을 주석하려고 하지 않을 것이다. 그런 일은 내가 할 수 있는 일도 못 되지만, 하고 싶지도 않다. 이 글을 쓰는 데 참고할 만한 책이, 본문으로 삼을 김혁제金赫濟 선생 교열校閱 『원본비지대학집주』原本備旨大學集註와 이기동李基東 선생 역해譯解 『대학강설』大學講說 두 권밖에 없는 것이 다행이다. 여기에 옥편 한 권 있으니 이만하면 적당한 행장을 갖춘 셈이다.

이현주는 한학漢學과 아무 인연이 없는 사람이다. 그 방면에 까막눈이라 해도 억울할 것 하나 없다. 그러나 겁도 없이 선뜻 『대학』의 문을 밀치고 들어가 보려고 하는 것은 아마도 내 속에 별 욕심이 없는 까닭이리라. 이 글로 누구를 깨우쳐 주리라는 마음은 정말이지 없다. 혹시 쓰는 도중에 내 곁으로 무슨 깨달음 비슷한 것이 슬쩍 지나가는 것을 훔쳐볼 수 있다면 그것으로 만족이다. 뭐 그런 게 없어도 좋다. 저 유명한 동양의 고전 『대학』을 한번 읽어 본다는 것만으로도 내 마음은 이미 그득한 상태다.

반드시 대청봉을 밟아야 "설악산에 들었다"고 말할 수 있는 것은 아니다. 울산바위나 흔들바위 정도 올라갔다 왔어도 양심에 가책 하나 없이 설악산에 들었다고 말할 수 있다. 그리고 그것은 조금도 잘못된 일이 아니다.

이제 『대학』의 첫 장을 펼치면서, 한 가지 더 말해둘 것이 있다. 그것은 내가 예수를 나의 '길'[道]로 모시며 그의 안내를 받아 걸어가는 자라는 사실이다. 내가 만일 『대학』의 어떤 구절에서 예수의 음성을 듣게 된다면 그것은 지극히 당연한 일이다. 일부러 그러려는 마음은 물론 없지만 아마도 그렇게 될 것 같다. '중심'에서는 모든 것이 서로 통하기 때문이고 나의 예수는 바로 그 '중심'에 계시기 때문이다.

사물마다 속이 있으니
모든 속은 깊고 넓다
깊은 속, 우리가
중심이라고 부르는
거기에서 거기로
가없는 우주가
모이며 팽창하거니와
깊을수록 그만큼 넓어지는
중심은
모든 겉을 삼켜 버린 속이다

1

대학大學의 길은 맑은 마음을 맑히는 데 있고 사람들과 하나 되는 데 있고 지극한 선善에 머무는 데 있다.

大學之道는　在明明德하며　在親民하며　在止於至善이니라.
대 학 지 도　　　재 명 명 덕　　　재 친 민　　　재 지 어 지 선

'대학지도'大學之道라는 말은 몇 가지 뜻을 함께 지니고 있다고 하겠다. 우선 생각할 수 있는 것이, "대학大學이라는 글공부에 참여한 자가 마땅히 할 일은"이라는 뜻이다. 대학을 공부하는 자라면 마땅히 이러저러해야 한다는 말이 되겠다.

아울러 글을 읽는 자로 하여금 이러저러한 사람이 되게 하는 데 대학의 목적이 있다는 말도 된다.

학문에는 목적이 있다. 그러기에 학문을 길(道)이라고 하는 것이다. 학문 그 자체가 목적은 아니다. 서울에 가려고 서울 가는 길을 걷는 것이지 서울 가는 길을 가려고 서울 가는 길을 걷는 것은 아니다. 배워서 남 주느냐는 농담이 한때 유행했지만 저 혼자서만 간직할 때 이미 그 앎은 앎이 아니라 썩은 고름 덩어리다. 지적 소유권이란 단

어는 아마도 틀림없이 누군가가 악마의 사전에서 훔쳐 온 것일 게다.

위의 한마디 말씀을 공자孔子가 한 것인지 증자曾子가 한 것인지 그건 모르겠으되 아무튼 사람이 대학을 공부하는 데는 세 가지 목적이 있다는 얘기다. 그런데 이 세 가지는 목적이면서 수단도 된다. 서울 가는 길은 서울 가는 길이면서 동시에 곧 서울이기도 하다. 서울 가는 길과 서울은 어디에서도 분리되지 않는다. 새벽에 기도하기 위하여 문 밖을 나설 때 이미 그 영혼은 기도를 드리고 있는 것이다.

명명덕明明德과 친민親民과 지어지선止於至善. 이 세 가지는 대학大學을 공부하는 사람이 이루어야 할 목표다. 동시에 이 세 가지를 실천함으로써 대학이 완성된다.

'명명덕' 明明德은 맑은 덕德을 맑힌다는 말이다. 맑은 것을 맑히다니? 무엇을 맑게 한다는 말은 그 무엇이 더럽다는 말을 전제로 한다. 더러우니까 맑히는 것이다. 본디 맑은 것인데 더러워졌다. 그래서 그것을 다시 맑은 상태로 돌아가게 한다.

덕德의 본디 글자는 '곧을 직'直 아래 '마음 심'心을 붙여서 '덕'悳으로 쓴다. 한자는 표의문자니까 새기면 마음이 곧게 드러난다는 뜻이 된다. 하늘이 내린 맑은 마음이 굴절 없이 그대로 나타나면 그게 덕德이다. 아아, 티 없는 마음! 아무 때가 묻지 않은 마음! 거울 같은 마음!

사물이 오면 오는 대로 응하다가 사물이 가면 이내 공空으로 돌아가 정적에 묻힌다. 터럭만큼도 꿍꿍이속이 없다. 문자 그대로 '깨끗' 하다. 도둑이 들어 물건을 모조리 가져갔을 때 "깨끗이 털어갔다"고 한다. 아무것도 묻어 있지 않은 것을 우리는 '깨끗하다' 는 말로 표현한다.

대학을 공부한다는 것은 무슨 엄청난 전문 지식을 경쟁하듯이 쌓는 것이 아니라, 몸과 마음에 묻은 때를 닦아 내고 온갖 쌓여 있는 허섭스레기를 치우는 것이다. 덜어 내고 또 덜어 내어 마침내 아무 하는 바가 없음에 이르는 것(損之又損 以至無爲)이 이른바 대학생大學生의 할 일이라는 얘기다.

마음을 깨끗이 한다는 말을 다르게 표현하면 마음을 비운다는 말이 된다. 어떤 이는 이를 "의지의 침묵"이라고 한다. 자기의 뜻을 사사로이 지니지 않는다. 이건 이렇게 해야 해, 저건 반드시 없애야 해, 이런 말도 주장도 하지 않는다. 그 무엇도 '나의 뜻'에 따라서 하지 않는다. 아니, 그에게는 자기 것이라고 고집할 뜻이 따로 없다.

> 공자는 네 가지가 없으셨으니, 의意가 없고 필必이 없고 고固가 없고 아我가 없으셨다.(『논어』論語, 자한子罕)

여기 의意는 사사로운 뜻(私意)이고 필必은 반드시 그렇게 한다(期必)요 고固는 고집固執이고 아我는 대상과 떨어져 있는 나(私己)를 말한다.

장자莊子의 지인至人 애태타는 화이불창和而不唱이었다. 언제나 상대한테 어울려 주면서 자기를 주장하는 일이 없었다는 얘기다. 노자도 말하기를 "성인은 자기 마음을 따로 지니지 않아서 백성의 마음으로 자기 마음을 삼는다"고 했다.(49장)

시종일관 '내 뜻'을 비우고 '아버지 뜻'을 좇아서 살다가 죽은 이가 예수였다. 그랬기에 예수는 당신을 좇겠다는 자에게 "자기를 비우고 십자가를 지고(죽고) 따라오라"는 요구를 당당히 할 수 있었던 것이다.

자신의 '명덕'明德을 맑은 거울처럼 닦고 또 닦아 내겠다는 것이 신수神秀였다면, 닦아 낼 나의 마음이라는 게 따로 없노라고 시치미를 떼는 게 혜능惠能이었다. 둘을 구태여 나눠 놓고 보는 것은 우습다. 같은 경지를 다른 말로 표현한 것일 뿐이다.

양파를 생각한다. 여기 '명덕'明德이란 게 양파와 같은 것 아닐까? 껍질을 벗기면 또 껍질이 나온다. 벗기고 또 벗기면 아무것도 남지 않는다. 도대체 양파의 알속이란 있는 것일까, 없는 것일까? 하늘이 내린 맑은 마음이란 있는 것일까, 없는 것일까?

좋다. 있다고 해도 좋고 없다고 해도 좋다. 우리가 할 일은 때 묻은 껍질을 벗고 또 벗는 것이다. 비워야 할 나의 마음이라는 게 따로 없었음을 문득 깨닫고 절대 자유, 절대 자연의 경지에 녹아들기까지.

껍질 벗기란 '이것이다' 싶었던 것을 버리는 일이다. 어느 단계에도 머물러 고착되지 않기! 끝없이 뒤에 있는 것을 잊고 앞으로 나아가기! 모든 '절대'를 가차 없이 상대화하기.

그러면 우리는 어떻게 맑은 마음을 맑힐 것인가? 몸과 마음에 묻은 때를 닦아 내면 된다. 어떻게, 무엇으로, 닦아 낼까? 닦아 내는 일이 또 다른 작위作爲로 되면 소용없는 짓이다. 소용없을 뿐 아니라 없던 때를 하나 더 입히는 결과로 되는 수가 있다. 혹 떼려다가 혹 붙이는 격으로, 우리의 의지와 행위 자체가 이미 더러운 때로 잔뜩 오염되어 있으니 닦아 낸다는 게 오히려 더 많은 때를 묻히는 꼴이 되고 마는 것이다. 때가 잔뜩 묻은 걸레로 유리창을 닦는다. 그 결과가 어떠하겠는가?

그렇다면 어떻게 할 것인가?

앤서니 드 멜로 신부의 말을 들어 보자.

무한한 바다만이 갈라진 것을 결합시킵니다. 그러나 이 진리의 바다에 다다르기 위해서는 공식에 매이지 않은 맑은 사고를 가져야 합니다.

맑은 사고란 무엇이며, 어떻게 그것을 가질 수 있을까요? 우선 알아야 할 것은 무슨 거창한 공부가 필요치 않다는 것입니다. 그것은 열 살배기 아이도 할 수 있는 간단한 일이지요. 필요한 것은 배우는 것이 아니라 안 배우는 것이며 재능이 아니라 용기입니다. 남루한 가정부 노파의 팔에 안긴 어린아이를 상상해 보세요. 그 아이는 너무 어려서 나이 든 사람들의 편견을 아직 배우지 못했습니다. 그래서 노파의 품에 안겨 있을 때, 아기는 자기 머릿속에 있는 노파의 꼬리표에 반응하는 것이 아닙니다. 백인이다, 흑인이다, 추하다, 예쁘다, 늙었다, 젊었다, 엄마다, 하녀다 등의 꼬리표가 아니라 실재에 반응하고 있습니다. 노파는 아이가 원하는 사랑을 주고 있으며 아이는 바로 그러한 실재에 반응합니다. 노파의 이름이나 모습이나 종교나 인종이나 교파에 반응하는 것이 아닙니다. 이러한 것들은 완전히 절대로 관계없는 것들이지요. 어린아이는 아직 어떠한 신념이나 편견도 없습니다. 바로 이러한 바탕에서 맑은 사고가 생깁니다. 그리고 이러한 바탕을 얻으려면 배워서 얻은 것을 모두 버리고, 실재를 바라보는 시야를 흐리게 하는 과거의 경험이나 틀에 매달리지 않는 어린아이와 같은 마음을 가져야 합니다.

요약컨대 '명명덕'明明德을 해야 한다는 말이다. 여기까지는 독자들도 앤서니 신부의 말에 어렵잖게 동의할 것이다. 하늘나라 시민의 마음인 동심을 찾으라는 얘기다. 그런데 그것을 어떻게 찾을 것인가? 여기서 앤서니 신부의 방법론이 재미있다.

……노력이 행동을 변화시킬 수는 있겠지만 사람을 바꾸지는 못합니다. '제가 거룩해지기 위해서 무엇을 해야 합니까?' 하고 물을 때 그 질문이 드러내 보여 주는 마음은 어떤 종류의 것인가 한번 생각해 보세요. 그것은 어떤 물건을 사기 위해 얼마를 지불해야 할지, 거룩함을 얻기 위해 무슨 희생을 치러야 할지, 어떤 수행을 해야 할지, 어떤 명상을 해야 할지 묻는 것과 같은 마음이 아닙니까? 한 여인의 사랑을 얻기 위해서 외모를 가꾸거나 신체를 단련하고 행동거지를 바꾸고 그녀에게 매력적으로 보일 방법을 연습하는 사람을 상상해 보세요. 진정으로 남의 사랑을 얻는 것은 기술을 연마해서 되는 것이 아니라, 어떠한 인격의 사람이라는 그 사실로써 가능해지는 것입니다. 그리고 그것은 결코 노력이나 기술을 통해서 얻을 수 없지요. 영성과 거룩함도 마찬가지입니다. 당신의 행위가 그것을 주는 것이 아닙니다. 그것은 돈으로 살 수 있는 물건도, 경쟁해서 획득할 수 있는 상도 아닙니다. 문제는 당신이 무엇이며, 무엇이 될 것인가입니다.

거룩함은 성취하는 것이 아니라 은총으로 주어지는 것입니다. 그것은 '깨달음' '바라봄' '관찰'이라고 하는 은총입니다. 매일 매일 깨달음의 불을 켜고 자신을 관찰하고 주위의 모든 것을 관찰하기만 하면, 조금도 왜곡하거나 덧붙이지 말고 엄밀하게 거울에 자신을 비춰 본다면, 그리고 이렇게 비친 모습을 판단하거나 단죄하지 않고 관찰하기만 한다면, 당신 안에서 모든 종류의 놀라운 변화가 일어나는 것을 경험하게 될 것입니다.

인용이 길어졌다. 앤서니 신부의 권유는 그냥 드러내라는 것이다. 어둠은 빛에 노출될 때 절로 사라진다. 곰팡이는 햇빛을 받을 때 없어진다. 묻은 때를 닦아 내려고 어떤 노력을 따로 기울이지 말고, 그냥 때를 때로 바라보라는 얘기다. 자기가 자기를 바꾸는 게 아니라 자기 속에서 바뀌고 있는 자기를 관찰하는 것이다.

"보라, 누구든지 그리스도 안에 있으면 새로운 피조물이다!" 이제부터 새로운 피조물로 되는 게 아니라 이미 새로운 피조물이다. 그리스도 안에 있다는 말은 빛 가운데 노출되었다는 말이다.

마음이 깨끗한 사람은 복이 있어서 하느님을 본다고 했다. 마음이 깨끗하면 눈에 보이는 모든 것이 하느님의 빛나는 영광(모습)이라는 얘기다. 조각가 최종태 교수의 고백이다.

……내 앞에 그분이 계셨습니다. 설명할 수 있는 어떤 형상으로는 아니었습니다. 그러나 분명히 앞에 나와 마주하고 있는 분이 계셨습니다. 내 주변은 전체가 빛이었습니다. 나도 빛이었습니다. 나는 내가 분명히 있다는 것을 알았지만 육체로는 아니었습니다. 앞에 있는 식탁이나 그런 것들도 모두 빛으로 있었습니다. 아무튼 전체가 빛으로만 있었을 뿐 물체는 없었습니다. 그분은, 지금 나와 마주하고 있는 그분은 물론 빛이었습니다. 나는 웃었습니다. 내가 그토록 찾아 헤매

던 그분이 바로 여기 계신 것을……. 당신은 지금 여기 나와 함께 전부터 그렇게 계신 것이었습니다. 그분은 아주 좋으신 분이셨습니다. 어머니 같고 아버지 같고 좋은 선배 같고 그렇게 편한 분이셨습니다. 그러니까 내가 웃을 수가 있었던 것입니다…….

빛이 위로부터 무진장 쏟아졌습니다. 굉장한, 말로 할 수 없는 밝고 맑은 빛이었습니다. 처음에는 금빛에 가까운 빛이었습니다. 그분과 나를 볼 때는 그랬습니다. 위로부터 쏟아지는 빛은 순백에 가까운 빛이었습니다…… 온몸의 상태가 도저히 말로는 뭐라고 형용할 수 없이 좋았습니다. 기쁨이라 할지 열락이라 할지, 말로는 그 좋은 상태를 절대로 표현할 수 없습니다…….

그때부터 사물들이 전혀 다른 모습으로 보였습니다. 풀과 나무와 집과 구름 들이 너무나도 경이롭게 보이는 것이었습니다. 세상이 온통 생명에 넘치고 아름답게 보이는 것이었습니다. 한강 철교를 지나가는 기차도 열심히 달려가는 생명체로 보였습니다. 택시를 타고 학교를 가는데 기사가 내 눈물을 볼까 봐 많이도 얼굴을 감추었습니다. 길가에 서 있는 전신주까지도 생명으로 활활 넘치는 것이었습니다…….

최 교수는 이런 상태가 두어 달 가량 지속되었다고 말한다. 베드로 등이 산꼭대기에서 빛처럼 희게 변한 예수의 모습을 보았을 때에도 최 교수가 느낀 희열을 맛보았을 것이다.

'명명덕'明明德이 이루어지면 아마도 그런 경지에 들 수 있을 것이다. 마음이 깨끗하면 하느님을 볼 것이라고 했다.

수정처럼 투명한 몸은 그림자를 만들지 못한다. 그래서 그는 사방

둘레에 눈부신 빛이 충만함을 보게 되는 것이다.

"대학지도大學之道는 재명명덕在明明德이라." 대학大學을 공부하는 목적은 '나'를 투명하게 비워 빛 가운데 빛으로 존재토록 하는 데 있다는 얘기다. 대학물을 먹은 사람이라면 뭘 자꾸 얻어서 쌓아 두는 쪽이 아니라 (그것이 지식이든 업적이든 아니면 재물이든!) 있는 것을 덜고 또 덜어 내는 쪽으로 삶의 방향을 잡아 마침내 허공처럼 투명한 존재로 되는 데 인생의 목적을 둘 일이다. 그러나 거기에 머물러 있어서는 안 된다. "대학지도大學之道는 재친민在親民이라"는 말이 그 말이다.

베드로, 야고보, 요한을 데리고 높은 산으로 오르셨던 예수는 거기서 빛과 같이 눈부신 당신의 모습을 보여 주신 다음 제자들과 함께 산에서 사람 사는 마을로 내려오셨다.

깨달음의 산마루에 오른 사람은 돌이켜 다시 산자락으로 내려와야 한다. 내려오되 자기 몸의 빛을 짐짓 가려 사람들로 하여금 눈이 부시지 않도록 해야 한다. 화기광和其光하여 동기진同其塵이라, 빛을 감추어 티끌과 하나로 되라고 했다.

> 모세는 하느님께 받은 명령을 나오는 길로 이스라엘 백성에게 전하였다. 이스라엘 백성이 모세를 쳐다보면 그 얼굴 살결이 환하게 빛나고 있었다. 그래서 다시 야훼와 대화하기 위하여 들어갈 때까지 얼굴을 수건으로 가리고 있어야 했다.(「출애굽기」 34:34, 35)

모세가 얼굴을 수건으로 가린 것은 '친민'親民을 하기 위해서였다. 성인聖人은 누더기 속에 옥을 품고 있다〔被褐懷玉〕고 했다. 한 갓난아이가 포대기에 싸여 구유에 누워 있다. 그가 바로 온 세상을 구원할 그리스도였다.

속이 수정처럼 투명한 사람이 겉을 누더기로 감싼다. 아직 깨치지 못한 사람들과 가까이 어울리기 위해서다. 하느님이 사람의 몸을 입으셨다. 죽어 가는 사람들을 영생의 길로 이끌기 위해서였다.

자유인 바울로는 친민親民을 위하여, 스스로 모든 사람의 종이 되었다.

> 나는 어느 누구에게도 매여 있지 않는 자유인이지만 되도록 많은 사람을 얻으려고 스스로 모든 사람의 종이 되었습니다. 내가 유다인들을 대할 때에는 그들을 얻으려고 유다인처럼 되었고 율법의 지배를 받는 사람들을 대할 때에는 나 자신은 율법의 지배를 받지 않으면서도 그들을 얻으려고 율법의 지배를 받는 사람처럼 되었습니다. 나는 그리스도의 법의 지배를 받고 있으니 실상은 하느님의 율법을 떠난 사람이 아니지만 율법이 없는 사람들을 대할 때에는 그들을 얻으려고 율법이 없는 사람처럼 되었습니다. 그리고 내가 믿음이 약한 사람들을 대할 때에는 그들을 얻으려고 약한 사람이 되었습니다. 이와 같이 내가 어떤 사람을 대하든지 그들처럼 된 것은 어떻게 해서든지 그들 중에서 다만 몇 사람이라도 구원하려고 한 것입니다. 나는 복음을 전하기 위해서는 무슨 일이라도 하고 있습니다. 그리하여 그들과 다 같이 복음의 축복을 나누려는 것입니다.(「고린토전서」 9:19~23)

대학을 공부하는 사람이 자신의 몸과 마음을 맑게 하고 나서 백성을 가까이 하는〔親民〕목적은 그들도 자기처럼 맑은 존재가 되게 하려는 데 있다. 이런 뜻에서 정자程子가 '친'親을 '신'新으로 읽어야 한다고 주장한 것이 그럴듯하다. 그러나 반드시 친親을 지우고 신新을 써넣어야 할 이유는 없다고 본다. 오히려 그렇게 읽을 경우, 백성 위에서 그들에게 무슨 시혜施惠를 내리는 모습을 연상케 되는 위험이 따를 수 있다. 군자의 참된 모습은 소인小人 위에 군림하여 그들을 이래라 저래라 가르치는 데 있지 않고, 소인들 가운데 섞여 들어가 그들이 저도 모르게 교화되도록 작용하는 데 있다.

증자는 공자 문하에서 공부하던 친구 안연顔淵을 회상하여 "있으면서 없는 듯, 가득하면서 비어 있는 듯"〔有若無, 實若虛〕그렇게 처신했다고 말한다.(『논어』, 태백泰伯)

예수는 하늘나라가 밀가루 서 말 속에 넣은 누룩과 같다고 했다.

'친민'親民은 백성과 가까워진다는 뜻을 넘어 백성과 하나로 된다는 말로 새기는 게 좋겠다. 상민常民 위에 군림하는 양반兩班, 그는 이미 군자의 모습이 아니다. 맹사성(孟思誠, 1360~1438)이 고향인 온양을 다녀오는 길에 주막에서 만난 나그네가 그를 재상宰相으로 알아보지 못하고 농지거리를 했다는 얘기는 유명하다. 그게 진짜 군자의 모습이다.

"누가 능히 스스로 더러우면서 그 더러운 것들을 천천히 맑힐 수 있으랴?"〔孰能濁以靜之徐淸〕누룩처럼 밀가루 속에 들어가야 한다. 화육化肉 없는 메시아는 있을 수 없다.

대학의 길은 백성과 친하여 그들 속에서 그들과 하나 되어 마침내 그들을 교화하는 데 있다. 절간에 가면 흔히 벽화로 그려 놓은 십우도十牛圖를 보게 되거니와 열 가지 장면의 마지막은 이윽고 도道를 얻어 배가 불룩해진 중이 (진짜 깨우침은 머리가 아니라 배에 있다) 낚싯대 하나쯤 걸머메고 사람 사는 마을에 나타나는 모습이다. 경허鏡虛 이르기를,

바랑 지고 저자에 놀며〔荷袋遊市〕
요령 흔들고 마을에 들어가는 것〔振鈴入寸〕이
실로 일 마친 사내의 경계〔了事漢境界〕렷다.

그러나 대학大學을 공부한 사람의 길은, 자기를 맑혀 투명하게 하고 다른 사람들 속에 들어가 그들과 하나 되는 것으로 끝나지 않는다. "대학지도大學之道는 재지어지선在止於至善이니라", 지극한 선善에 머무는 것이라고 했다. 무엇이 지극한 선善인가?

명명덕明明德과 친민親民, 그것을 일컬어 지선至善이라고 한다. 자기를 맑게 하여 천연天然의 본디 모습으로 돌아가는 것, 그리하여 이 세상을 밝히는 빛으로 존재하는 것, 참 좋지 않은가? 사람으로 세상에 태어나 한번 목숨 걸고 해볼 만한 일이 아닌가? 모세가, 엘리야가, 욥이, 요한이, 바울로가, 무함마드가, 석가가, 간디가…… 모두 그 길로 들어서 영생의 품에 안긴 사람들 아닌가? 그들은 모두 홀로 걸었다. 그러나 홀로 걸으면서 만물을 제 몸에 모셨다. 역사가 그들의 몸을 타고 흘렀다.

마지막 문장에서 가장 중요한 문자는 '지'止다. 여기서는 '머무를 지'로 새기는 게 무난하겠다. 거기서 산다는 뜻도 있고 어디에 이른

다는 뜻도 있지만, 거의 모든 독자가 '머무른다'는 뜻으로 읽어 왔으니 일부러 다른 뜻으로 새기려고 머리를 굴려볼 것까지는 없다.

머무른다는 말은 어디에 고착되어 있다는 뜻으로 사용되기도 하지만 여기서는 지선至善의 땅〔地〕을 벗어나지 않는다는 뜻으로 새겨 두자. 거기에 미치지 못함도 아니요 거기를 지나쳐 감도 아니다. 과過도 불급不及도 아닌 자리, 중도中道의 자리를 떠나지 않는 것이다.

주자朱子는 이르기를, 천리天理의 극極을 다하여 털끝만큼의 욕심도 부리지 않아 사私를 온전히 여의는 것이 곧 지선至善에 머무는 것이라고 했다.

자기를 맑게 함〔明明德〕은 자기를 비우는 것, 털끝만큼의 사私도 남겨 두지 않는 것이다. 노자는 이르기를, "사람이 한결같음〔常〕을 알면 모든 것을 받아들이고 모든 것을 받아들이면 그게 곧 공公이요 공公은 왕王이요 왕王은 하늘〔天〕이라"고 했다. 왕국에서 왕의 손길이 미치지 않는 곳 없고 하늘 아래 세상에서 하늘이 닿지 않는 곳 없다.

아아, 만일 내가 온전히 사私를 여읠 수만 있다면! 거기서 문득 나는 모든 너와 한 몸인 나를 보게 될 것이다.

메마른 땅에서 오랜 순례를 끝낸 소금 인형이 바다에 이르러 전에 본 적도 없고 알 수도 없는 것을 발견하였습니다. 단단하고 작은 소금 인형은 딱딱한 땅 위에 서서, 움직이고 불안전하고 시끄럽고 이상하고 알 수 없는 새로운 또 다른 땅이 있음을 보았습니다. 인형은 바다에게 물었지요.

"도대체 너는 무엇이냐?"

그러자 그것은 말했습니다.

"나는 바다야."

인형이 다시 말했습니다.

"바다가 무엇이냐?"

"그것은 나야."

"나는 알 수 없구나. 그러나 나는 알고 싶다. 어떻게 알 수 있지?"

바다가 대답했습니다.

"나를 만져 봐."

인형은 수줍은 듯이 발을 내밀어 바다를 만졌습니다. 그는 무엇인가 알 것 같은 생각이 들었습니다.

그가 다리를 들이밀었을 때 그의 발가락은 보이지 않았습니다. 그러자 그는 겁이 나서 말했습니다.

"어쩌니? 내 발가락은 어디 있고 너는 무슨 짓을 했니?"

바다가 말했습니다.

"너는 알기 위해 무엇인가 준 거야."

점차로 물은 소금 인형을 조금씩 가져갔고 그 인형은 점점 더 바다 속으로 들어감에 따라 바다를 알 수 있었지만 무엇이라 말할 수는 없었습니다.

"도대체 바다는 무엇이지?"

인형은 더 깊게 들어갔고 그렇게 함으로써 점점 더 녹았습니다. 마침내 파도가 그의 마지막 부분을 녹여 버렸을 때에 인형이 말했습니다.

"그것은 나야!"

(안토니 블룸, 『살아 있는 기도』에서)

누구든지 당신을 위하여, 곧 진리를 위하여, '자기 생명'을 버리는 자는 '생명'을 얻는다고 예수는 말씀하셨다. 티끌 같은, 아니 티끌일 따름인 목숨을 내주어 영생하는 목숨을 얻는다!

따로 선을 행하는 것이 아니다. 아무리 엄청난 선행善行을 한다 해도 그것 가지고는 지선至善에 머문다(止)고 할 수 없다.

살아 있음, 숨 쉬고 먹고 마시고 걷고 눕고 앉고 서는 모든 것이 그대로 무사無私일 때 비로소 지선至善의 땅에 노닌다 하겠다.

그쯤 되면 백성과 더불어 가까이 사귀는 것도, 그렇게 해야 한다는 당위에 의해서 그렇게 하는 작위作爲의 몸짓이 아니라 산 사람이 숨을 쉬듯 스스로 저절로 그러한 것이다.

위대한 업적을 남긴다? 우스운 말이다! 『대학』大學을 제대로 공부한 사람이라면 그 말이 얼마나 터무니없는 헛소리인지 알 것이다. 물론 사람이 땅거죽 무겁게 걷다보면 발자취가 남지 않을 수 없는 일이다. 그러나 대학인大學人은 자기 뒤에 남아 있는 발자취가 자기만의 것이 아님을 알고 있다. 무슨 일을 이루었다면 그 성취가 자기 혼자의 힘에 의한 것이 아님을 너무나도 잘 알고 있다. 어떻게 무슨 공功을 '나의 것'으로 차지할 것인가? 있을 수 없는 일이다!

아무리 좋은 것도 지나치면 못쓴다. 지나침은 모자람과 똑같은 것! 『대학』을 공부하는 자의 길은 과過도 피하고 불급不及도 피하여 항아리를 가득 채운 물의 표면 장력 상태를 유지하는 데 있다. 결코 쉬운 일은 아니다. 공자는 자기 평생에 그런 상태를 한결같이 유지하는 사람을 보지 못했다고 한다. 그렇다. 쉬운 일은 아니다. 그러나 그러니까 짧은 세월 아껴 한번 시도해 볼 만한 일 아니겠는가?

게다가 우리에게는 예수의 선언이 있다. "사람의 힘으로는 할 수 없지만 하느님은 하실 수 있다!"

2

머물 곳을 안 다음에 마음을 잡을 수 있고 마음을 잡은 다음에 고요
할 수 있고 고요한 다음에 평안할 수 있고 평안한 다음에 생각할 수
있고 생각한 다음에 얻을 수 있다.

知止而后에 有定하며 定而后에 能靜하며 靜而后에 能安하며 安
지 지 이 후   유 정   정 이 후   능 정   정 이 후   능 안   안

而后에 能慮하며 慮而后에 能得이니라.
이 후   능 려   여 이 후   능 득

대학大學을 공부하는 목적을 밝혔으니 이제는 그 방법을 얘기할 차
례가 되었다. 『대학』은 공부하는 순서를 밝힌 책이라고 해도 될 만큼
선先과 후後를 많이 따진다. 선을 선으로 알고 후를 후로 아는 것이
공부의 내용이라고 해도 지나친 말이 아니다.

천지자연은 그 자체가 거대하고 세밀하여 조금도 어긋남이 없는
질서다. 이 순서를 거꾸로 뒤집는 것이 작위作爲요 인위人爲다.

봄이 지나면 여름이다. 세월은 결코 여름에서 봄으로 흐르지 않는
다. 싹이 난 뒤에 줄기가 자라고 줄기가 자란 뒤에 꽃이 피고 꽃이 핀

뒤에 열매가 맺히고 열매가 맺힌 뒤에 열매가 익는다. 그것이 바로 '하늘나라' 다.

사람이 이 순서를 좇아서 먼저 할 일을 먼저 하고 나중에 할 일을 나중에 한다면, 그렇게 했다면, 오늘의 공해 지옥은 존재하지 않을 것이다.

봄 여름 가을 겨울, 철에 따라 바뀌는 자연의 순서를 배우고 익혀 바야흐로 그 '철'이 몸과 하나로 되는 것을 "철든다"고 한다. 글공부 란 문자를 많이 외는 데 있지 않고 자연의 엄연한 순서인 '철'과 하나 로 되는 데 그 목적이 있다. 천리天理를 좇아, 우주의 길이기도 한 '질 서'에 순順하여 살아가는 사람, 그가 곧 명명덕明明德으로 친민親民하 는 지선至善의 경지에 머물러 있는 사람이다. 공자는 나이 일흔이 되 어 내가 하고 싶은 대로 해도 하늘의 법도에 어긋나지 않는 경지에 이르렀다고 고백했다.

차례를 좇아서 공부하다 보면 그 차례가 몸에 배지 않겠는가? 사 람이 먼저 할 일과 나중에 할 일을 잘 알아서 먼저 할 일을 먼저 할 줄 안다면, 그런 사람을 가리켜 과연 '대학물'을 먹은 사람답다고 해 도 괜찮을 것이다.

생존 자체가 순서요 존재 자체가 질서다. 차례를 익혀라. 하느님 의 창조 자체가 이미 질서 아닌가? 그분의 법이 곧 '순서' 다.

하늘의 명命 앞에서 '내 뜻'을 세워 하늘 명[天命]을 어긴 것이 첫 사람 아담의 길이었다면, 하늘의 명령 앞에서 '내 뜻'을 꺾어 천명에 순順한 것이 둘째 아담, 예수의 길이었다. 『대학』은, 아담의 길에서 돌이켜 예수의 길로 가는 순서를 가리키는 이정표다.

'지지' 知止는 "머물 곳을 안다"로 읽는다. 공부의 목적이 어디에 있는지를 안다는 말이다. 여기서 '머물 곳'이란 물론 지선至善의 땅[地]이다. 자기를 맑게 비워 진리의 빛이 자기로 말미암아 가리어지지 않도록 하되, 투명한 자기를 누더기로 가리고 백성들과 하나 되어 이윽고 그들을 맑은 존재로 교화시키는 것을 공부의 목적으로 삼는다는 얘기다.

새벽부터 밤중까지 수십 만 어린 아이들을 교실에 잡아 가두고 공부 공부 또 공부를 시키는데, 그 목적이 오직 상급 학교에 들어가는 데 있다. 이러고도 어찌 그 나라의 장래를 희망한단 말인가?

대학大學의 길은 유식한 바보를 만드는 데 있지 않다.

공부의 목적을 제대로 알게 되면, 지지이후知止而后에 유정有定이라, 마음을 잡게 된다. 주자는, "지지즉지유정향知之則志有定向이라" 머물 곳[至善之所在]을 알면 뜻의 방향을 정하게 된다고 했다.

마음이 오로지 정定하면 여기저기 기웃거리거나 뒤를 돌아보지 않게 된다. 정定은 흔들리지 않는 것이다. 이 일이 그렇게 단번에 이루어진다고 생각했다가는 이내 자신한테 낙심하여 학문이고 뭐고 중동무이하기 십상이다. 쉽게 기대하면 쉽게 실망하는 법. 공자는 나이 열다섯에 뜻을 학문에 두었고 서른에 가서 섰으며 마흔에 이르러 어디에도 혹하지 않게 되었다고 했다. 열다섯에 뜻을 세운 다음 마흔에 가서야 비로소 정定에 들 수 있었다는 얘기가 된다.

몸과 맘이 정定에 들면 고요함[靜]을 얻게 된다. 고요함이란 마음이 망동妄動하지 않는 것이라 했다. 이때의 정靜은 바깥 사정에 따라 이랬다저랬다 하지 않는 것이다. 맑은 거울의 고요함을 연상해 보는 게 정靜을 이해하는 데 도움이 되겠다.

맑은 거울! 추한 사물이 온다 해서 꺼리지 않고 예쁜 사물이 온다 해서 설레지 않는다. 아니, 맑은 거울은 사물을 사물로 비춰 줄 뿐, 예쁘다 추하다 하는 주관을 따로 지니지 않는다. 거울은 누구도 깨뜨릴 수 없는 고요함의 세계를 유지한다.

성긴 대밭에 바람이 분다. 바람이 지나간 뒤 대밭에는 바람 소리 남아 있지 않다〔風來疎竹風過而竹不留聲〕. 기러기 떼 추운 연못 위로 날아간다. 기러기들 날아서 지나간 뒤 연못에는 새 그림자 남아 있지 않다〔雁度寒潭雁過而潭不留影〕. 그러므로 군자는 사물이 오면 비로소 마음을 내어 응하다가 사물이 가면 따라서 마음도 텅 비운다〔故君子事來而心始現事去而心隨空〕.

이것이 고요함〔靜〕이다. 바깥 사물을 향하여 모든 문을 닫고 갇힌 공간에서 맛보는 그런 고요가 아니다. 온갖 비난과 칭찬의 말소리를 들으면서 그 말에 따라서 웃었다 울었다 하지 않는 고요함, 그것이 '정'靜이다.

쉼 없이 움직이면서 미동도 하지 않는다. 이와 같은 정靜에 들 때 비로소 평안平安을 얻는다. '안'安은 집안에 여자가 있으니 모든 것이 제대로 돌아간다는 뜻이다. 언제부턴가 사람들은 남자는 바깥일을 여자는 집안일을 맡아서 하게 되었다. '안'安이라는 문자가 만들어질 때 이미 그런 생활 문화가 형성되어 있었다고 보는 게 무난하다. 그것이 바람직한 것이냐 아니냐는 여기서 따질 문제가 아니다.

여자가 없는 집안은 모든 것이 뒤죽박죽이다. 안에서 '살림'을 하지 않으니 집안이 '죽음'으로 쏠릴 수밖에 없다.

마음이 고요함에 들었다 함은 마음이 제 주인을 모셨다는 뜻이다. 마음이 주인을 모시면 명상과 사색을 위하여 따로 고요한 장소를 찾을 필요가 없다. 시끄러운 저잣거리 한복판에서도 그의 마음은 태평이다. 길을 걸으면서도 묵상에 잠길 수 있고, 시위대의 물결에 동참하여 구호를 외치면서도 맑은 눈으로 자신과 사물을 관觀할 수 있다.

이와 같은 '안安'에 들 때 비로소 생각을 할 수 있게 된다. 안이후安而后에 능려能慮라 했다.

생각! 이때의 생각은 단순히 뇌의 기능을 작용시키는 것이 아니다. 존재의 깊이, 그 신비를 파고들어 가는 작업이 '여慮'다. '여慮'를 해자解字하면 호랑이를 잡으려고 궁리한다는 뜻이 된다. 이런저런 생각이 떠오르는 대로 두서없이 오락가락하는 게 아니라, 한 가지 목적을 두고 그 목적을 향하여 광부가 광맥을 캐어 들어가듯 정진하는 것이다. 호랑이를 잡으려고 궁리하는데 여기에 빈틈이 있으면 호랑이를 잡기는커녕 오히려 잡아먹히는 수가 있다. 그만큼 '생각'은 위험한 것이다. 생각하되 그 생각에 휘둘리지 말 일이다.

선승禪僧이 공안公案을 참구하는데 오매불망 찰나간의 간격도 없이 그놈만 붙들고 늘어지듯이 그렇게 생각을 밀고 나아가면 마침내 "여이후慮而后에 능득能得이니라", 생각 끝에 얻을 수 있다고 했다.

얻다니? 무엇을 얻는가? 명명덕明明德과 친민親民의 경지에 이르러 그 지선至善의 땅에 머무는 삶!

3

물物에는 뿌리와 가지가 있고 일에는 나중과 처음이 있으니 먼저와
나중을 가려 알면 도道에 가깝다.

物有本末하고 事有終始하니 知所先後면 則近道矣니라.
물 유 본 말   사 유 종 시   지 소 선 후   즉 근 도 의

　나무를 본다. 뿌리가 있고 끝 가지가 있다. '나무 목'木의 아랫부분
에 작대기를 걸치면 본本이 되고 윗부분에 작대기를 걸치면 말末이
된다. 나무의 아래에 있는 것은 뿌리요 위에 있는 것은 가지다.
　씨를 땅에 심으면 뿌리가 먼저 나오고 그 뒤에 싹이 난다. 뿌리와
가지가 별개로 존재하는 것은 아니지만 엄연한 순서가 있다. 이 순서
를 무시하면 안 된다. 하느님 사랑이 이웃 사랑보다 '먼저' 다. 기도와
행위가 별개가 아니지만 기도가 먼저다. 수신修身과 평천하平天下가 따
로 따로 이루어지는 것은 결코 아니지만 천하를 평정하는 것보다 제
몸 닦음이 먼저다.
　아기가 어머니 태를 열고 세상에 나올 때에는 정수리가 먼저 나오
게 되어 있다. 이 순서를 뒤집어 발바닥부터 나오게 되면 모든 것이

엉망으로 되어 자칫 생명을 잃는 수도 있다.

사람이 먼저요 돈이 나중이다. 이 순서가 뒤집어지니까 자식이 아비를 칼로 찔러 죽이고 사람들 눈이 뒤집혀 도무지 보이는 것이 없게 된다. 되는 일이 없고 안 되는 일도 없다. 세상은 날마다 난리 통이요 뒤죽박죽 아수라장이다.

하느님이 먼저요 사람이 나중이다. 이 순서를 뒤집어 놓는 바람에 곳곳마다 전쟁이요 굶주림이요 온갖 쓰레기로 강산이 썩고 있다. 일에는 시始와 종終이 있다. 씨를 뿌린 뒤에 열매를 거둔다.

명명덕明明德이 본本이요 친민親民은 말末이다. 겨자나무가 스스로 자라 무성한 가지를 뻗으면 새들이 날아와 거기 깃들어 살게 된다. 한 인간의 존재는 그가 원하든 원하지 않든 그 자체로써 이미 사회적 사건이다. 그러기에 문제는 내가 무슨 일을 할 것이냐보다 먼저 내가 누구냐에 있는 것이다.

> 좋은 나무가 나쁜 열매를 맺을 수 없고 나쁜 나무가 좋은 열매를 맺을 수 없다…… 선한 사람은 선한 마음의 창고에서 선한 것을 내놓고 악한 사람은 그 악한 창고에서 악한 것을 내놓는다. 마음속에 가득 찬 것이 입 밖으로 나오게 마련이다.(「루가복음」 6:43, 45)

어떻게 하면 선한 말을 할 것이냐를 생각하기 전에 어떻게 하면 내 마음을 선한 것으로 가득 채울 것인가를 '먼저' 생각하라는 얘기다.

그러나 여기서도 '말'에 속지 말 것! '먼저'라는 말을 잘못 알아들어서 뿌리를 완성시킨 다음에 싹을 내밀라는 뜻으로 읽으면 곤란하다. 수신修身을 모두 마치고 나서 제가齊家에 들어가라고 한다면 누가 시집 장가를 갈 수 있으랴?

뿌리가 먼저이긴 하지만 싹이 나고 줄기가 서고 꽃이 피는 동안에 나무의 크기만큼 뿌리도 자란다. 가지와 뿌리가 동시에 자란다는 얘기다. 뿌리는 가지를 내고 가지는 뿌리를 키운다. 마찬가지로 수신修身은 제가齊家를 낳고 제가는 수신을 키운다. 다시 제가는 치국治國의 뿌리가 되고 치국은 평천하平天下를 낳는다. 이렇게 해서 선先은 후後를 낳고 후後는 선先을 길러 선후先後가 하나로 통일되는 것이다.

선후는 엄연하나 진행은 동시에 이루어진다. 이것까지 알아야 비로소 선과 후를 제대로 안다고 하겠다. 그런 사람은 명명덕明明德에 착실하되 거기에 고착되지 않고 친민親民으로 명덕明德을 더욱 맑힌다. 그 경지에 못 미치지도 넘치지도 않는 것이 곧 지어지선止於至善이다.

먼저와 나중의 자리를 알면〔知所先後〕 곧 그것이 도道라고 하지 않고 도道에 가깝다〔近〕고 한 것은, 도道의 절대성 앞에서 인간의 겸양을 보인 것이라고 해도 무방하겠으나 좀더 깊은 뜻이 있다고 본다. 무슨 말을 똑 부러지게 하지 않고 앞뒤에 여백을 두는 것은 동양의 어법이라고 할 만한데, 이것이 더욱 진실에 접근한 서술 어법이라는 얘기가 요즘 이른바 신과학 교과서에 언급되고 있음은 신통한 일이다.

도리道理를 공부하노라 하는 사람이 조심할 것이 있으니, 문득 어떤 이치를 깨달았다고 생각될 때에 그와 동시에 자신의 얻은 바, '깨달음'을 떠나야 한다. 어디에도 붙잡혀서는 안 된다. 진리는 양파 껍질 같은 것, 알맹이라고 보았던 것이 알고 보면 껍질이다. 아무것도 얻은 바 없음을 절실히 깨달아 알게 될 때까지, 얻은 것을 버리고 다시 얻은 것을 버려야 한다. 인간의 언어로 "이것이 도道다" 하고 말할 만한 것은 없다. 고작 "도에 가깝다"(近道矣)는 말을 할 수 있을 따름이요 사실은 그것이 적확한 서술이다.

4

옛적에 천하에다가 맑은 마음을 맑히고자 한 사람은 먼저 자기 나라를 다스렸고 자기 나라를 다스리고자 한 사람은 먼저 자기 집안을 가지런하게 했고 자기 집안을 가지런하게 하고자 한 사람은 먼저 자기 몸을 닦았고 자기 몸을 닦고자 한 사람은 먼저 자기 마음을 바르게 했고 자기 마음을 바르게 하고자 한 사람은 먼저 자기 뜻을 정성되게 했고 자기 뜻을 정성되게 하고자 한 사람은 먼저 참된 지식에 이르렀으니 참된 지식에 이르는 일은 사물에 닿아 그 이치를 꿰뚫어 봄에 있다.

古之欲明明德於天下者는 先治其國하고 欲治其國者는
고 지 욕 명 명 덕 어 천 하 자   선 치 기 국   욕 치 기 국 자

先齊其家하고 欲齊其家者는 先修其身하고 欲修其身者는
선 제 기 가   욕 제 기 가 자   선 수 기 신   욕 수 기 신 자

先正其心하고 欲正其心者는 先誠其意하고 欲誠其意者는
선 정 기 심   욕 정 기 심 자   선 성 기 의   욕 성 기 의 자

先致其知하니 致知는 在格物하니라.
선 치 기 지   치 지   재 격 물

흔히들, 주자의 해설을 좇아서, 『대학』은 세 가지 강령綱領과 여덟 가지 조목條目으로 이루어져 있다고 한다.

맨 앞에서 말한 맑은 마음 맑히기〔明明德〕, 사람들과 하나 되기〔親民〕, 지극한 선에 머물기〔止於至善〕는 세 강령이고 여기 언급된 것들은 여덟 조목이다. 순서대로 늘어놓으면 이렇다.

명명덕어천하明明德於天下

천하天下에다가 맑은 마음을 맑힌다는 말이다. 이 말은 뒤에서 '평천하' 平天下라는 말로 대체된다. 자기의 맑은 마음을 천하에 맑힌다는 말은, 덕德을 천하에 베푼다는 말로 읽어서, 천하를 평정한다는 뜻이 된다. 하느님이 세상을 고르게 다스리신다는 말은 당신의 사랑을 고르게 베푸신다는 말과 다르지 않다.

어떤 인물이 일어나서 천하 통일을 이루었다고 하자. 만일 그가 칼과 도끼로써 그렇게 했다면 그것은 결코 천하를 평정한 것이 아니라, 천하를 약탈한 것이다. 그렇게 해서 손에 넣은 천하는 거꾸로 그를 물어뜯고 세상을 한바탕 시끄럽게 한 다음 그의 손에서 빠져나간다.

진정한 평천하平天下는 칼이 아니라 덕德으로써 이루는 것이다. 천하를 억센 손아귀로 움켜잡는 게 아니라, 끝없는 덕德을 베풀어 천하로 하여금 스스로 그 품에 들어와 안기게 하는 것이다.

'천하'天下란 무엇인가? 온 세상이다. 온 세상이란 무엇인가? 온 세상 사람들이다. 땅이 아니라 사람이다. '천하'라는 말로 영토를 생각하는 자는 칼이나 대포로 천하를 손에 넣을 수 있다는 착각에 빠질 수 있겠지만, 착각은 착각일 뿐!

천하를 평정한다는 말은 어디까지나 천하 인민人民을 자기 그늘 아래에 모은다는 말이다. 땅보다 사람이 먼저다. 사람을 얻으면 땅이 따라서 온다. 그 반대는 아니다.

'명명덕'明明德을 천하에다가 하면 '평천하'요, 자기 나라에다가 하면 '치국'治國이요, 자기 집안에 하면 '제가'齊家요, 자기 몸에 하면 '수신'修身이다.

우주 현상은 헤아릴 수 없이 복잡다단하지만 그 모든 것을 그렇게 존재토록 하는 원리는 단순 소박하다. 그래서 하나가 모두요 모두가 하나라는 말을 하는 것이다.

복잡다단한 현상을 좇다가는 영원한 미로에 빠질 수밖에 없다. 바다 속에 들어가 모래알을 세는 것과 같다고 말한 이가 있었다. 영가永嘉의 「증도가」證道歌에

나는 어려서부터 학문을 쌓아서
일찍 주소註疏를 더듬고
경론經論을 살폈다
이름과 모양 분별함에 쉴 줄 모르고
바다 속 모래를 헤아리듯
헛되이 스스로 피곤하였다

문득 여래如來의 호된 꾸지람을 들었으니
남의 보배 헤어서 무슨 이익 있을 건가
예전에 비칠거리며 헛된 수행하였음을 깨달으니
여러 해를 잘못 풍진객風塵客 노릇 하였도다

사명당四溟堂도 노래하기를,

만법萬法이 공空의 꽃에서 왔거늘
어쩌자고 바다 속 모래를 헤아릴까
오직 쇠벽壁 은산銀山을 무너뜨리고 꿰뚫을 일이럿다
이러니저러니 묻지를 마시게

『대학』의 주제를 한마디로 '명명덕'明明德이라 요약할 수 있겠다는 생각이 든다. '친민'親民은 명명덕明明德을 남에게 하는 것이요, '수신'修身은 그것을 자기한테 하는 것이다.

현상은 언제나 가장자리 거죽에 있다. 그리고 그 모든 것의 원리인 중심은 언제나 속에 있다. 사람은 현상을 보고 곧잘 속지만 하느님은 중심을 보신다. 사람도 속지 않으려면 현상을 보지 말고 중심을 보아야 한다. 바다 속 모래알을 헤아리느라고 아까운 정력 소모하지 말고, 제 몸의 거대한 철벽鐵壁 은산銀山을 꿰뚫어야 하다. 거추장스런 인사치레 집어치우고 곧장 사람 마음속으로 들어가야 한다. 하느님에 대해서 이런저런 인간들이 붙여 놓은 지저분한 설명들에 걸리지 말고 단도직입으로 하느님의 중심에 들어갈 일이다.

치국治國

'국國'은 천하天下를 구성하는 단위다. 대개 국國 열 개쯤으로 천하 天下를 이루고 그 국國은 가家 열 개쯤으로 이룬다고 보면, 이 세 가지 단위의 관계를 짐작할 수 있을 것이다. 『맹자』孟子에 보면, 천하를 다스리는 천자天子가 국國을 다스리는 제후諸侯를 임명하고, 제후는 가家 를 다스리는 대부大夫를 임명하는 것으로 되어 있다.

'치'治는 다스린다는 뜻인데, '물 수'水에 '기뻐할 이'台를 붙여서 만들었다. 물은 흐를 데서는 흐르고 괴어 있을 데서는 괴어 있어야 한다. 사람들이 댐을 막고 분수를 솟구치게 하는 것은 죄다 물을 괴롭히는 일이다. 둑이 먼저 있은 뒤에 물이 그 둑을 따라 흐르는 게 아 니라 물의 흐름이 스스로 둑을 만드는 것이다. 그래야 물이 기뻐한 다. 물로 하여금 기뻐하게 하는 것, 그것이 다스림治이다.

온 나라 백성으로 하여금 저마다 기뻐하게 하는 것이, 그것이 이른 바 치국治國이다. 온 나라 백성으로 하여금 성이 나서 미치고 환장하 게 만든다면, 그것을 『대학』은 작란作亂이라고 한다.

제가齊家

'가'家의 본디 뜻은 '돼지우리'다. 돼지가 한 지붕 아래 모여 사는 것, 그것이 집[家]이다. 돼지는 알다시피 새끼를 많이 낳는다. 그래서 여러 사람이 함께 모여 사는 곳을 '가'家라는 문자로 표기하게 된 것 이다. (강충희, 『비법한자』)

그러나 수효가 아무리 많아도 돼지우리에는 돼지만 산다. 거기에 는 개나 소 따위가 섞여 살지 않는다. '가'家에는 동일한 부모를 둔 피

붙이들만이 살아간다. '가'家는 타성他姓바지들을 용납하지 않는다. 박씨 가문에는 박가, 정씨 가문에는 정가다. '국'國에는 여러 성씨가 존재하지만, '가'家에는 한 가지 성씨만 있다.

한 가지 성씨만 있으니까 모든 일이 다 제대로 이루어지고 다툼도 없으려니 이렇게 생각할 수도 있겠지만 과연 그러한가? 어림도 없는 말씀이다! 인간이란 종자種子가 어떻게 생겨먹은 것인지, 쌍둥이가 제 어미 뱃속에서부터 싸움질을 하는 정도다.

그러니 '가'家를 '제'齊할 필요가 있는 것이다.

'제'齊는 보리 이삭이 잘 패어 그 끝이 가지런한 모양을 본떠서 만든 글자다. 들쑥날쑥이 없는 모양, 또는 들쑥날쑥이 없게 하는 것을 '제'齊라고 한다.

집안에 잘난 놈이 있어서 다른 식구들을 업신여기거나 못살게 굴 경우에는 놈의 어깨를 지긋이 눌러주고, 집안에 덜 된 놈이 있어서 풀이 죽거나 시름시름 앓을 경우에는 놈의 허리를 펴주고……. 이렇게 하는 것이 말하자면 '제가'齊家다. 집안 식구들 가운데 누구 한 사람 소외되거나 불만에 떨어지는 일이 없도록 보살피되 때로는 나무라기도 하고 때로는 부추기기도 한다. 집안에 '못난 놈'이 있어서도 안 되지만 '잘난 놈'이 있어서도 안 된다. 모든 식구가 자기 처지에서 만족할 수 있어야 한다.

그러면서 동시에 한줄기로 이어져 있어야 한다. 뿔뿔이 흩어져서 자기주장만 내세우는 집안이 있다면, 아무리 그 집안 식구들이 나름대로 사회의 저명한 인사들로 구성되어 있다 해도 그런 집안을 일컬어 '가제'家齊가 되었다고는 하지 않는다.

잘 익어서 알알이 토실토실한 보리 이삭처럼, 그렇게 집안을 가지런하게 한다는 것이 쉬운 일은 아니다. 그러나 불가능한 일 또한 아니다.

수신修身

몸을 닦는다는 뜻이다. 우리 '몸'은 크게 두 가지 몸으로 이루어져 있다. 하나는 손으로 만져지고 눈에 보이기도 하는 몸(육체)이요, 다른 하나는 만져지지도 않고 보이지도 않는 몸(정신)이다.

불가佛家는 다섯 가지가 쌓여 있는 것(五蘊)을 중생衆生으로 본다. 여기 다섯 가지란 색(色, 육체), 수(受, 감각), 상(想, 생각), 행(行, 마음 씀), 식(識, 의식)으로, 색色을 만져지고 보이는 몸이라고 한다면 다른 넷(受, 想, 行, 識)은 보이지 않는 몸이다.

『대학』에서 수신修身을 말할 때 '신'身은 색신色身을 뜻한다고 하겠다. 수신修身 바로 뒤에 정심正心을 말하는데, '심'心이 보이지 않는 몸이라면 '신'身은 보이는 몸이 된다.

그러나 이렇게 신身과 심心을 따로 말하기는 하지만 이 둘을 서로 떨어질 수 있는 것으로 보면 잘못이다. 뿌리와 가지를 따로 말할 수는 있지만 그 둘이 분리될 수 있는 것은 아니듯이 '몸'과 '마음'은 어디까지나 하나인 것이다. 그러므로 수신修身은 몸과 마음을 닦는 것이요 정심正心은 몸과 마음을 바르게 하는 것이다. 다만 여기서 둘을 나누어 말하는 이유는 마음 바르게 하기(正心)가 몸 닦기(修身)에 본本이 된다는 사실을 밝혀 두기 위해서다. 몸가짐을 제대로 하려고 '먼저' 마음가짐을 바르게 한다는, 그런 얘기다.

'수'修는 닦는다, 고친다는 뜻이다. 닦는다는 말은 뭔가 이물질이 묻어 있음을 전제한다. 때가 묻어 있지 않은 거울을 닦아 낼 재주는 없는 일이다. 고친다는 말은 뭔가 잘못되었음을 전제한다. 고장 안 난 자동차를 수리할 수는 없다.

몸을 닦는다는 말은 몸에 묻은 때를 닦아내고 비뚤어진 데를 바르게 잡는다는 말이다. 다른 사람 몸을 닦는 게 아니라 제 몸을 닦는다.

수신修身을 위해서 먼저 할 일은 자기 몸이 더럽혀져 있고 어딘가 비뚤어져 있다는 사실을 인식하는 것이다. 이를 위해서 필요한 것이 마음 바로잡기, 곧 '정심'正心이다.

정심正心

염통의 모양을 그린 것이 '마음 심'心이다. 사람은 기쁘거나 슬프면 맨 먼저 가슴이 두근거리거나 아프다. 그래서 마음이 염통이라고 생각했던 건지 모르겠다. 반가운 사람이 올 때 혹시 얼굴 모양은 아무렇지 않은 듯 꾸밀 수 있을는지 모르나 심장이 뛰는 것은 막을 수 없다. 마음이 순진할수록 쉽게 얼굴이 붉어지거나 하얘진다. 얼굴이 붉어지는 것은 염통에서 피를 세차게 내뿜기 때문이요 하얘지는 것은 그 반대다.

'마음'心은 속몸이고 '몸'身은 겉몸이다.

마음이 바르게 잡혀 있지 않으면 판단이 제대로 될 수가 없다. 심장에 이상이 있으면 두뇌가 제 기능을 발휘하지 못한다. 아마도 피 공급이 제대로 되지 않기 때문이리라. 어찌 두뇌뿐이랴? 마음이 안정되어 있지 못하면 손발이 제대로 움직여 주지 않는 법이다.

앤서니 드 멜로 신부가 출전을 밝히지 않은 채 인용한 중국의 어느 문장에 이런 말이 있다.

"사수射手가 상 받을 일을 염두에 두지 않고 활을 쏠 때면 자기 기술을 십분 발휘한다. 동상을 염두에 두고 쏘면 손발이 떨리게 되고 금상을 염두에 두면 눈이 흐려져 과녁이 둘로 보인다."

마음을 먼저 바르게 하지 않고서는 수신修身이 아무리 애를 써도 될 리가 없다.

'정'正은 바르게 한다는 뜻으로 읽는다. 자전字典의 설명은 땅(一)에 발을 딛고(止) 바로 서 있는 모양이라고 한다. 정正은 그래서 평平이다. 어느 한쪽으로 기울어지지 않은 상태가 정正이다. 마음이 한곳에 쏠리면 그쪽으로 기울어지게 마련이다. 쏠린다는 말은 그리로 무게가 기운다는 말이요 거기에 마음이 집착되어 있다는 말이다.

마음이 어디에도 붙잡혀 있지 않는 상태, 그것이 곧 정심正心된 상태다. 하늘이 악한 자에게나 선한 자에게나 한결같이 햇빛을 내리는 것은 그 마음이 대상에 집착되어 있지 않기 때문이다. 상대를 취사선택하지 않기 때문이다. 하늘이 사사로이 덮지 않고 땅이 사사로이 싣지 않는 것은 하늘과 땅에 사심私心이 없기 때문이다. 사私는 곧 사邪다.

따라서 마음을 바르게 한다(正心)는 것은 사심私心을 말끔히 비운다는 말과 같다. 사심私心은 자기한테 좋은 쪽으로 기울어지는 마음이다. 팔꿈치를 굽혀 볏단(禾)을 움켜잡는 것이 '사'私다. 하느님은 좋은 것일수록 모두가 함께 나눠 쓰게끔 만드셨다. 생명을 위해서 가장 절실하게 필요한 공기, 흙, 물, 빛은 본디 독점이 불가능한 것들이다.

사私는 하느님의 법에 대한 거역의 결과다. 마음을 바르게 한다는 말은 하느님의 법에 따라서 마음을 쓴다는 말이다.

성의誠意

마음〔心〕이 소리〔音〕를 내면 그게 '뜻'〔意〕이다. 소리를 낸다는 것은 겉으로 표출된다는 말이다. 마음을 일으켜 세우면 뜻이 된다. 사람의 행동은 본인이 알고 있든 모르고 있든 먼저 그 마음이 움직임으로써 비롯된다. 그 일이라는 게 '마음'〔心〕을 바르게 하는 것이라 해도 마찬가지다.

뜻을 세우되 그 일에 성誠해야 한다. 자전字典에 따르면, '성'誠은 사람의 말과 그 말의 결과가 일치되는 것을 암시한다. 그래서 정성껏 한다, 거짓이 없다, 공평무사 순일하다, 참되게 한다……는 의미를 지닌다.

뜻을 세우는데 거기에 조금이라도 사욕이 들어가면 안 된다. 문자 그대로 공평무사 순일하고 거짓이 없어야 한다. 그것이 성의誠意다.

치지致知

'치'致는 끝까지 가서 닿는다는 뜻으로 새긴다. '이룰 치'로 읽어도 좋겠다.

'지'知는 말 그대로 앎이다. 참된 지식을 가리킨다. 지혜로 읽는 이들도 있는데, 지혜가 삶의 경륜에서 나온다면 지식은 아무래도 두뇌 작용에 연관이 깊다고 보아서, 지식으로 읽는 게 낫지 싶다. 뜻을 세우기 위해서 '먼저' 뭐가 뭔지를 알아야 한다는 뜻으로 읽는 게 무리가 없겠기 때문이다.

그렇다고 해서 '지'知를 순전히 두뇌의 작용으로만 보아도 곤란하다. 그러나 두뇌 작용이 불가능한 장애인이 수도修道에 뜻을 세우고 정진하는 모습을 볼 수 없음도 사실이다.

격물格物

'격'格에는 많은 뜻이 들어 있는데 여기서는 두 가지 뜻으로 새긴다. 하나는 '궁구할 격'이고 다른 하나는 '이를 격'이다.

깊이 생각하여 연구하고 관찰하는 것이 格격이다. 또 이 말에는 어디에 이른다는 뜻이 있다. 『서경』書經에 '격우상하'格于上下라는 문자가 나온다. 아래위로 두루 미친다는 뜻이다. 또 같은 책에 '격우황천' 格于皇天이라는 말이 있는데 하늘에 통한다는 뜻으로 읽는다.

'물'物은 사물로 읽어 무방하거니와 '나' 아닌 모든 것(대상)을 일컫는 말이다. 만일 내가 '나'를 연구 대상으로 삼는다면 '나'도 물론 '물'物이 된다.

궁구窮究한다는 뜻과 이른다(통한다)는 뜻이 동일한 문자 '격'格에 함축되어 있는 게 재미있다.

내가 만일 원숭이에 대하여 연구한다면 원숭이에 '대한' 여러 가지 사실을 많이 아는 것에 그치지 않고 드디어 원숭이와 하나로 되어 원숭이와 통하는 경지에 이르러야 하는 것이다. 그것이 '격'格이다.

내가 만일 하느님을 '격'格한다면 하느님에 관해서 아는 것에 그치지 않고 하느님과 하나로 되어 하느님과 통하는 상태에 이르러야 한다.

내가 몸을 아는 가장 좋은 방법은 몸으로 되어서 몸을 보는 것이요 집을 아는 가장 좋은 방법은 집으로 되어서 집을 보는 것이다. 그래서 노자는, "몸으로 몸을 보고 집으로 집을 보고 …… 천하로 천하를 본다"[以身觀身, 以家觀家, 以天下觀天下]고 했다.

연구 대상인 물物이 되어 물物과 통하는 것, 그것이 격물格物이다.

모든 물物이 현상에서는 각양각색으로 복잡다단하지만 '중심'으로 들어가면 들어갈수록 단순 소박해지다가 마침내 핵核에 이르면 단 하나의 원리로 수렴된다. 예수는 그 원리를 일러 '사랑의 원리'라고 한다. 사랑에서 만물이 생겨나고 사랑으로 만물이 돌아간다. 요한은 그 사랑을 하느님이란 다른 이름으로 부른다.

공부하는 사람이, 자연과학이든 사회과학이든 따질 것 없이, 자기 학문을 통해서 드디어 이 '사랑'이라는 거대한 뿌리에 닿지 않는다면, 미안하지만 아직 '격물'格物을 경험하지 못한 것이다. 그 거대한 뿌리 이름을 반드시 '사랑'이라고 부를 이유는 없다. 간디에게는 그것이 진리(참)였고, 노자에게는 도道였다.

이상의 여덟 가지를 일컬어 8조목八條目이라고 한다.

"옛적에(중국 문학에서 '옛적에'라는 말은 가장 완벽한 모델을 가리킬 때 흔히 사용된다. 옛날의 것일수록 좋고 완전하고 요즘에 가까울수록 나쁘고 모자라다) 천하를 평정코자 하는 자는 먼저 자기 나라를 다스렸고 ……."

이 대목에서 눈여겨 읽어야 할 문자는 '선'先이다. 천하를 평정코자 하는 자는 '먼저' 자기 나라를 제대로 다스려야 한다. 1층을 통과하지 않고 3층으로 올라갈 수는 없다. 1층을 쌓지 않고 3층을 올릴 수가 없기 때문이다.

'선'先은 '후'後를 전제함으로써 비로소 가능하다. 뒤따르는 자 없이 어떻게 앞서는 자가 있겠는가? 그런 뜻에서 선先과 후後는 한 가지 현상의 다른 두 얼굴이다. 노자는 말하기를 "앞과 뒤가 서로 따른다"〔前後相隨〕고 했다. 선은 후를 따르고 후는 선을 따른다는 말이다. 그렇기는 하나 선先은 선이요 후後는 후다. 먼저 할 일은 먼저 해야 하고 나중 할 일은 나중에 해야 한다. 이것이 시종일관한 『대학』의 주장이라면 주장이다.

옛날에는 천하天下를 평정코자 하는 자가 먼저 제 나라를 잘(제대로) 다스렸다. 천하평天下平은 국치國治를 본本으로 삼은 말末이기 때문이다. 그 본本에 힘쓰면 말末은 저절로 이루어진다. 나무가 좋은 나무면 열매는 저절로 좋은 열매를 맺는다. 뿌리가 건강하면 꽃이 아름답다. 반대면 반대다.

"오직 본本을 얻고 말末을 염려하지 마라. 맑은 유리가 달을 머금듯이."〔但得本莫愁末, 如淨琉璃含寶月 ─영가永嘉〕 달빛을 머금은 유리는 보석처럼 빛나게 마련이다. 보석처럼 빛나려고 애쓸 게 아니라 저 밝은 달빛을 머금는 데 마음 둘 일이다.

나라 백성 가운데 아무도 불평하는 자 없도록 잘 다스리는 일國治이 천하를 평정하는 일의 본本이다. 동시에 그 일〔國治〕은 제 집안을 가지런하게 하는 일〔家齊〕의 말末이 된다. 얼굴은 몸의 한 '부분'이면서 눈, 코, 입, 귀 등의 '전체'다. 모든 존재는 무엇인가의 부분이자 또 다른 무엇인가의 전체다. 그것을 홀론holon이라는 이름으로 부른 사람이 있다. 전체를 뜻하는 홀로스holos에 단수형 어미인 온on을 붙여서 홀론이라는 합성어를 만든 것이다. 팔, 다리, 가슴 따위

여러 기관의 집합인 내 몸은 가족을 이루는 한 부분이다.

국치國治는 평천하平天下의 본本이면서 가제家齊의 말末이 된다. 가제家齊는 국치國治의 본本이면서 신수身修의 말末이다. 제 한 몸 잘 닦는 일이 곧장 집안을 가지런히 하는 결과로 나타난다는 얘기다.

옛날 사람들은 이렇게 언제 어디서나 무본務本에 착실했다. 그런데 지금은 어떠냐고, 2천 년 전부터 『대학』은 묻고 있다.

> ……그리고 또 다른 그릇된 믿음은 '자신이 처한 상황과 주위 사람들을 변화시키면 행복해질 수 있다'는 것입니다. 그것은 어리석게도 세상을 재정리하기 위해 엄청난 힘을 낭비하는 것입니다. 세상을 변화시키는 것이 필생의 사명이라면 그렇게 하세요. 그러나 그렇게 해서 당신이 행복해지리라는 착각은 버리세요. 사람을 행복하게 하거나 불행하게 하는 것은 세상이나 주위 사람들이 아니라 바로 머릿속에 있는 '생각'입니다. 바깥에서 행복을 찾는 것은 바다 한가운데서 독수리 둥지를 찾는 것과 같은 일입니다.(앤서니 드 멜로, 『행복한 삶으로의 초대』 2장)

천하 사람들한테 자기의 맑은 마음을 밝히는 것이 곧 평천하平天下라고 했다. 천자天子의 높은 자리에 앉는 것이다. 그런데 그것의 뿌리의 뿌리의 뿌리를 캐 들어가니 격물格物에 이르렀다. 사물과 하나 되어 사물의 이치를 꿰뚫어 보는 것, 이것이 세상 모든 존재와 사건의 뿌리더라는 얘기다.

사물마다 중심이 있다. 그 중심에 설 때 사물 A와 사물 B는 서로 다른 것이 아니다. 관찰하는 자와 관찰당하는 자가 더 이상 이물異物이 아니다. 이 대단한 진리에서 모든 인간사가 비롯되는 것이다.

씨앗이 나무로 되고 나무가 씨앗을 맺듯이 『대학』의 8조목은 그렇게 서로 낳고 나면서 유기적 관계를 이룬다.

5

사물에 닿아 그 이치를 꿰뚫어 본 뒤에 참된 지식에 이르고 참된 지
식에 이른 뒤에 뜻이 정성스러워지고 뜻을 정성스럽게 한 뒤에 마음
이 바르게 되고 마음을 바르게 한 뒤에 몸이 닦이고 몸을 닦은 뒤에
집안이 가지런해지고 집안을 가지런하게 한 뒤에 나라가 다스려지고
나라를 다스린 뒤에 천하가 평정된다.

物格而后에 知至하고 知至而后에 意誠하고 意誠而后에 心正하
물 격 이 후   지 지   지 지 이 후   의 성   의 성 이 후   심 정

고 心正而后에 身修하고 身修而后에 家齊하고 家齊而后에 國治
    심 정 이 후   신 수   신 수 이 후   가 제   가 제 이 후   국 치

하고 國治而后에 天下平이니라.
    국 치 이 후   천 하 평

　앞 문장에서 말한 내용을 거꾸로 말했다. 앞 문장이 바다에서 강으
로, 강에서 개울로 거슬러 올랐다면 여기서는 개울에서 강으로, 강에
서 바다로 흐름을 따라 내려간다.
　당연히 이 문장에서 열쇠가 되는 말은 '이후'而后다. 아기를 낳고자
하면 먼저 배어야 한다. 아기를 배고자 하면 먼저 남자와 여자가 만

나야 한다.

옛날 사람들은 만사에 시작이 옳았다. 지금 사람들은 어떠냐고 『대학』은 다시 묻는다.

여덟 가지 조목을 주자는 크게 둘로 나누어 "수신修身 이상以上은 명명덕지사明明德之事요 제가齊家 이하以下는 신민지사新民之事"라고 했다. 또 "물격지지物格知至면 즉지소지則知所止니 머무를 곳이 어딘지를 알게 되고, 의성이하意誠以下는 모두가 머무를 곳에 머무르게 된 차례"라고 했다.

'수신'修身이야말로 천자天子로부터 서인庶人에 이르기까지 모든 사람이 본本으로 삼아야 할 것이라는 말이 바로 다음 문장에 나온다. 그렇다면 수신修身을 중간에 놓고 물격物格에서 심정心正까지를 수신修身에 이르는 순서로 보고 가제家齊부터 평천하平天下까지를 수신修身의 열매로 보아도 좋겠다.

『대학』에서는 수신修身이 배꼽이다. 인간사 모든 것이 거기서 나오고 그리로 돌아간다.

6

천자天子에서 평민平民에 이르기까지 모두가 자기 몸 닦는 일로 본本을 삼는다.

自天子로 至於庶人이 壹是皆以修身으로 爲本이니라.
자 천 자　　지 어 서 인　　일 시 개 이 수 신　　위 본

　서인庶人은 벼슬자리 하나 얻지 못한 사람을 가리킨다. 천자天子는 온 세상을 다스리는 위치에 있는 사람이다. 맨 밑바닥에 있는 서인부터 맨 꼭대기에 있는 천자까지 모두가 '수신'을 본本으로 삼는다는 얘기는 결국 그들 모두가 사람이라는 데서 다를 바가 없다는 옹골찬 선언이기도 하다.

　천자天子도 제후諸侯도 가장家長도 모두 사람이다. 사람이니까 너나 할 것 없이 모두가 마땅히 사람 되기에 먼저 힘을 써야 하는 것이다. 천자는 천자니까, 제후는 제후니까 힘쓸 일이 다른 데 있는 게 아니다. 모두가 수신修身을 제일의 과제로 삼아야 한다. 남편은 남편이기에 아내는 아내이기에 먼저 할 일이 '따로' 있는 것이 아니라, 남편은 남편대로 아내는 아내대로 저마다 자기 몸과 마음을 닦는 일을 최우

선으로 동시에 가장 마지막까지 힘써야 한다는 얘기다.

학부모들이 모여서 함께 머리를 짜낼 일은 어떻게 하면 아이들이 공부를 잘해서 좋은 학교에 들어가도록 할 것이냐가 아니라, 물론 그런 궁리도 해야겠지만, 그들이 모여서 '먼저' 할 일은 어떻게 하면 아이들이 보는 앞에서 부끄러울 게 없는 훌륭한 부모로 살아갈 수 있을까를 함께 생각해보는 것이다. 사람들이 저마다 그렇게 생각하고 그 생각한 바를 실천코자 애쓴다면 세상이 이토록 어수선하고 살기 힘들어질 까닭이 없다.

자신은 속임수에 술타령에 더러운 검댕이로 온 몸을 칠하고 자식들한테는 공부 잘해서 훌륭한 사람 되라고 윽박지르니, 똥 묻는 손으로 흙 묻은 자식 엉덩이 닦아 주는 것과 다를 게 없다.

7

본本이 어지러운데 말末이 잘 다스려지는 것은 아니며 두텁게 해야 할
바를 엷게 하면서 엷게 해야 할 바를 두텁게 함도 아직 없는 일이다.

其本이 亂而末治者이 否矣며 其所厚者에 薄이요 而其所薄者에
기 본   난 이 말 치 자   부 의   기 소 후 자   박   이 기 소 박 자

厚함은 未之有也니라.
후   미 지 유 야

　대통령이 닥치는 대로 삼키는데 어찌 장관이 긁어모으지 않을 것
이며 장관이 틈 있는 대로 긁어모으는데 어찌 말단 관리가 백성을 뜯
어먹지 않으랴? 대통령이 일단 어지러우면 공무원 사회뿐 아니라 전
체 국민이 제대로 정돈된 삶을 살아갈 수 없다는 얘기다.
　이 말을, 대통령을 본本으로 치고 백성을 말末로 쳤다 하여 기분 나
쁘게 생각한다면, 좋다, 위치를 바꿔서 백성을 본으로, 대통령을 말
로 치자. 그래도 결과는 마찬가지다. 백성의 도덕관념이 어지러운데
정돈된 관부官府가 존재하기를 바랄 수는 없는 일이다.
　본本이 어지러운데 말末이 제대로 정돈되어 있을 수는 없다. 예를

들면, 수신은 제가의 본本이요 제가는 수신의 말末이다. 제 몸 하나 닦는 일을 어지러이 하면서 집안이 가지런해지기를 바라서는 안 된다. 그것은 불가능한 일이기 때문이다. 마찬가지 이유로 제 집안 가지런히 못 하면서 나아가 나라를 다스리겠다고 한다면 이 또한 터무니없는 수작일 뿐이다.

학자에게는 자기 학문에 정진함이 본本이요 제자들 가르침은 말末이다. 종교인도 마찬가지다. 자신의 구도求道가 본本이요 중생衆生을 제도濟度함은 말末이다. 그래서 "위로는 보리菩提를 구하고 아래로는 중생을 제도한다"고 했다. 이 둘이 따로따로는 아니지만 먼저와 나중은 엄연히 구분된다.

> 소경이 어떻게 소경의 길잡이가 될 수 있겠느냐? 그러면 둘 다 구덩이에 빠지지 않겠느냐? 제자가 스승보다 더 높을 수는 없다. 제자는 다 배우고 나도 스승만큼밖에는 되지 못한다. 너는 형제의 눈 속에 있는 티는 보면서도 어째서 제 눈 속에 있는 들보는 깨닫지 못하느냐? 제 눈 속에 있는 들보도 보지 못하면서 어떻게 형제더러 '네 눈의 티를 빼내 주겠다'고 하겠느냐? 이 위선자야, 먼저 네 눈에서 들보를 빼어 내라. 그래야 눈이 잘 보여 형제의 눈 속에 있는 티를 꺼낼 수 있다 (「루가복음」 6:39~42)

맹자孟子도 말했다.

> 남의 선생 되기를 좋아하는 데 사람의 탈이 있다.〔人之患在好爲人師〕

수신修身이 제가齊家의 본本이니까 마땅히 두터이 할 바[所厚者]요 제가齊家는 수신修身의 말末이니 마땅히 엷게 할 바[所薄者]가 된다. 따라서 수신修身을 얼렁뚱땅 엉터리없이 하면서 제가齊家에 심혈을 기울인다는 것은 해보았자 무망無望한 일이요 오히려 저와 남을 괴롭히기나 할 따름이다. 두터이 한다는 말은 신중하게 한다는 뜻으로, 엷게 한다는 말은 가볍게 처리한다는 뜻으로 읽는다. 본本을 먼저 그리고 무겁게, 말末을 나중에 그리고 가볍게. 이것이 되풀이하거니와 『대학』의 한결같은 주장이다. 어려운 얘기가 아니다. 먼저 할 일을 먼저 하라는 것이다!

경우에 따라 성사聖事가 예수 그리스도보다 더 중요한 듯이 여겨지는 그런 때가 있음을 여러분은 알고 있다. 예배가 사랑보다 더 중요해지고 교회가 생명보다 더 중요해지는 때, '하느님'이 이웃보다 더 중요해지는 때가 있다. 그것은 위험한 일이다. 내 생각에 예수께서 우리에게 분명히 요구하는 것은 이것이다. 먼저 할 일을 먼저! 사람이 안식일보다 훨씬 더 중요하다. 내 말을 듣고 그대로 하는 것이 나를 보고 '주님' '주님' 하는 것보다 더 중요하다.(앤서니 드 멜로, 『깨어나십시오』)

그런데 이 지극히 쉬운 말을 인간이 알아듣지 못해서, 이 지극히 타당한 상식을 인간이 실현하지 못해서, 세상은 자꾸만 어지러워지고 마침내 인간뿐 아니라 저 하늘의 새와 물 속의 고기와 들판의 초목까지 질식당해 숨져 가는 마지막 궁지에 몰리게 된 것이다.

사람이 제정신을 차리지 않는 한 희망은 없다. 그 '사람'이란 누군가? 이 글을 쓰는 이 아무개에게는 이 아무개가 그 '사람'이요, 이 글을 읽는 당신에게는 당신이 바로 그 '사람'이다. 정신 차려 서둘러 돌아서야 할 주인공이다.

주자는 여기까지를 '경1장'經—章이라 하여 공자의 말을 증자가 기술한 것으로 본다. 뒤에 이어지는 글은 '전'傳이라 하여 증자의 뜻을 그의 문인門人들이 적어 둔 것으로 해설한다. 대체로 '전'傳은 '경'經을 부연 설명하고 있다.

8

강고康誥에 이르기를, 넉넉히 덕德을 맑힌다 하였고 태갑太甲에 이르기를, 하늘의 맑은 명命을 눈여겨본다 하였으며 제전帝典에 이르기를, 큰 덕德을 넉넉히 맑힌다 하였으니 모두가 명明에서 비롯된다.

康誥에 曰克明德이라 하였고 太甲에 曰顧諟天之明命이라 하였
　강 고　　왈 극 명 덕　　　　태 갑　　왈 고 시 천 지 명 명

으며 帝典에 曰克明峻德이라 하였으니 皆自明也니라.
　　제 전　　왈 극 명 준 덕　　　　　개 자 명 야

강고康誥, 태갑太甲, 제전帝典 모두 『서경』書經에 들어 있는 책 이름으로, 주자는 강고를 주서周書로, 태갑을 상서商書로, 제전을 요전堯典 우서虞書로 설명한다.

중국인과 『성서』는 태고太古를 숭상하는 점에서 공통점이 있는 듯하다. 옛적의 것일수록 좋다. 반대로 요즘 것일수록 좋지 않다. 아마도 세월과 함께 근본에서 멀어진다고 생각해서 그런 모양이다. 새로운 것을 알고자 해도 그 방법은 옛것을 살펴보는 것이다.〔溫故而知新〕

주자는 위 문장을 전傳 머릿장으로 묶어 '명명덕'明明德을 풀이한 것

으로 읽는다. 앞의 명明은 '밝힌다'는 동사요 뒤의 명明은 '맑다'는 형용사로 '명명덕'明明德이라고 하면 "맑은 덕德을 밝힌다"는 말이 된다.

증자의 문인 가운데 누군지는 모르겠으나 명명덕明明德 석 자를 풀이하기 위해서 과연 중국인답게 권위 있는 옛 문장을 인용하여 독자로 하여금 감히 의문을 품지 못하게 한다.

열쇳말은 '명'明이다. 강고康誥와 제전帝典에서 인용된 문장 속의 명明은 밝힌다는 동사고 태갑太甲에서 인용된 명明은 맑다는 형용사다. 결구인 '개자명'皆自明을 주자는 "스스로 맑힘"으로 읽었지만 '자'自를 "~에서"로 읽어 모든 것이 명明에서 비롯된다는 뜻으로 읽는 게 더 타당하다고 본다.(이기동)

'하늘의 맑은 명'〔天之明命〕이라고 하면 하느님이 주신 티 없는 명命이라고 읽어 큰 잘못이 없겠다. 맑다는 말은 깨끗하다는 말이요, 본디 그대로, 그것 말고 덧붙여진 게 하나도 없다는 그런 말이다. 인간의 깨끗한 몸을 말하면서 우리는 갓 태어난 아기를 예로 들곤 한다. 물론 갓난아기도 생리학상으로는 이미 깨끗한 몸이 아니다. 다만 깨끗한 몸을 상징할 뿐이다. 아직 인간의 손때가 묻지 않았다는 뜻에서 갓난아기는 깨끗한 몸인 것이다.

하느님이 우리 모두에게 주신 명命은 본디 인간의 때가 묻지 않아서 티 없이 맑은 것이다. '고'顧는 어떤 물건을 남이 훔쳐 갈까 봐 한눈파는 일 없이 지켜본다는 뜻이다.(주자)

명命은 법法이다. 질서다. 하느님의 법은 허공과 같아서 무엇으로도 더럽히거나 구길 수 없다. 인간이 자연의 법칙을 깨뜨려 마구 공해를 일으키지만 그렇게 하면 물이 썩고 공기가 상해서 인간도 죽고 만다는 저 의연한 법까지 어길 수는 없는 일이다. 제아무리 날뛰어도 인간은 호리毫釐도 어김이 없는 하늘의 법을 더럽힐 수 없다. 그 '하늘의 맑은 법'〔天之明命〕을 한결같이 두 눈으로 지켜본다, 했다.

야훼께서 주신 법을
낙으로 삼아
밤낮으로 그 법을
되새기는 사람
그에게 안 될 일이 무엇이랴!

그러면 그 '맑은 덕'德을 맑힌다는 말은 무엇인가? 혹시 맑힌답시고 덧칠이나 하는, 그런 결과를 가져오는 건 아닌가?

'명'明은 해〔日〕와 달〔月〕을 겹쳐서 만든 글자다. 해와 달은 맑다. 티가 없다. 사람이 비록 달의 표면에 발자국을 남겨 놓기는 했지만 그로써 저 밤하늘에 떠 있는 달의 맑음이 어두워지지는 않는다. 해와 달의 맑음은 인위人爲로 건드릴 수 없는 성스러움이다.

사람이 해를 맑게 할 수 있는가? 없다! 그런데 새삼 하늘 맑은 명明을 맑힌다 함은 무엇인가? 하늘 복판에 높이 해가 떠 있어도 눈 하나 감아 버리면 그 해는 더 이상 나에게 밝지 못하다. 밝은 해면서 밝은 해가 아니다. 하늘 맑은 법을 맑힌다는 말은 내 눈을 덮고 있는 '비늘 같은 것'(「사도행전」 9:18)을 벗겨 낸다는 말이다. 하늘의 법이 아니라 내가 맑아진다는 말이다.

그 방법은?

밤낮으로 하느님 법을 묵상하는 것. 빈틈없이 하늘의 맑은 명明을 지켜보는 것.

구하는 자에게 주어지고 두드리는 자에게 열린다. 밤낮으로 하늘을 보는 자만이 마침내 하늘을 보게 될 것이다. 그때 비로소 그가 하늘의 맑음을 맑게 했다고 말할 수 있을 것이다.

9

탕湯 임금의 목욕통에 새겨진 글에 이르기를, 참으로 오늘 새롭게 했
거든 날마다 새롭게 하고 또 날로 새롭게 하리라 하였으며 강고康誥
에 이르기를, 새로운 백성을 일으킨다 하였고 시詩에 이르기를, 주周
나라가 비록 오래된 나라이나 그 명命이 새로워졌다 하였으니 이런
까닭에 군자君子는 자기 힘을 다하지 않는 바가 없다.

湯之盤銘에　日苟日新이어든　日日新하고　又日新이라　하였으며
탕 지 반 명　　왈 구 일 신　　　　일 일 신　　　　우 일 신

康誥에　日作新民이라　하였고　詩日周雖舊邦이나　其命維新이라
강 고　　왈 작 신 민　　　　　　시 왈 주 수 구 방　　　기 명 유 신

하였으니　是故로　君子는　無所不用其極이니라.
　　　　　시 고　　군 자　　무 소 불 용 기 극

　『대학』의 세 강령 가운데 둘째 강령인 '친민' 親民을 풀이한 전2장傳
二章이다. 본문의 친親을 마땅히 신新으로 바꿔 읽어야 한다는 정자程
子의 주장을 근거로 해서, 역시 옛 문장을 인용한다. '신' 新이라고 하
면 새롭다는 형용사도 되고 새롭게 한다는 동사도 된다.
　탕湯 임금이 자기 목욕통에 새겨 놓았다는 문장의 '신' 新은 새롭게

한다는 동사로 읽어 마땅하다.

"참으로 오늘 새롭게 했거든 날마다 새롭게 하고 또 날로 새롭게 하리라."

누구를 새롭게 한다는 말인가? 당연히, 자기 목욕통에 새긴 글이니까 먼저는 자기 자신이다. 그러나 새로워지는 대상은 자기 한 사람으로 끝나지 않는다. 그는 임금이다. 임금이 새로워진다는 것은 곧 나라가 새로워진다는 말이다.

임금만 그러할까? 아니다. 밑바닥 서민에게도 이치는 동일하다. 도道는 사람을 차별하지 않는다. 한 인간이 새로워진다는 것은, 그가 아무리 하찮은 존재라 하더라도(하늘 아래 '하찮은 존재'란 처음부터 없지만!), 사회적인 사건이다. 어떤 사람이 깊은 산속에 숨어 살아도 그가 그렇게 숨어서 산다는 것 자체가 이미 사회적 사건인 것이다.

새롭게 한다는 말은 이제까지 있던 모든 것을 부정한다는 말이다. 낡은 껍질이 깨어지지 않고서는 새 생명이 태어날 수 없다. 몸에 묻은 때를 모두 씻어 내지 않고서 어떻게 목욕을 했다고 말할 수 있는가?

새로워지되 날마다 새로워져야 한다. 여기 '날마다'〔日日〕를 '끊임없이'로 읽는다. 깨끗해졌다 싶은 순간 돌아서면 벌써 더러워져 있는 게 우리의 몸과 마음이다.

그러므로 우리는 낙심하지 않습니다. 우리의 외적 인간은 낡아지지만 내적 인간은 나날이 새로워지고 있습니다.(「고린토후서」 4:16)

새로워짐은 '나날이' 새로워질 때 비로소 참된 새로워짐이다. 한

때 새로워졌다가 그 다음 때에 새로워지기를 멈추었다면 그것은 이미 낡은 것, 때 묻은 것이다. 나날이 새로워진다는 말은 나날이 죽는다는 말이다. 십자가를 지되 날마다 져야 한다. 어제 졌다가 오늘 안 질 수 있는 그런 십자가란 없다. 날마다 죽어서 날마다 태어나는, 그것이 바로 '일일신우일신'日日新又日新이다.

자기를 새롭게 하는 것은 곧 세상을 새롭게 하는 것이다. 왕이 새로워지면 그것은 나라가 새로워지는 것이요 목사가 새로워지면 교회가 새로워지고 아비가 새로워지면 집안이 새로워진다. 이를 두고 강고康誥는 이르기를 '작신민'作新民이라, 새로운 백성을 일으킨다, 하였다. 백성을 새롭게 일으킨다고 읽어도 무방하다. 왕이 자신을 새롭게 함으로써 백성을 새롭게 한다는 뜻이다.

나라가 새로워진다는 말은 무엇을 뜻하는가? '유신'維新의 뜻을 자전에서 살펴보면 "오래된 낡은 나라가 제도를 쇄신하여 새로운 나라가 됨" 또는 "사물의 면목을 일신一新함"으로 되어 있다.

"주周가 비록 오래된 나라지만 제도와 면목을 새롭게 하여 그 명命이 새로워졌다."

이 문장은 『시경』詩經 대아大雅 문왕지집文王之什에서 문왕文王의 덕德을 기리는 노래 첫 구절이다.

위에 계신 문왕이여
아아, 하늘에서 빛이 나네
주周는 비록 오래된 나라지만
그 명命이 늘 새롭도다

문왕文王이 비록 죽어서 하늘에 돌아갔으나 그 덕德이 살아 있어서 역사 깊은 주周나라를 새로운 나라로 만든다는 뜻이겠다.

탕湯도 문왕도 모두 자기의 힘을 다하지 않는 바가 없는 군자였다. 모든 일에 최선을 다한다는 뜻이다. 그들에게는 대충대충 넘어가도 좋을 '사소한 일'이 없었다. 탕은 날마다 자기를 새롭게 하는 일[自新]에 모범으로 삼을 만한 인물이요 문왕은 백성(나라)을 새롭게 하는 일에 모범으로 삼을 만한 인물이다.

북계진씨北溪陳氏는 말하기를, "삼절三節에 순서가 있으니 반명盤銘은 신민新民의 본본本을 말하고 강고康誥는 신민新民의 사事를 말하고 문왕시文王詩는 신민성공新民成功의 극極을 말한다"고 했다. 탕湯이 목욕탕에 새겼다는 문장은 백성을 새롭게 함의 근본을 말하고 강고康誥의 문장은 백성을 새롭게 함의 일을 말하고 문왕시文王詩의 구절은 백성을 새롭게 함의 공功이 어디까지 이를 수 있는지를 말한다는 얘기다.

군자君子는 흔히 소인小人과 대對를 이루면서 쓰이는 말인데 사서四書(『논어』, 『맹자』, 『대학』, 『중용』)에서는 보통 덕德을 이룬 사람을 뜻한다.[군자君子, 성덕지명成德之名]

덕德을 이룬다는 말은 도道를 속에 제대로 모시고 있다는 말이다. 하느님을 자기 속에 가두지 않고 제대로 받들어 모시는 사람은 날마다 새로워짐으로써 세상을 새롭게 만드는 사람이다. 그는 스스로 아무 하는 일 없이 모든 일을 이룬다.

10

시詩에 노래하기를, 사방 천 리 경기 땅이여 오직 백성이 머물러 사는 곳이라 하였고 시詩에 노래하기를, 맑게 지저귀는 꾀꼬리여 언덕 모퉁이에 살고 있구나 하였거니와 공자 이르시되, 머무름에 그 머무를 곳을 알고 있거늘 사람이 되어서 새만도 못할 수 있는가?

詩云邦畿千里여 惟民所止라 하였고 詩云緡蠻黃鳥여 止于丘隅라
시 운 방 기 천 리   유 민 소 지   시 운 면 만 황 조   지 우 구 우

하였거니와 子曰於止에 知其所止로소니 可以人而不如鳥乎아?
          자 왈 어 지   지 기 소 지   가 이 인 이 불 여 조 호

『대학』제3강령 '지어지선'止於至善을 풀이하는 '전3장'傳三章 역시 고시古詩 인용으로 시작된다.

첫 번째로 인용된 문장은 『시경』 상송商頌 현조지편玄鳥之篇의 한 구절이다. "방기천리邦畿千里여 유민소지惟民所止라." '방기'는 임금이 있는 곳을 중심으로 반지름 5백 리가 되는 지역(경기)을 가리키니까, 이쪽 끝에서 저쪽 끝까지 천 리쯤 되는 땅으로 생각하면 무난하겠다. 주자는 왕자지도王者之都라 했다.

옛날에는 임금이 곧 나라를 상징했으므로 백성이 머물러 살 만한 곳은 오직 왕도王都 부근이었다. 동양허씨東陽許氏는 "왕자王者가 거하는 땅은 사방 천 리로 왕기王畿라 일컫는데 천하의 한복판에 있어서 사방 사람들이 그 중심을 향해 돌아가 그곳에 머물러 살고자 하였으니, 일[事]에 지극히 선善한 이치가 있어서 사람들이 마땅히 거기에 머물고자 하는 것과 같다"고 하였다.

두 번째로 인용된 문장은 『시경』 소아小雅 어조지집魚藻之什 면만편緜蠻篇 둘째 연 첫 구절이다.

"면만황조緜蠻黃鳥여 지우구우止于丘隅로다." '면만' 緜蠻은 의성어로 꾀꼬리가 지저귀는 소리다. 해맑게 지저귀는 꾀꼬리가 저 언덕 모퉁이에 살고 있다는 뜻이다. '구우' 丘隅는 언덕의 높은 봉우리를 말한다. 구丘는 언덕이고 우隅는 봉우리다. 산 깊고 숲 무성하여 새들이 깃들일 만한 곳이다.

두 번째 인용한 문장 뒤에 공자의 말씀이 덧붙어 있다. 새들이 비록 미물이라 하나 제가 머물 곳을 바로 알거니와 사람이 되어서 새만도 못해서야 쓰겠는가? 공자의 이 말 속에는 새만도 못한 인간들에 대한 탄식이 들어 있다. 어째서 인간이 꾀꼬리만도 못할까? 답은, 인간이기 때문이다. 천하 만물이 모두 조물주의 명에 화답하여 존재하는데 홀로 인간만이 그것을 거역한다. 세상에 공해 물질을 만들어 내는 종자種子는 인간뿐이다. 인간만이 저 있을 자리를 찾지 못해 우왕좌왕하다가 끝내는 자기와 세상을 함께 파멸로 이끌어 간다. 바른 정치란 사람들이 저마다 자기 자리에서 자기에게 주어진 일을 하는 것, 또는 그렇게 하도록 하는 것이다.

제경공齊景公이 공자에게 정치에 관하여 묻거늘 공자 대답하되 임금
은 임금, 신하는 신하, 아비는 아비, 자식은 자식이 되는 것입니다. 공
公이 이르기를, 좋은 말씀이오. 참으로 임금이 임금 못 되고 신하가
신하 못 되고 아비가 아비 못 되고 자식이 자식 못 된다면 비록 음식
이 있다 한들 내 어찌 그것을 먹을 수 있겠소?(『논어』, 안연顔淵)

사람들이 저마다 저 있는 자리에서 저 할 도리道理를 다하는 것이
야말로 바른 정치의 알파요 오메가다.

도리를 다하는 건 그만두고 저 있을 자리를 찾지조차 못하고 있으
니 이런 낭패가 다시없다.

"사람이 되어서 어찌 새만도 못할 것인가?"

11

시에 이르기를, 아름답고 훌륭한 문왕文王이여 한결같이 빛나며 경건하게 머무시네 하였으니, 남의 임금 되어서는 인仁에 머무시고 남의 신하 되어서는 경敬에 머무시고 남의 아들 되어서는 효孝에 머무시고 남의 아비 되어서는 자慈에 머무시고 나라 사람들과 사귐에는 신信에 머무셨다.

詩云穆穆文王이여 於緝熙敬止라 하였으니 爲人君엔 止於仁하시
시 운 목 목 문 왕 오 즙 희 경 지 위 인 군 지 어 인

고 爲人臣엔 止於敬하시고 爲人子엔 止於孝하시고 爲人父엔 止
위 인 신 지 어 경 위 인 자 지 어 효 위 인 부 지

於慈하시고 與國人交엔 止於信이러시다.
어 자 여 국 인 교 지 어 신

인용된 시는 『시경』 대아大雅 문왕지집文王之什의 넷째 연 첫 구절이다. 전체 내용이 문왕文王의 덕德을 기리는 것으로 되어 있다.

'목목'穆穆은 아름답고 훌륭한 모습을 나타내는 말이고, '오'於는 감탄사다. '즙희'緝熙는 한결같이 빛난다는 뜻이고 '경지'敬止는 불경不敬하면서는 평안히 머무는 곳이 없다(無不敬而安所止)는 뜻이다. 그

러니까 거꾸로 읽으면 어디에 머물든지 경敬으로써 평안하다는 뜻이
되겠다. 절재채씨節齋蔡氏는 말하기를, 즙희경지緝熙敬止는 그것으로
써 지지선止至善의 본本을 삼는다고 했다.

이 문장은 문왕을 예로 들어, 지극한 선善에 머무는 것〔止於至善〕이
어떤 것인지를 밝히고 있다. 문왕은 주나라를 세운 무왕武王의 아버
지로서 성은 희姬, 이름은 창昌인데, 은殷나라 마지막 왕인 주紂 때에
서백西伯이 되어 백성을 어질게 다스렸다. 제후들이 그를 받들어 군
주로 삼았더니 뒤에 그의 아들 무왕武王이 혁명을 일으켜 폭군 주紂를
제거하고 나라를 세운 뒤 자기 아버지에게 문왕文王이라는 시호를 지
어 바쳤다.

문왕이 백성의 임금 되어서 인仁에 머물렀다는 말은 한결같은 인仁
으로써 백성을 다스렸다는 뜻이다. 인仁은 기독교에서 말하는 바 '사
랑'으로 읽어 크게 어긋나지 않는 개념이다. 백성 가운데는 이런 사
람도 있고 저런 사람도 있다. 만일 임금이 그들을 차별해서 사랑한다
면 그것은 인仁이 아니다. 언제 어디 누구에게나 한결같은 사랑을 베
푸는 것이 인仁이다.

하늘은 사사로이 덮지 않고 땅은 사사로이 싣지 않으며 해와 달은
사사로이 비추지 않는다〔天無私覆 地無私載 日月無私照〕고 했다.(『예기』
禮記) 이것이야말로 인仁의 본질을 잘 나타내는 말이다. 그래서 인仁
은 그 자체로써 완전하다.

아버지께서는 악한 사람에게나 선한 사람에게나 똑같이 햇빛을 주시

고 옳은 사람에게나 옳지 못한 사람에게나 똑같이 비를 내려 주신다
……. 하늘에 계신 아버지께서 완전하신 것같이 너희도 완전한 사람
이 되어라"(「마태오복음」 5:45, 48)

문왕이 임금의 신하였을 적에는 경敬에 머물렀다고 했다.『주역』
곤괘坤卦에 "경敬으로써 안을 곧게 하고 의義로써 밖을 바르게 한다"
〔敬以直內義以方外〕는 말이 있다. 경敬은 마음의 본디 바탕이 비뚤어지
지 않고 곧게 표출될 수 있도록 하는 무엇이다. 임금이 어떤 존재냐
에 따라서 이랬다저랬다 하지 않고 언제나 한결같이 곧은 마음을 유
지하는 것이 문왕의 자세였다. 그것이 곧 지극한 선善에 머물러 있음
이었다.

문왕은 부모를 모심에 한결같이 효孝에 머물렀다. 살아 계실 적이
나 돌아가신 뒤에나 변함없이 부모를 받들어 섬겼다. 공자는 말하기
를, "아비가 살아 계실 적에는 그 뜻을 살피고 아비가 돌아가신 뒤에
는 그 행실을 살피고 3년 동안 아비의 도道를 바꾸지 않으면 일컬어
효孝라 할 수 있겠다"고 했다.(『논어』, 학이學而)

아비의 도道를 3년 동안 고치지 않는다〔無改於父之道〕는 말 속에는,
마땅히 고쳐야 할 것이지만 3년 동안 그대로 지킨다는 뜻이 담겨 있
다. 어른을 받들어 섬긴다는 것이 결코 쉬운 일이 아니다.

예수의 효孝는 아버지의 뜻에 대한 절대 복종으로 나타났다. 성 벨
라도는 말하기를, 예수는 순명順命을 버리느니 차라리 자기 목숨을
버리셨다고 했다. 아빌라의 성녀 테레사는 순명의 덕을 잃지 않기 위
해서 잘못되었음이 분명한 고해 신부의 명命까지도 따랐다.

문왕이 자식에 대하여 자慈에 머물렀다는 말은 한결같은 사랑으로 자식을 대했다는 뜻이다. 인仁이 상대를 제한하지 않는 데 견주어 자慈는 아랫사람 특히 자녀들을 대상으로 삼는다. 자식이 효孝를 하거나 말거나 멈추지 않고 흘러내리는 어버이의 사랑, 그것이 자慈다. 남의 부모 된 사람이라면 마땅히 머물러 지켜야 할 자리다.

문왕이 나라 사람들과 더불어 사귐에 신信에 머물렀다는 말은 스스로 신의를 지켰다는 뜻이다. 내가 먼저 자신에게 신의를 지킬 때 남이 나를 믿어 준다. 이랬다저랬다 변덕스런 감정이나 이욕利慾에 따라서 처신을 하면 누구도 그를 믿음직스러워하지 않을 것이다.

절재채씨節齋蔡氏는 또 말하기를, 인경효자신仁敬孝慈信은 그것으로써 지지선止至善의 목目을 삼는다, 했다. 즙희경지緝熙敬止는 지극한 선善에 머무는 일의 바탕이요 인경효자신仁敬孝慈信은 지극한 선善에 머무는 일의 세목細目이 된다는 말이겠다.

여기 다섯 가지 세목은 한 사람이 전후 좌우 상하로 자기를 둘러싼 타인들과 맺을 수 있는 관계를 대강 함축한다고 보겠다. 이를 미루어 우리는 우리가 맺을 수 있는 모든 관계에서 마땅히 머물러야 할 곳을 알 수 있고 또 그래야 한다. 학문이란 그 '마땅한 자리'를 알고자 하는 것일 따름이라고 율곡栗谷은 말했다.

12

시詩에 이르기를, 저 건너 기수淇水 기슭을 바라보니 푸른 대숲이 늠름
하여라 의젓하게 빛나는 군자여 자르고 민 듯하며 쪼아 내고 갈아 낸
듯하도다 근엄하고 굳세며 밝고 훤출하니 의젓하게 빛나는 군자여 끝
내 잊을 수 없어라, 하였으니 자르고 민 듯하다 함은 배움을 말한 것
이요, 쪼아 내고 갈아 낸 듯하다 함은 스스로 닦음을 말한 것이며, 근
엄하고 굳세다 함은 삼가 두려운 모습이요, 밝고 훤출하다 함은 위엄
있는 모습이요, 의젓하게 빛나는 군자여 끝내 잊을 수 없어라 함은 그
성대한 덕德과 지극한 선善을 백성이 잊지 못함을 말한 것이다.

詩云瞻彼淇澳한대　菉竹猗猗로다　有斐君子여　如切如磋하며　如琢
시 운 첨 피 기 욱　　녹 죽 의 의　　유 비 군 자　　여 절 여 차　　여 탁

如磨라　瑟兮僩兮요　赫兮喧兮니　有斐君子여　終不可諠兮라　하였
여 마　슬 혜 한 혜　　혁 혜 훤 혜　　유 비 군 자　　종 불 가 훤 혜

으니　如切如磋者는　道學也요　如琢如磨者는　自修也요　瑟兮僩兮
여 절 여 차 자　　도 학 야　　여 탁 여 마 자　　자 수 야　　슬 혜 한 혜

者는　恂慄也요　赫兮喧兮者는　威儀也요　有斐君子終不可諠兮者는
자　순 율 야　　혁 혜 훤 혜 자　　위 의 야　　유 비 군 자 종 불 가 훤 혜 자

道盛德至善을　民之不能忘也니라.
도 성 덕 지 선　　민 지 불 능 망 야

군자가 지극한 선善의 자리에 머물러 있는 모습을 기수淇水 강기슭의 무성한 대숲에 견주어 보여 준다.

지극한 선善에 머물러 있으려면 학문과 수신修身에 게으르지 말아야 한다. 뿔이나 옥玉 따위로 공예품을 만들려면 톱으로 자르고 대패로 밀고 정으로 쪼아 내고 돌로 갈아야 하듯이 군자가 성덕지선盛德至善을 이루려면 끊임없이 배우고 자기를 닦아 나가야 하는 것이다.

지극한 선善의 자리에 머무는 일이 저절로 또는 우연으로 이루어지는 게 아님을 친절히 설명한다. 어쩌면 그 자리에 머물기 위하여 밤낮으로 자기를 닦고 학문에 정진하는 것 자체가 그대로 훌륭한 지어지선止於至善이겠다.

> 나는 이 희망을 이미 이루었다는 것도 아니고 또 이미 완전한 사람이 되었다는 것도 아닙니다. 다만 나는 그것을 붙들려고 달음질칠 뿐입니다. 그리스도 예수께서 나를 붙드신 목적이 바로 이것입니다. 형제 여러분, 나는 그것을 이미 붙들었다고 생각하지 않습니다. 다만 나는 내 뒤에 있는 것을 잊고 앞에 있는 것만 바라보면서 목표를 향하여 달려갈 뿐입니다.(「필립비서」 3:12, 13)

완전한 사람이 되고자 뒤에 있는 것을 잊고 앞으로 오로지 달려가는 바울로, 그에게서 우리는 이 땅에 존재하는 '완전한 사람'의 모습을 본다.

　인용된 시詩는 『시경』 위풍衛風 기욱淇澳의 첫째 연 전문全文으로,
무공武公의 덕德을 기리는 내용이다.

13

시詩에 이르기를, 아아 앞서 계셨던 임금을 잊지 못하노라 하였거니와 군자君子는 그의 어짊을 자신의 어짊으로 삼고 그가 가까이 한 것을 자신의 가까운 것으로 삼으며 소인小人은 그의 즐거움을 자신의 즐거움으로 삼고 그의 이로움을 자신의 이로움으로 삼는지라. 이로써 세상이 다하도록 잊지 못하는 것이다.

詩云於戱라 前王不忘이라 하였거니와 君子는 賢其賢而親其親하
시 운 오 희   전 왕 불 망   군 자   현 기 현 이 친 기 친

고 小人은 樂其樂而利其利하느니 此以沒世不忘也니라.
소 인   낙 기 락 이 리 기 리   차 이 몰 세 불 망 야

인용된 시詩는 『시경』 주송周頌 열문편烈文篇의 결구다. 주자의 설명에 따르면 본문의 '전왕'前王은 문무文武를 가리키고 '군자'君子는 후대의 현인賢人과 왕王을, '소인'小人은 후대의 백성을 말하거니와 문무文武가 백성을 새롭게 함이 지극한 선善에 머물러 백성들로 하여금 저마다 제자리를 얻게 하였으므로 사람들이 그를 사모하되 세월이 흐를수록 더욱 사모하게 되었다는 것이다.

이기동 교수는 '현기현친기친' 賢其賢親其親과 '낙기락이기리' 樂其樂
利其利를 이렇게 해설한다.

　　마음이 순수한 군자들은 그 전왕의 어진 덕으로 말미암아 그것과 동
　　일한, 자신 속에 있는 덕을 밝히게 됨으로써 전왕의 덕을 자신의 덕으
　　로 삼으며 또한 자신의 덕의 차원에서 전왕과 한마음이 되기 때문에
　　전왕과 한마음이 되어 있는 많은 사람들과도 한마음이 됨으로써 전왕
　　과 한마음이 된 사람들을 자신과 한마음이 된 사람으로 여기게 된다.
　　뜻이 같은 친구를 동지同志라 하는데 그 친구의 동지는 곧 나의 동지
　　가 되는 것과 같은 논리인 것이다.
　　전왕은 정원을 꾸미거나 하면 그 백성들과 함께 사용함으로써 함께
　　즐기고 재물이 들어오거나 이로움이 생기면 백성들과 나누어 가지므
　　로, 아직 덕을 밝혀 완전히 순수해진 상태에 이르지 못한 소인들은 이
　　해타산에 밝기 때문에, 전왕의 즐거움을 곧 자신들의 즐거움으로 알
　　아서 즐거워하고 전왕의 이로움을 곧 자신들의 이로움으로 알아 이롭
　　게 여기게 된다. 이 때문에 모든 백성이 전왕을 영원히 잊을 수 없는
　　것이다.

옥계노씨玉溪盧氏는 앞에 인용된 유비군자有斐君子에 대한 노래와
뒤에 인용된 전왕불망前王不忘의 노래를 연결해 이렇게 말한다.

　　이 두 절은 서로 안팎을 이룬다. 앞 절은 뒤 절의 본원本原이요 뒤 절
　　은 앞 절의 효험效驗이거니와 그런즉 신민新民의 지극한 선이 어찌 명

명덕明明德의 지극한 선善 밖에 있겠는가?

자기의 맑은 덕德을 맑히는 일에 지극한 선善을 이루어 거기 머물면, 절로 백성을 새롭게 하는 일에 지극한 선善을 이루어 거기 머물게 된다는 얘기다. 여기서 '지어지선' 止於至善을 풀이하는 전3장傳3章이 끝난다.

『대학』은 수신修身에서 평천하平天下까지 이르는 계단을 차례로 밟아 올라간다. 일의 진행 순서는 수신에서 비롯하여 평천하로 완성되지만, 평천하에서 수신 쪽으로 되짚어 내리며 읽는 게 바른 방향이다. 왜냐하면 『대학』의 시선은 언제나 말末에서 본本으로 향하고 있기 때문이다. 무슨 일에나 먼저는 본本이요 두터이 할 바 또한 본本이다.

유자有子 이르기를, 사람됨이 부모에게 효孝하고 어른 받들 줄 알면서 윗사람 범하기를 좋아하는 자 드물고 윗사람 범하기를 좋아하지 않으면서 난亂을 일으키기 좋아하는 자 세상에 없다. 군자君子는 본本에 힘쓰나니 본本이 서야 도道가 생겨난다. 부모에게 효孝하고 어른 받드는 일이 인仁의 근본이다.(『논어』, 학이)

예수야말로 한평생 오직 '무본' 務本에 충실한 분이었다. 그가 지상에서 한 일이란 "나를 보내신 분의 명命을 이루는 것"이었다. 양식이란 그것 없이는 인간이 살아갈 수 없는 무엇이다. 예수는 시카르 마을의 우물가에서 제자들에게 이렇게 말씀하신다. "나를 보내신 분의

뜻을 이루고 그분의 일을 완성하는 것이 내 양식이다."(「요한복음」 4:34)

이 말씀은 당신이 세상에 오신 목적이 다름 아니라 '나를 보내신 분의 뜻을 이루는 것'이요, 만일 하루라도 그 일을 하지 않으면 당신은 이 세상에 존재할 수도 없고 존재할 이유도 없다는 그런 말씀이다. 예수가 게쎄마니에서 하신 기도, "내 뜻대로 마시고 아버지의 뜻을 이루소서"는 그분의 마지막 기도면서 평생토록 한 기도의 요약이기도 하다. 그의 한평생은 오직 아버지의 뜻을 이루는 것으로, 자신의 본本에 충실한 것으로, 이루어졌다.

14

공자 이르시기를, 소송訴訟을 듣는 일에는 나 또한 다른 사람과 같으
나 반드시 하여금 소송이 없도록 하리라 하시니 알속 없는 자가 하려
던 말을 다 못 함은 백성의 뜻을 크게 두려워함이다. 이를 일러 본本
을 안다고 하는 것이다.

子曰聽訟에 吾猶人也나 必也使無訟乎인저 하시니 無情者不得盡
자 왈 청 송   오 유 인 야   필 야 사 무 송 호   무 정 자 부 득 진
其辭는 大畏民志라 此謂知本이니라.
기 사   대 외 민 지   차 위 지 본

유인猶人은 남과 다를 바 없다는 뜻이요, 무정자無情者는 정情을 실
實로 읽어, 실없는 사람 또는 알속 없는 사람, 거죽밖에 보지 못하는
사람으로 새긴다.

공자 말씀을 인용하여 명덕明德이 신민新民의 본本임을 설명함으로
써 본本과 말末의 관계를 거듭 밝힌다. 물론 본本이 선先이요 말末이
후後다. 이 순서가 무시되거나 뒤집어짐으로써 인간 세상 온갖 악과

고통이 생겨나는 것이다.

사람들이 시비를 가려 달라고 문제를 가지고 올 때 그것을 잘 들어 심판해 주는 게 이른바 지도층에 있는 자들의 일이다. 공자도 아마 그런 일을 심심찮게 겪어야 했을 것이다. 송사訟事를 바르게 판가름해 주는 일이 아무나 할 수 있는 일은 결코 아니지만 공자는 그런 일에 스스로 머물러 있을 수 없노라 했다. 왜냐하면 송사를 듣고 해결해 주는 일은 말末에 속하는 일이기 때문이다. 그러면 무엇이 본本인가? 사람들로 하여금 아예 송사를 일으키지 않도록 해주는 일이다.

어떻게 그럴 수 있는가? 지도자가 명덕明德으로써 신민新民을 하면 그렇게 된다. 이 문장에서 중요한 열쇳말은 '백성의 뜻' [民志]이다. 사람들이 백성의 뜻을 크게 두려워하여 헛소리를 더 이상 못하고 입을 다물게 되는데, 이는 송사를 만들어 내지 못한다(또는 않는다)는 뜻이다.

민심民心이 곧 천심天心이라고 할 때의 그 '민심'이 여기서 말하는 백성의 뜻[民志]과 같다고 보아 큰 무리 없겠다.

백성은 개인이 아니다. 모든 개인이 참여하여 이루어지는 '전체'가 백성이다. 그러므로 백성의 뜻은 네 뜻도 아니고 내 뜻도 아니다. 임자가 없는 것도 아니며 따로 있는 것도 아니다. 그래서 다른 말로 하늘 뜻이라고 한다.

백성의 뜻은 거죽이 아니라 속에 있다. 중심의 뜻이 곧 백성의 뜻이다. 나무 중심은 나무의 모든 것을 내포한다. 뿌리도 줄기도 가지도 중심에서는 서로 다른 무엇이 아니다. 우주 속에 있는 한, 그것을 벗어나지 못하는 한, 존재하는 모든 것이 우주의 중심에서 마침내 하나다. 이는 아무도 거역 못 할 절대 운명이다.

무정자無情者 곧 무실자無實者는 중심으로 들어가지 못하고 가장자리 거죽에 붙잡혀 있는 자다. 드러나 보이는 거죽 현상에 사로잡혀 속을 들여다보지 못한다. 출렁거리는 파도에 홀려 깊은 바다 저 태곳적 고요를 모른다. 제 몸에 우주의 중심이 있건만 너무나도 멀리 떨어져 있어 알속이 없는 것과 마찬가지다. 그러니 날마다 속고 날마다 속인다. 반드시 무너지고 말 탑을 쌓아 지키는 일에 바쁘고 저절로 사라질 것들을 가운데 두고 끝도 없이 다툰다.

소송에 눈이 멀면 가족도 안 보인다. 그러나 사실 그들의 눈을 멀게 한 것은 소송이 아니라, 사물(자기 자신을 포함하여)의 참모습을 바로 알지 못하는 그들의 무지다. 밝은 대낮에 눈을 감고서는 무명無明에 사로잡혀 이리 부딪치고 저리 걸려, 부딪치는 대로 걸리는 대로 아무하고나 닥치는 대로 시비是非를 건다. 그러니 세상은 갈수록 시끄럽고 아무리 현명한 판결을 내려 주어도 송사는 꼬리에 꼬리를 문다.

예수의 일행은 산에서 내려와 큰 군중과 마주치게 되었다. 그때 웬 사람이 군중 속에서 큰 소리로 '선생님, 제 아들을 좀 보아 주십시오. 하나밖에 없는 자식입니다. 그 아이는 악령이 덮치기만 하면 갑자기 소리를 지르면서 입에 거품을 물고 경련을 일으킵니다. 그래서 온몸에 상처를 입습니다만 악령은 좀처럼 떨어지지 않습니다. 그래서 선생님의 제자들에게 악령을 쫓아내 달라고 했지만 쫓아내지 못했습니다' 하며 소리쳤다. 예수께서는 '이 세대가 왜 이다지도 믿음이 없고 비뚤어졌을까? 내가 언제까지나 너희와 함께 살며 이 성화를 받아야 한다

는 말이냐? 그 아이를 나에게 데려오너라' 하셨다. 그 아이가 예수께
오는 도중에도 악령이 그 아이를 거꾸러뜨리고 발작을 일으켜 놓았
다. 예수께서는 더러운 악령을 꾸짖어 아이의 병을 고쳐서 그 아버지
에게 돌려주셨다.(「루가복음」 9:37~42)

악령을 내쫓으면 뭘 하나? 쫓겨난 악령이 제 친구까지 데리고 들어
가 살림을 차릴 인간이 얼마든지 있는데. 한 세대가 온통 믿음이 없고
비뚤어졌다. 그것이 문제다. 문제의 핵심이다. 악령과 싸우는 일은 말
末이다. 먼저 한 세대가 속에 품고 있는 불신과 왜곡을 몰아내야 한다.
그것이 본本이요 선先이다.

무정자無情者의 송사를 판결해 주는 일이 축사逐邪라면 그를 유정자
有情者로 만드는 일, 곧 모든 사람을 자신의 중심이자 우주의 중심인
하느님께로 이끄는 일이 예수의 복음공사福音公事 내용이다.

북극에 서면 사방이 모두 남쪽이요 남극에 서면 사방이 북쪽이다.
중심에 서면 동서남북 상하좌우가 홀연 사라진다.
사람 치고 '백성' 아닌 자 누구랴? 누구든지 제 '중심'에 서서 바
라보는 순간 상대가 문득 사라지매 누구와 더불어 시비를 따질 것이
며 누구와 더불어 송사를 만들 것인가? 천상천하에 있는 것이라고는
홀로 존귀한 '나' 뿐이거늘.

이상, 본말本末을 설명한 전4장傳四章.

15

이를 일러 앎의 지극함이라 한다.

此謂知之至也니라.
차 위 지 지 지 야

　이 문장은 결구다. 그렇다면 앞에 상당한 글이 있어야 한다. 주자는 정자程子의 뜻을 삼가 취하여 없어진 부분을 아래와 같이 보충했다. 이른바 격물보전格物補傳이다.

　잠깐 틈내어 가만히 정자程子의 뜻을 취하여 보충한다. 이른바 앎이 격물格物에 있다 함은 나의 앎을 이루고자 할진대 물物에 나아가 그 이치를 깊이 연구해야 한다는 말이다. 무릇 사람 마음의 신령함이 아는 힘을 지니지 않음이 없고 천하 사물에 이치를 지니지 않은 것이 없건만, 다만 이치를 끝까지 다 연구 못 한 까닭에 앎에 지극하지 못함이 있는 것이다. 그러므로 『대학』을 배우기 시작함에 배우는 자로 하여금 모든 천하 사물에 나아가 이미 알고 있는 바 이치를 말미암아 더욱 연구하여 극진함에 이르기를 구하게 하는 것이니, 이렇게 힘쓰기를 오래 하여 문득 하루아침에 막힘없이 뚫리게 되면 모든 物물의 거죽과 속, 정교함과 거칠음에 미치지 못함이 없고 마음을 두루 크게 씀에 밝지 않음이 없다. 이를 일러 물격物格이라 하고 이를 일러 앎의 지극함이라 한다.

間嘗竊取 程子之意하여 以補之曰所謂致知在格物者는 言欲致吾
간 상 절 취 　정 자 지 의 　　　이 보 지 왈 소 위 치 지 재 격 물 자 　　언 욕 치 오

之知인댄 在卽物而窮其理也라. 蓋人心之靈이 莫不有知요 而天
지 지 　　　재 즉 물 이 궁 기 리 야 　　개 인 심 지 령 　　막 불 유 지 　　이 천

下之物이 莫不有理언마는 惟於理에 有未窮故로 其知有未盡也니
하 지 물 　　막 불 유 리 　　　유 어 리 　　유 미 궁 고 　　기 지 유 미 진 야

是以로 大學始敎에 必使學者로 卽凡天下之物하여 莫不因其已知
시 이 　　대 학 시 교 　　필 사 학 자 　　즉 범 천 하 지 물 　　　막 불 인 기 이 지

之理而益窮之하여 以求至乎其極하니 至於用力之久而一旦에 豁
지 리 이 익 궁 지 　　　이 구 지 호 기 극 　　지 어 용 력 지 구 이 일 단 　　활

然貫通焉則衆物之表裏精粗無不到而吾心之全體大用이 無不明矣
연 관 통 언 즉 중 물 지 표 리 정 조 무 불 도 이 오 심 지 전 체 대 용 　　무 불 명 의

라. 此謂格物이요 此謂知之至也니라.
　　차 위 격 물 　　　차 위 지 지 지 야

"앎에 이름은 物물을 格격하는 데 있다"〔致知在格物〕는 구절에 대한 보설補說이다. 物물을 格격한다는 말은 사물을 깊이 연구하여 그것에 가서 닿는다는 말이니 드디어 연구 대상이던 物물과 하나로 됨을 뜻

한다. 예컨대, 어느 조류 학자가 황새를 깊이 연구한 끝에 그 새와 일체감을 느낄 만큼 되어 마침내 서로 의견을 나누고 기쁨과 슬픔까지 나눌 수 있게 되었다면, 그가 과연 황새를 대상으로 격물格物했다고 하겠다. 그 정도 경지에 이르면 아마도 황새를 통하여 생명의 이치를 깨달았을 것이고, 그리하여 황새뿐만 아니라 다른 새들은 물론 생명 가진 모든 것들과 깊은 데서 서로 통하게 되어 이른바 무불통지無不通知하는 도인道人이 되어 있을 것이다. 성난 늑대를 꾸짖어 달래고 새들한테 설교를 한 프란체스코 성인이 그런 도인 아니었을까?

'격'格이라는 한 문자에, 연구한다는 뜻과 가서 닿는다는 뜻이 함축되어 있음이 기특하다는 얘기는 전에 했다. 무엇을 공부한다는 것은 그것에 대하여 알 뿐 아니라 그것을 꿰뚫어 알고 나아가 마침내 그것과 일체로 되는 것이다. 이렇게만 공부하면 그 공부한 대상인 물物이 무엇이든 관계없이 이윽고 천리天理 곧 하느님의 법에 통할 수 있다. 왜냐하면 천하지물天下之物이 막불유리莫不有理라, 세상에 있는 모든 사물이 다 제 속에 하늘 이치[理]를 품고 있기 때문이다. "존재함은 나타냄을 뜻한다"고 했다.(아브라함 J. 헤셸) 무엇을 나타내는가? 유대인 문법으로 말하면 하느님(의 영광)이다. 만물이 하느님 영광을 속삭이고 그 솜씨의 비밀을 일러 준다.

하늘은 하느님의 영광을 속삭이고
창공은 그 훌륭한 솜씨를 일러 줍니다.
낮은 낮에게 그 말을 전하고
밤은 밤에게 그 일을 알려 줍니다.

그 이야기, 그 말소리

비록 들리지 않아도

그 소리 구석구석 울려 퍼지고

온 세상 땅 끝까지 번져 갑니다.(「시편」 19:1~4)

지표면 어디를 택하든 중심을 향해 파고 들어가면 마침내 지핵地核에 이른다. 일단 지핵에 이르면 어디서 출발했는지는 문제가 되지 않는다. 그리스도의 진리에 가서 닿기만 하면 그가 러시아 사람이든 호주 사람이든 중국 사람이든 상관이 없다.

개미를 연구해도 좋고 메뚜기를 연구해도 좋고 산야초山野草를 연구해도 좋고 하늘의 별을 연구해도 좋고 사람을 연구해도 물론 좋다. 어느 것을 택하였든 깊이 파고들면 마침내 천리天理로 통하게 마련이다. 문제는 개미든 메뚜기든 산야초든 별이든 그것을 통해 무궁한 '깊이'로 들어가지 않고, 번잡한 거죽 현상에만 매달려 알기는 참 많이 아는데 진짜 알아야 할 것은 하나도 모르는 데 있다.

일본의 야마기시山岸巳代藏라는 사람은 닭을 쳤는데 그것들이 살아가는 모양을 깊이 연구하여 마침내 공동체 삶의 원리를 깨치고, 당대의 '센세이'〔先生〕가 되었다. 말하자면 이런 게 진짜 공부다. 어린 소년 경덕敬德은 봄날 노고지리가 하늘 높이 오르는 것을 보고 그 이치를 궁리하느라 남들만큼 나물을 많이 뜯지는 못했지만, 마침내 조선조 대표적 도학자道學者가 되었고 이른바 기 철학氣哲學의 선구자가 되었다.

가장자리 거죽에서만 기어다니면, 지구를 몇백 번 돌고 돌며 유학에 유학을 거듭해도 그래서 박사 학위를 몇 개씩 딴다 해도, 미안하지만 사람 되기는 아직 멀었다. 이理는 물物마다 있되 그 '중심'에 감추어져 있기 때문이다.

그런 까닭에 자연과학이든 인문과학이든 모든 학문이 마침내 존재의 형이상학으로 바뀌는 데서 비로소 깨달음의 문이 열리고 거기에 이른 사람을 두고 우리는 과연 '아는 사람'이라고, 앎의 지극함에 도달한 사람이라고 말할 수 있으리라. 거기까지, 그 활연관통豁然貫通하는 깨달음에 이르기까지 시간이 아주 많이 걸리는 사람도 있을 것이고 물론 그렇지 않은 사람도 있을 것이다. 또 사람에 따라서, 누가 가르쳐 주지 않아도 스스로 아는 사람〔生而知之〕이 있는가 하면 배워서 아는 사람〔學而知之〕이 있을 것이고 많은 고생 끝에 아는 사람〔困而知之〕도 있을 것이다. 그러나 일단一旦에 앎을 이루고 보면 그 셋이 모두 같다는 게 공자의 가르침이다.

한 가지로 만 가지를 꿰뚫는다! 그것이 격물치지格物致知다. 이는 바탕인 도道에 이르러 한 가지가 곧 만 가지인 까닭이다.

이것으로 격물치지格物致知를 풀이한 전5장傳五章을 마친다.

16

이른바 뜻을 정성스럽게 한다는 것은 자기를 속이지 아니함이니 나쁜 냄새를 싫어하고 좋은 모양을 좋아하는 것과 같다. 이를 일러 스스로 만족함이라 하는데 그런 까닭에 군자는 반드시 그 홀로 있음을 삼간다.

所謂誠其意者는 毋自欺也니 如惡惡臭하며 如好好色이라. 此之
소 위 성 기 의 자   무 자 기 야   여 오 악 취   여 호 호 색   차 지

謂自謙이니 故로 君子는 必愼其獨也니라.
위 자 겸   고   군 자   필 신 기 독 야

　성의誠意를 풀이한 전6장傳六章 머리글이다.

　의義는 '뜻' 으로 옮긴다. 마음은 마음인데 무엇을 하겠다는 마음, 그것이 바로 '뜻' 이다.

　주자는 뜻을 정성스럽게 하는 것이 곧 자기를 닦는 일의 머리(誠其 意者, 自修之首也)라고 했다. 마음먹기를 정성으로 해야 비로소 몸을 닦아 나갈 수 있다는 말이겠다.

　성誠은 말(言)이 이루어지도록(成) 공을 들인다는 뜻으로 단절되거

나 왜곡됨 없이 한결같음을 말한다. 또 성誠은 실實이다. 속과 겉이 같음을 뜻하기도 한다. 속된 표현으로, 한다면 하는 사람, 그런 사람이 성誠하고 실實한 사람이다.

말은 그럴듯하게 하는데 뒤로 딴 짓을 한다면 그것은 남을 속이는 짓이기 전에 자기 자신을 속이는 것이다. 먼저 자신을 속이지 않고 남을 속일 수는 없다. 그런 까닭에 뜻을 정성스럽게 한다는 말은 뒤집으면 자신을 속이지 아니함이 된다.

누가 가르쳐 준 대로 하는 신앙 고백은 그 고백 언어가 아무리 절실하여도 결국 자기를 속이는 짓이 아닐 수 없다. 자기를 속이는 것은 하느님을 속이는 것.

이 백성이 말로만 나와 가까운 체하고
입술로만 나를 높이는 체하며
그 마음은 나에게서 멀어져만 간다.
그들이 나를 공경한다 하여도
사람들에게서 배운 관습일 따름이다. (「이사야」 29:13)

자기의 중심 곧 우주의 중심(인 하느님)을 향하여 깊이 들어가려는 뜻을 지니는 건 좋은 일이다. 그러나 그 뜻에 조금도 삿된 '꿍꿍이속' (私意)이 섞이지 않도록 조심해야 한다.

고약한 냄새가 나면 누가 시키거나 가르쳐 주지 않아도 코를 막고 상을 찡그리며, 아름다운 여인이 눈앞에 있으면 역시 누가 시키지 않아도 한 번 더 쳐다보게 되거니와 이는 뜻을 따로 품지 않으면서 뜻을 품고 있는 모습이다. 따라서 뜻을 성誠하게 하라는 말은 사사로운 뜻을 앞세우지 말라는 말과 같다. 사체 썩는 냄새를 맡고 상을 찡그림은 어느 개인의 사사로운 뜻에 따른 몸짓이 아니다. 누구 다른 사람 눈을 의식하여 짐짓 겉으로 보여 주는 행동이 아니다.

어떻게 '뜻'을 성誠하게 지닐까? 그 방법을 시원하게 일러 줄 스승은 아마도 만나기 어렵겠지만 누구나 제가 저를 아는 법! 따로 누구의 가르침이 필요한 게 아니다. 그래서 이를 일러 자겸自謙이라, 여기 겸謙을 '만족할 협'慊으로 읽어, 스스로 만족함이라 한다.

내가 아니면 아닌 것으로 충분하다. 남이 그렇게 알아주느냐 여부에 좌우되지 않는다. 선행善行을 했으면 한 것으로 충분하다. 누가 그것을 평가하여 상을 주거나 말거나 그런 따위에는 신경 쓰지 않는다. 이것이 자겸自謙이다.

따라서 군자는 필신기독야必愼其獨也라, 반드시 저 혼자 있음을 삼간다. 혼자 있음을 삼간다는 말은 언제 어디서나 자신의 몸과 마음을 함부로 굴리지 않는다는 말이다. 남들과 더불어 있을 때에나 자기 혼자 있을 때에나 군자는 그 몸과 마음을 쓰는 일에 한결같이 신중하다. 자신의 뜻을 스스로 살펴 삿된 꿍꿍이속이 섞이지 않도록 삼가 조심하는 일이 수신修身의 첫걸음이다.

17

소인小人이 한가하게 있을 적에 못된 짓을 하되 안 하는 짓이 없다가 군자君子를 보고는 슬그머니 못된 짓을 감추고 착한 짓을 드러내거니와 남이 나를 봄이 허파와 간을 들여다봄과 같거늘 무슨 보탬이 되랴? 이를 일러 속이 성誠하면 겉으로 드러난다 하니 그런 까닭에 군자는 반드시 그 홀로 있음을 삼간다.

小人이 閑居에 爲不善하되 無所不至하다가 見君子而后에 厭然
소 인   한 거   위 불 선   무 소 부 지   견 군 자 이 후   염 연

揜其不善하고 而著其善하거니와 人之視己함이 如見其肺肝이어
엄 기 불 선   이 저 기 선   인 지 시 기   여 견 기 폐 간

늘 然則何益矣리오. 此謂誠於中이면 形於外라 하니 故로 君子는
   연 즉 하 익 의   차 위 성 어 중   형 어 외   고   군 자

必愼其獨也니라.
필 신 기 독 야

소인小人은 어째서 소인인가? 제 장단에 춤추지 못하고 남의 장단에 놀아난다. 군자君子는 어째서 군자인가? 남의 장단에 놀아나지 않고 제 장단에 춤을 춘다.

온 국민이 나서서 아니라 하여도 내 맘에 그러하면 그러하다. 온 국민이 나서서 당신이야말로 대통령감이라 해도 내 맘에 아니면 아니다. 이게 군자다.

석가가 누구와 의논하여 법륜法輪을 굴렸던가? 예수가 누구와 의논하여 골고다 언덕을 올랐던가? 노자가 누구와 의논하여 서역으로 몸을 감추었던가? 공자가 누구와 의논하여 주유천하周遊天下했던가? 저마다 "코뿔소의 외뿔처럼" 홀로 제 길을 갔다.

그렇다! 그들이라고 해서 어찌 의논 상대가 없었으랴? 그들도 깊이 의논했으리라. 그러나 그 의논 상대가 몸 밖에 있는 '남'이 아니라 제 속에 있는 '나'였다. 석가는 중생을 제도하려는 간절한 마음, 예수는 당신을 보내신 아버지, 노자는 아마도 자기 존재의 바탕이자 길인 도道와 더불어 진지하게 의논했을 것이다.

소인小人은 남의 눈치를 좇아서 사는 까닭에 저 혼자 있을 적에는 온갖 못된 짓을 다 하다가 다른 사람을 만나게 되면 시치미를 떼고 자신의 불선不善은 감추면서 조금 있는 선善은 침소봉대針小棒大로 드러낸다.

그가 그렇게 하는 것은, 선善은 좋고 불선不善은 나쁘다는 사실을 스스로 알고 있기 때문이다. 그러나 그렇게 알고 있으니 무슨 소용인가? 행실이 그 알고 있는 바와 상관이 없거늘, 오히려 기왕 있는 불선不善에 위선僞善이라는 더 고약한 불선不善 하나를 보탤 따름이다.

그렇게 속 다르고 겉 다르게 처신하여 통하는 세상이라면 그런 대로 넘어갈 수 있을는지 모르겠으나 문제는 속이는 자 속는 자 모두가 뻔히 상대 속을 허파 들여다보듯 본다는 데 있다. 말은 구국救國의 결단 어쩌고저쩌고 하지만 그게 다 제 속에 꿈틀거리는 권력욕을 채우려고 부리는 수手라는 것쯤 온 국민이 다 알고 있다는 얘기다.

그러기에 군자는 겉을 꾸미려 하지 않고 속을 다스린다. 속에 있는 것이 겉으로 드러나게 마련이기 때문이다. 성誠은 외外에 연결된다. 당연한 일이다. 군자는 사람들이 자기를 어찌 볼까에 신경 쓰는 대신 오직 제 속에 있는 성性의 명령에 충실할 따름이다.

> 홀로 걸어가며 게으름을 피우지 않는 수행자,
> 칭찬에도 비난에도 전혀 마음이 흔들리지 않아
> 큰 소리에도 놀라지 않는 사자와 같이
> 그물에 걸리지 않는 바람과 같이
> 그리고 진흙에 더러워지지 않는 연꽃과 같이
> 남에게 끌려가지 않고 오히려 남을 끌고 가는 사람,
> 이런 사람을 진정한 성자聖者라 하느니
>
> 아무리 칭찬을 해도 또 비난을 퍼부어도
> 기둥과 같이 움직이지 않는 사람,
> 욕정을 떠나 모든 감각 기관을 잘 다스리는 사람,
> 이런 사람을 진정한 성자라 하느니(『숫타니파타』 I. 12)

단득본但得本하여 막수말莫愁末하라, 오직 본本을 얻고자 힘쓸 일이요 말末에 대하여는 걱정하지 말라. 이것이 이른바 군자가 필신기독必愼其獨하는 이유요 방법이다.

18

증자 이르기를, 열 눈이 쳐다보고 열 손이 가리키고 있는 바라, 조심
할진저.

曾子曰十目所視요 十手所指라 其嚴乎인저.
증 자 왈 십 목 소 시   십 수 소 지   기 엄 호

　아무리 비밀스럽게 해도 "감추어 둔 것은 드러나게 마련이요 비밀
은 알려지게 마련이다."(「마르코복음」 4:22) 나아가서, 숨는 것보다 더
한 드러남이 없고 숨기는 것보다 더한 드러냄이 없다.〔莫見乎隱, 莫顯乎
微—『중용』 1장〕 그러니 언행심사言行心事를 언제나 삼가 조심해야 한다.
　지금 내가 하고 있는 짓을 대낮에 광화문 네거리에서 똑같이 할 수
있는가? 이런 질문을 노상 자신에게 하면서 살아간다면, 우리네 삶
이 과연 '빛 가운데 걸어가는' 밝은 삶으로 될 것이다.
　'엄' 嚴은 여기서 조심하라는 뜻으로 풀었지만, 본디 높은 언덕에서
용감하게 호령한다는 뜻을 담은 문자다.
　열 눈이 쳐다보고 열 손이 가리키고 있으니 언행을 삼가라는 증자
의 말은, 그러니까 남의 이목을 두려워하라는 뜻으로 한 말이라기보

다는 천하에 밝히 드러내 보여도 켕길 게 없도록 그렇게 처신하라는 얘기로 새겨야 할 것이다. 두려워하려면 이랬다저랬다 변덕이 죽 끓 듯 하고 기분에 따라 흑백이 뒤바뀌기도 하는 인간의 이목이 아니라, 높은 언덕에서 내려다보며 큰소리로 호령하는 '그분' 을 두려워할 일 이다.

그래서 누구 말인지는 모르겠으나, 혼자 있을 때에는 많은 사람에 에워싸여 있다 생각하고, 많은 사람에 에워싸여 있을 때에는 혼자 있 다 생각하라고 했다. 이는 행실을 삼가 조심하되 남의 이목에 좌우되 지는 말 것이며, 그렇다고 해서 남이 어찌 보든 상관없이 안하무인眼 下無人으로 굴어서도 안 된다는 권면이라 하겠다.

'하느님 앞에서 하느님 없이', 이것이 본회퍼의 성숙한 신앙인이라 면 '사람 없는 데서 만인과 함께', 이것은 증자의 군자다.

> 옛적의 훌륭한 선비들은 미묘현통微妙玄通하여 그 깊이를 알 수 없다.
> 대저 그 깊이를 알 수 없는 까닭에 억지로 모양을 그려 보면 신중하여
> 겨울 내를 건너는 것 같고〔豫兮若冬涉川〕 삼가 사방을 두려워하는 것
> 같으며〔猶兮若畏四隣〕……(『노자』 15장)

옥계노씨玉溪盧氏의 말.

> 혼자서 선善을 행하는 사람은 남이 알아주기를 바라지 않지만 남들이
> 스스로 알고 있고, 혼자서 불선不善을 행하는 자는 남이 알까 봐 겁을
> 내지만 남들이 반드시 알고 만다. 심히 두려워할 바가 이와 같다.

증자는 공자의 고제高弟 가운데 하나인데, 성의誠意에 가장 힘썼던 사람으로 평가받는 인물이다.

『논어』 학이편學而篇에, "나는 날마다 세 가지로 반성한다"〔吾日三省吾身〕고 말한 사람이 그다. 또 같은 책 태백편泰伯篇에는, "증자 병들매 제자 불러 이르기를, '내 발을 살펴보고 내 손을 살펴보아라. 『시경』에 두려워하고 삼가 깊은 못에 가까이 가듯 하며 얇은 얼음을 밟듯 한다고 하였거늘 이제야 내가 몸에 상처 내는 죄를 면하는구나' 하였다"는 기록이 있다.

19

부富는 집을 빛나게 하고 덕德은 몸을 빛나게 한다. 마음 넓고 몸 뜸 직하니, 군자는 반드시 그 뜻을 정성스럽게 한다.

富潤屋이요 德潤身이라 心廣體胖하니 君子는 必誠其意니라.
부 윤 옥　　　덕 윤 신　　　심 광 체 반　　　군 자　　필 성 기 의

　재물이 많으면 집이 번들거리게 마련이다. 마찬가지로 속에 덕德 이 있으면 몸이 빛나게 되어 있다. '윤潤'은 화택華澤과 같다고 했 다.(삼산진씨三山陳氏) 화택華澤이라고 하면 꽃처럼 빛난다는 뜻일까? 꽃은 벌, 나비를 불러야 하니까 겉으로 곱게 빛나야 한다. 그런데 만 일 나무뿌리가 썩거나 줄기에 병이 들었다면, 꽃은 피기도 전에 시들 어 떨어질 것이다. 그러니 꽃의 아름다움은 꽃 자체에서 나오는 게 아니다.

　겉으로 드러나 보이는 것은 그게 무엇이든 속에 있어 보이지 않는 것에서 나온다. 속에 분노가 일면 얼굴이 붉어진다. 얼굴이 붉어져서 화가 나는 법은 없다.

　먼저 할 일 먼저 하고 나중 할 일 나중 하면 그 사람은 도道에 가깝

다고 했다. 그런 까닭에 군자는 몸맵시를 가꾸기 전에 반드시 먼저 마음을 다스린다. 보이지 않는 하느님을 사랑하는 것이 보이는 이웃을 사랑하는 것보다 먼저다.

> 그러므로 무엇을 먹을까 하고 걱정하지 말라 …… 너희는 먼저 하느님의 나라와 하느님께서 의롭게 여기시는 것을 구하여라. 그러면 이 모든 것도 곁들여 받게 될 것이다.(「마태오복음」 6:31, 33)

심광체반心廣體胖은 덕德으로 해서 빛나는 몸을 형용하는 말이다. 마음도 넉넉하고 몸도 넉넉하다는 뜻으로 읽는다. '반' 胖은 크다는 말로 읽는데, 씨름 선수처럼 덩치가 장대하다는 뜻이 아니라 행동거지가 뜸직하여 태평하고 조용하다는 뜻이다.

주자는 반胖을 안서安舒라 했다. "마음에 부끄러운 게 없으니 광대廣大하고 관평寬平하여 그 몸이 언제나 서태舒泰하다."

"소인小人이 한거閑居에"로 시작된 한 문장은 자신을 속이는 모습〔自欺之情狀〕을 그려 보이고 '심광체반' 心廣體胖은 스스로 만족함의 뜻〔自慊之意〕을 그려 보인다.(주자)

구도자가 길을 떠나 여러 과정을 거치면서 이윽고 득도한 뒤에 산을 내려와 마을 입구로 들어서는 그림이 십우도十牛圖의 마지막 장면인데, 거의 예외 없이 아랫배가 맹꽁이처럼 불룩하게 나와 있다. 그게 기름진 음식을 많이 먹은 데다 운동 부족으로 몸이 비대해진 것이 아니라, 도道가 단전丹田에 충만하여 몸이 뜸직해진 것이다. 그 모습이 바로 심광체반心廣體胖이다.

의意를 성하게 한다는 말은 공부를 하겠다는 자신의 뜻에 삿된 욕심이나 오랜 관습에 의해 만들어진 무지 따위가 섞이지 않도록 삼가 조심한다는 말이다. 그러지 않고서는 아무리 애써 공부를 해도, 아니 공부를 많이 하면 할수록, 그 공부가 사람을 만들어주기는커녕 그릇되게 망쳐 버리기 때문이다.

그래서 성의誠意를 수신修身의 머리라 하는 것이다.

자기를 속이지 않는 것이 곧 의意를 성誠함이요 스스로 만족하는 것이 곧 의意가 성誠함이다.〔毋自欺是誠意, 自慊是意誠 ─주자〕

성의誠意를 풀이한 전6장傳六章 마침.

20

이른바 수신修身이 마음 바르게 함에 있다 함은 몸에 분하여 성냄이 있으면 바름을 얻지 못하고 두려워함이 있으면 바름을 얻지 못하고 좋아함이 있으면 바름을 얻지 못하고 걱정이 있으면 바름을 얻지 못하고 마음이 거기에 없으면 보면서 보지 못하고 들으면서 듣지 못하고 먹으면서 맛을 모르니, 이를 일러 수신修身이 마음 바르게 함에 있다고 한 것이다.

所謂修身이 在正其心者는 身有所忿懥則不得其正하고 有所恐懼
소 위 수 신   재 정 기 심 자   신 유 소 분 치 즉 부 득 기 정   유 소 공 구

則不得其正하고 有所好樂則不得其正하고 有所憂患則不得其正
즉 부 득 기 정   유 소 호 요 즉 부 득 기 정   유 소 우 환 즉 부 득 기 정

이요 心不在焉이면 視而不見하고 聽而不聞하고 食而不知其味니
심 부 재 언   시 이 불 견   청 이 불 문   식 이 부 지 기 미

라. 此謂修身이 在正其心이니라.
차 위 수 신   재 정 기 심

경經에서 "욕수기신자欲修其身者는 선정기심先正其心하라"는 구절을 읽었거니와, 그 대목을 해설한 전7장傳七章 전문이다.

한번은 이런 일이 있었다. 강화도 온수리교회(성공회)에서 성경 공부를 하고 귀가하는 길에 차 시간을 기다리느라고 동서울 버스 터미널 대합실 의자에 앉아 책을 들여다보고 있는데, 누가 어깨를 툭 친다. 쳐다보니 모르는 얼굴이다. 그가 불쑥 묻는다.

"어디서 오는 길이오?"

엉겁결에,

"강화도에서 옵니다."

그러자,

"강화도 무슨 산이오?"

"산 아닌데요?"

"그럼 어디요?"

"교횝니다."

영문 모를 수작이 오간 뒤에 그가 실망했다는 얼굴로(약간 미안한 어조를 섞어서),

"도道 닦는 분 아니시오?"

이렇게 물었을 때 비로소 나는 그가 나를 초대면하고 있는 것인 줄 알았다. 순간 석화石火처럼 빠르게 짜증과 분이 속에서 치밀어 올라,

"내가 도로공사 사장이오? 도를 닦게."

퉁명스럽게 대꾸하니 머쓱해져서, "미안합니다" 하고 돌아선다.

수염을 기르고 개량 한복에 고무신까지 신고 다니다 보니 심심찮게 그와 비슷한 봉변(?)을 당하는 터라, 내 탓도 있거니 했지만 수작을 걸어오는 그의 태도가 너무나도 무례했기에 그냥 보내고 싶지 않았다. 해서 허리춤을 잡아당기니 왜 그러느냐는 눈치다.

"내 생각에는 말이오, 사람들이 도道를 닦으려면 꼭 무슨 산에나 들어가야 한다고 생각하는 모양인데, 도道란 산속에 있는 게 아니라 바로 이게(잡은 허리띠를 가벼이 앞뒤로 흔들면서), 이게 도道란 말씀이오. 그렇지 않소? 그러니 이걸 닦는 게 곧 도를 닦는 건데 산에는 뭐 땜에 갑니까?"

하니 이번에는 그가 엉겁결에,

"그, 그렇지요."

허리춤 잡았던 손을 놓아주자 그는 도망치듯 사라져 갔다.

수신修身은 곧 그 마음을 바르게 하는 데 있다. 몸을 닦고자 하는 자는 먼저 마음을 바르게 하라는 얘기다. 옳게 처신하려면 마음이 발라야 한다. 심보가 이미 비뚤어졌는데 어찌 그 말과 행실이 바를 수 있으랴?

몸에 분하여 성냄이 있으면 그 (마음의) 바름을 얻지 못한다[身有所忿懥則不得其正]는 말은 구태여 설명할 나위 없이 우리 모두 경험으로 알고 있는 바다. 분해서 성을 내는 것 자체가 이미 마음이 바르게 안정되어 있지 않음을 나타낸다. 두려워하는 것도 그렇고 무엇을 좋아하는 것도 마찬가지다. 호요好樂는 증오憎惡와 같은 것.

분한 마음, 두려워하는 마음, 좋아(싫어)하는 마음, 걱정하는 마음은 어디서 오는 걸까? 누가 나를 비난한다면 분한 마음이 일 것이다. 그가 나를 비난하지 않으면 분한 마음도 일지 않는다. 연못에 돌을 던지면 파문이 일 것이다. 돌을 던지지 않으면 파문이 일지 않는다. 그러니까 내 속에서 분한 마음이 일어나 마침내 성을 내게 되는 것은 처음부터 네 탓이라고 쉽게 말해 버릴 수 있는 걸까? 좋다. 그렇게 말하는 건 자유다. 그러나 아무개가 그 자유를 누리고자 할진대 그는 평생토록 남의 장단에 춤을 춰야 한다는 꽤 비싼 대가를 치러야 할 것이다. 그래도 좋으니 내가 성을 내는 것은 오직 네 탓이라고 말하고 싶은 사람은 그렇게 말하도록 내버려 두자.

자, 그렇다면 어디서 이 분한 마음, 두려운 마음, 좋아하고 싫어하는 마음, 걱정하는 마음이 나오는 걸까? 누가 나를 비난해도 그 비난의 화살이 내 몸을 찌르기까지는 분한 마음이 일지 않는다. 연못에 돌을 던져도 그 돌이 수면에 닿기까지는 파문이 일지 않는다. 비난이 와서 찌를 '나', 돌이 와서 닿을 '연못'이 있기에 분한 마음과 물결은 일어나는 것이다. 만일 나에게 '나'가 없다면 분한 마음도 파문도 일지 않겠지. 그러니까 내 속에 분한 마음이 일어 마침내 성을 내게 되는 것은 오직 내 탓이라고 말해 버리면 끝나는 걸까? 그렇게 말하는 건 자유다. 그러나 아무개가 그 자유를 누리고자 할진대 그는 평생토록 목석으로 살아야 한다는 비싼 대가를 치러야 할 것이다. 그래도 좋으니 내가 성을 내는 것은 오직 내 탓이라고 말하고 싶은 사람도 그렇게 말하도록 내버려 두자.

내 탓도 네 탓도 아니라면 이 분한 마음, 두려운 마음, 좋아하는 마음은 도대체 어디서 오는 걸까? 이 질문은 여기쯤에서 중단하는 게 좋겠다.

분명한 것은, 우리가 함부로 성을 내면서 살아도 못쓰지만 죽은 나무토막처럼 살아도 안 된다는 사실이다. 그것은 뭇 성인聖人이 가르친 '사람의 길'〔人道〕이 아니다. 심리학은 속에 화가 났을 때 그것을 묻어 두지 말고 겉으로 발산하라고 권하는 모양이지만, 그 말을 잘못 알아들으면, 야구 선수 한쪽 팔이 늘어나듯이 오히려 툭하면 화부터 내는 좋지 못한 성질만 키우는 결과를 빚을 수도 있다. 그래서 성이 나는 대로 성을 내라는 권고에 동의할 수 없다고, 달라이 라마는 하버드 대학에서 강의했다. 그 대신 사물을 있는 그대로 볼 수 있는 눈을 뜨라고 권한다. 분노는 무명無明에서 온다는 것이 그의 설명이다. 모든 고苦가 어리석음(無明)의 열매라는 게 불교 아닌가?

대강 생각건대, 성을 내라는 것도 아니고 내지 말라는 것도 아니다. 성을 내지 말라는 게 아님은, 예루살렘 성전에서 채찍으로 당신 노여움을 풀어 버리는 예수를 보아서 알 수 있고, 성을 내지 말라는 것은 당신에게 가시관 씌우고 침을 뱉어도 거기에 대하여 묵묵부답인 예수를 보아서 알 수 있다. 성을 내면서 성을 내지 않기, 두려워하면서 두려워하지 않기, 좋아(싫어)하면서 좋아(싫어)하지 않기, 걱정하면서 걱정하지 않기, 또는 거꾸로 말해, 성을 내지 않으면서 성내기, 두려워하지 않으면서 두려워하기, 좋아(싫어)하지 않으면서 좋아(싫어)하기, 걱정하지 않으면서 걱정하기. 이런 일이 우리에게 가능할까? 놀랍게도 가능하다는 것이 '스승들'의 한결같은 가르침이다. 그리고 그들은 우리에게 그 본本을 남겼다.

저 질주하는 마차를 정지시키듯
폭발하는 분노를 제압하는 사람,
그가 진정한 마부다.
그러나 사람들은 그저 말고삐만 잡고 있을 뿐

성난 말들을 정지시킬 수 없나니
진정한 마부라고 부를 수 없다.

사랑으로 분노를 다스려라.
선으로 악을 다스려라.
자선으로 탐욕을 다스려라.
그리고 진실을 통해서 다스려라.

보라, 그대 육체 속에서 들끓는 분노를 보라.
다스려라, 그대 육체를 지혜롭게 다스려라.
하지 말라, 이 육체를 너무 속박하지 말라.
사용하라, 이 육체를 지혜롭게 사용하라.

보라, 그대 혀 속에서 들끓는 분노를 보라.
다스려라, 이 혀를 지혜롭게 다스려라.
하지 말라, 말을 함부로 하지 말라.
사용하라, 이 혀를 지혜롭게 사용하라.

보라, 그대 마음속에서 들끓는 이 분노를 보라.
다스려라, 이 마음을 지혜롭게 다스려라.
하지 말라, 이 마음을 너무 억압하지 말라.
사용하라, 이 마음을 지혜롭게 사용하라.
이렇듯 자기 자신의

몸과 혀와 마음을 지혜롭게 다스려 간다면
그 사람이야말로 가장 위대한 이다.

(『법구경』 제17장, '분노')

분忿은 곧 분심分心이다. 마음이 나뉘어 쪼개지면 한쪽으로 치우쳐 평형을 잃는다. 평형을 잃는 것이 곧 부득기정不得其正, 그 바름을 얻지 못함이다. 마음이 한쪽으로 기울어진 이상 몸을 바르게 할 수는 없는 일. 마음과 몸은 하나요, 그 하나의 안팎인 까닭이다. 그래서 몸을 닦고자 하는 자는 "먼저 마음을 바르게 하라"고 했다.

분한 마음, 두려운 마음, 좋아하는 마음, 걱정하는 마음을 내지 말라는 것은 마음을 식은 재로 만들라는 말이 아니다. 그렇게 오해할까봐 심불재언心不在焉이면 시이불견視而不見이라, 마음이 거기에 없으면 보면서도 보지 못한다고 했다. 들으면서 못 듣고 먹으면서 맛을 모른다는 말은 같은 말의 되풀이.

마음이 딴 데 있으면, 몸이 무슨 말을 하지만 하는 게 아니라는 얘긴데, 이 또한 설명할 것 없이 우리 모두 경험으로 알고 있는 바다. 그래서 『금강경』에 이르기를, "마땅히 어디에도 머물지 말고 마음을 내라"[應無所住而生其心] 했다. 마음을 내지 말라는 게 아니라, 어디에도 집착하지 말고 마음을 내라는 가르침이다.

이제 우리에게 한 과제가 남는다. 어떻게 하면 마음을 바르게 할 수 있을까? 어떻게 하면 어떤 경우에도 마음의 평형을 잃지 않을 수 있을까? 총탄이 빗발치는 전쟁터에서 어떻게 하면 마음의 고요함을 지켜 낼 수 있을까? 바로 이 '고요한 마음'에서 수신修身이 비롯되거늘. 그래서 몸을 닦는 것은 먼저 마음을 닦는 것이다.

이 마음은 끊임없이 물결치고 있으므로
감시하고 다스리기 매우 어렵다.
그러나 지혜로운 이는 이 마음 잘 다스리나니
활 만드는 이가 화살을 바로잡듯.

보이지 않으며 볼 수도 없고 미묘한 것,
그것이 이 '마음' 이다.
마음은 그가 좋아하는 곳이면 어디든지
그곳을 공상하며 날아간다.
그러나 지혜로운 이는 이 마음 잘 다스린다.
잘 다스려진 마음은 행복의 근원이다.

그 마음이 확고하지 않으며
올바른 진리의 길을 알지 못한다면
그리하여 그 마음이 바람 앞의 촛불처럼 흔들리고 있다면
그는 결코 저 지혜의 완성에 이를 수 없다.

그러나 그 마음이 잘 다스려져서
욕망의 먼지로부터 해방되었다면
그리하여 선과 악을 모두 초월했다면
그는 깨달은 이다.

그에게는 이제 더 이상 두려울 게 없다.

이 몸은 질그릇처럼 부서지기 쉽나니
이 마음을 저 요새와 같이 튼튼하게 정비하라.
그런 다음 지혜의 검을 높이 휘두르며
저 마라를 상대로 한판 승부를 겨루어라.
승리를 얻은 후에는 이 포로를 잘 감시하라.
한눈을 팔거나 방심해서는 절대로 안 된다.

머지않아 이 육체는 흙으로 돌아간다.
이젠 아무도 돌봐 주는 이 없이
마치 나무토막처럼 그렇게 버려지고야 만다.
원수의 그 어떤 원한보다도
미움의 그 어떤 저주보다도
잘못된 내 마음이 내게 주는 재난은
이보다 더 큰 재난이 없나니.

아버지 어머니의 사랑이
연인과 친구들의 사랑이
제아무리 깊고 넓다 하여도
바른 내 마음이 내게 주는 사랑,
이보다 더 큰 사랑은 없나니

(『법구경』 제3장 '마음')

모든 '보이는 것'은 '보이지 않는 것'에서 나온다. 그리고 그리로 돌아간다. 보이는 것은 말末이요, 보이지 않는 것이 본本이다.

몸은 보이고 마음은 보이지 않는다. 주먹질은 보이고 성난 마음은 보이지 않는다. 본本을 먼저 다스려야 말末을 다스릴 수 있다. 그래서 "먼저 마음을 바르게 한 뒤에 몸을 닦는다"〔正心而后修身〕고 했다.

그런데, 얼마나 재미있는가? 그 마음을 다스리는 수련장이 곧 우리 몸이요, 몸으로 말미암아 비로소 마음을 닦을 수 있으니!

21

이른바 집안을 가지런히 함이 그 몸을 닦는 데 있음은, 사람이 가까이하고 사랑하는 바에 치우침이 있으며, 싫어하고 미워하는 바에 치우침이 있으며, 두려워하고 공경하는 바에 치우침이 있으며, 애처롭고 불쌍히 여기는 바에 치우침이 있으며, 오만하고 게으른 바에 치우침이 있으니, 그런 까닭에 좋아하면서 그 좋아하는 것의 나쁜 점을 알고 미워하면서 그 미워하는 것의 아름다움을 아는 사람이 천하에 드물다.

所謂齊其家이 在修其身者는 人이 之其所親愛而辟焉하며 之其所
소 위 제 기 가   재 수 기 신 자   인   지 기 소 친 애 이 벽 언   지 기 소

賤惡而辟焉하며 之其所畏敬而辟焉하며 之其所哀矜而辟焉하며
천 오 이 벽 언   지 기 소 외 경 이 벽 언   지 기 소 애 긍 이 벽 언

之其所敖惰而辟焉하나니 故로 好而知其惡하며 惡而知其美者이
지 기 소 오 타 이 벽 언   고   호 이 지 기 악   오 이 지 기 미 자

天下에 鮮矣니라.
천 하   선 의

『대학』의 문구들 가운데 가장 널리 알려진 '수신제가'修身齊家를 설명한다. 경經에서 읽은 "욕제기가자欲齊其家者는 선수기신先修其身하라", 또는 "신수이후身修而后에 가제家齊"라는 구절이 본문인 셈이다. 집안을 가지런히 하는 일은 자기 몸을 닦는 데서 비롯된다는 얘기다.

이 구절에서 중요한 열쇠 구실을 하는 단어를 집어낸다면 '벽'僻이다. 주자의 설을 따라 벽僻을 편偏으로 읽는다. 치우친다는 뜻이다. "편偏이라는 글자 하나야말로 수신제가修身齊家의 고질병이다." (서산진씨西山眞氏)

치우침은 중심을 잃었을 때 오는 결과다. 치우쳤기에 중심을 잃은 것이 아니라, 이미 중심을 잃었기에 치우침이 있게 되는 것이다. 아무리 몸을 기울여도 중심을 잃지 않으면 넘어지지 않는다. 중심을 잃지 않는다 함은 무슨 말인가?

내 몸뚱이가 하나니까 내 몸의 중심도 하나다. 편의상 배꼽을 내 몸의 중심이라고 생각하자. 내가 서 있거나 앉아 있거나 중심을 잃지 않는다는 말은 내 몸의 중심인 배꼽과 지구의 중심인 지핵地核이 최단거리(직선)로 이어져 있다는 말이다. 곡예사가 자기 콧등에 긴 장대를 얹고 그 위에 공을 올려놓고 무대를 돌아다녀도 공이 굴러 떨어지지 않는 까닭은 공의 중심과 곡예사의 중심(배꼽)이 지핵과 최단거리로 이어져 있기 때문이다. 기우뚱하는 순간 '최단거리'는 무너지고 공은 '중심'을 놓치면서 굴러 떨어진다.

내가 어디를 가든, 어떤 자세로 있든, 넘어지지 않는 비결은 내 중심과 지구의 중심이 직선(최단거리)으로 이어지는 데 있다.

최단거리의 최단거리는 둘 사이에 더 이상 사이가 존재하지 않는 것, 곧 둘이 하나로 됨이다. 가장 짧은 직선은 점이다. 그래서 마이스터 에크하르트에게는, "하느님과 나 사이에 하느님도 존재하지 않는 상태"가 더 나아갈 수 없는 완덕完德의 상태였다.

내가 얼굴에게 묻는다.

"내 중심은 배꼽이다. 얼굴아, 네 중심은 어디냐?"

"코올시다."

"너는 내 몸 아니더냐? 다시 묻는다. 얼굴아, 네 중심은 어디냐?"

"배꼽이올시다."

모든 인간이 제 중심을 각자 지니고 있거니와, 그것들을 '우주의 중심' 가까이 옮겨 가다가 (그 이름을 하느님이라고 부르든, 진리라고 부르든, 사랑이라고 부르든, 아니면 도道라고 부르든) 드디어 하나로 되는 길을 가르침이 이른바 종교다.

"아버지가 내 안에, 내가 아버지 안에." 이 유명한 예수의 명제 또한 당신의 중심과 우주의 중심이 합일된 상태를 가리킨 것에 지나지 않는다.

삼라만상이 저마다 '중심'을 지녔거늘 사람의 마음이라고 해서 중심이 없으랴? 마음이 그 중심을 잃으면 한쪽으로 치우쳐 마침내 쓰러지고 말 것이다. 쓰러진 기둥은 지붕을 떠받지 못한다. 자기 몸 하나 바로 세우지 못한 주제에 어찌 집안을 가지런히 할 수 있겠는가? 그래서 "욕제기가자欲齊其家者는 선수기신先修其身이라", 자기 집안을 가지런히 하고자 하는 자는 먼저 제 몸을 닦으라고 한 것이다.

사람이 무엇을 사랑하고 싫어하고 두려워하고 공경하고 불쌍히 여기고 오만하여 업신여기는 것은 문자 그대로 인지상정이라 없을 수 없는 것이나, 그 정情이 중심을 잃고 한쪽으로 치우치면 마침내 정 때문에 정의 주인인 사람이 쓰러지고 만다. 누구나 그렇게 될 소질을 지니고 있거니와, 그것을 닦고 닦아서 정情을 내되 그것에 휘둘리지 않는 경지에 이르도록 하는 것이 곧 수신修身이다. 마음을 내되 어디에도 머물지 말고 내야 하듯, 정을 주되 정의 노예가 돼서는 안 되는 것이다.

> 문 앞에 선 나무를 생각한다.
> 하여금 새들로 깃들이게 하고
> 오는 이 무심으로 맞아들이며
> 가는 이 다시 오길 바라지 않네.
> 사람 마음이 저 나무 같기만 하다면
> 길〔道〕로 더불어 벗어나지 않으리.
> 〔深念門前樹 能令鳥泊棲 來者無心喚 去者不慕歸 若人心似樹 與道不相違〕

참된 사랑은, 사랑하면서 사랑하는 대상에 묶이지 않는다. 사물이 오면 응하되 그것을 제 속에 넣어 두지 않는 거울처럼, 참사람은 그렇게 마음을 쓴다고 했다.

'중심'을 잃지 않을 때 사람은 어디에도 치우치지 않는다. 사물을 있는 그대로 본다. 연애할 때는 모든 게 좋게만 보이다가 막상 결혼을 하매 여러 가지가 '아니올시다'로 보이는 까닭은, 이른바 연애 감정에 잠깐 눈이 그 '중심'을 잃었던 데 있다. 감정이라는 이름의 '들보'가 눈 속에 들어 있어서 대상을 있는 그대로 보지 못하는 것이다.

그래서 아무개를 (또는 무엇을) 좋아하면서 그의 못된 점을 함께 보고, 아무개를 미워하면서 그의 아름다움을 함께 보는 사람이 세상에 드물다 했다. 우주의 중심을 자기의 중심에 모시고 처신하는 사람이 드물다는 얘기다. 아니, 드문 정도가 아니라 거의 없다는 것이 공자의 탄식이었다.

> 천하국가天下國家를 평정할 수도 있고 벼슬을 사양할 수도 있고 날선 칼을 밟을 수도 있으나 중용中庸은 불가능이로구나!(『중용』 9장)

그렇다면, 불가능한 것을 왜 시도하는가? 불가능한 것을 왜 가르치는가? 이런 질문에 대하여,

"불가능한 일이니까 시도한다. 가능한 것을 꿈꾸는 게 무슨 꿈이냐? 거기에 가서 닿느냐 못 닿느냐를 묻지 않고 다만 종생終生토록 향하여 달려갈 뿐이다"라고 대답한 사람이 있었다. 사람들이 그를 성인聖人 바울로라고 부른다.

22

그런 까닭에 속담에 이르기를, 사람들이 제 자식 못된 줄 모르며 제
밭의 싹이 큰 줄을 모른다고 하니, 이에 일컬어 몸을 닦지 않고서는
집안을 가지런히 할 수 없다고 하는 것이다.

故로 諺에 有之를 曰, 人이 莫知其子之惡하며 莫知其苗之碩이라
고   언   유지   왈   인   막 지 기 자 지 악   막 지 기 묘 지 석

하니 此謂身不修면 不可以齊其家니라.
       차 위 신 불 수   불 가 이 제 기 가

사랑에 빠진 자는 밝지 못하고〔無明〕, 욕심에 눈먼 자는 싫증 낼 줄을
모르니〔無厭〕, 이것이 바로 치우침〔偏〕이 해害를 끼침으로써 집안을
가지런히 할 수 없게 함이다.(주자)

좋아하면서 그 좋아하는 것의 나쁜 점을 알면 이는 친애親愛함에 치우
침이 없음이요, 싫어하면서 그 싫어하는 것의 아름다움을 알면 이는
천오賤惡함에 치우침이 없음이다. 이 두 가지 '치우치지 않음'〔不偏〕은
오직 명덕明德이 두루 밝은 사람만 할 수 있다. 좋아하면서 그 나쁜 점

을 알고 있다면 집안에서 누가 감히 악惡을 저지를 것이며, 싫어하면서 그 아름다움을 알고 있다면 집안에서 누가 감히 선善을 행하지 않겠는가? 이것이 곧 명덕明德이 한 집안에 두루 밝음이다.(옥계노씨)

친애함 따위에 치우치는 바 있음은 몸을 닦지 않았음을 말하고, 제 자식 못된 줄 모름은 집안을 가지런히 못했음을 말한다. 대강 뜻을 말하면, 한쪽에 치우쳐 빠짐으로 말미암아 좋아하면서 그 나쁜 점을 보지 못하고, 싫어하면서 그 아름다움을 보지 못하며, 다만 몸을 닦지 않은 까닭에 집안을 가지런히 못한다는 것이다.(쌍봉요씨雙峰饒氏)

요컨대, 마음을 바르게 함으로써 몸을 바로 세운 사람이 집안을 가지런히 할 수 있다는 말의 반복이다.

어찌하여 너는 형제의 눈 속에 있는 티는 보면서 제 눈 속에 있는 들보는 깨닫지 못하느냐? 제 눈 속에 있는 들보도 보지 못하면서 어떻게 형제에게 '네 눈의 티를 빼내어 주겠다'고 하겠느냐? 이 위선자야! 먼저 네 눈에서 들보를 빼내어라. 그래야 눈이 잘 보여 형제의 눈에서 티를 빼낼 수 있지 않겠느냐?(「마태오복음」 7:3~5)

예수의 이 말씀에서 '너'를 아버지 또는 어머니로, '형제'를 자식들로 바꿔 읽으면, 수신제가修身齊家를 풀이한 이상의 전8장傳八章 내용에 그대로 부합되겠다.

23

이른바 나라 다스림에 반드시 먼저 집안을 가지런히 하라는 것은 제 집안을 가르치지 못하면서 남을 가르칠 수 있는 사람이 없음이니, 그런 까닭에 군자는 집을 나가지 않고서 나라에 가르침을 베푼다. 효孝는 그것으로써 임금을 섬기고, 제弟는 그것으로써 윗사람을 섬기고, 자慈는 그것으로써 아랫사람을 부린다.

所謂治國에 必先齊其家者는 其家를 不可敎而能敎人者이 無之하
소 위 치 국   필 선 제 기 가 자   기 가   불 가 교 이 능 교 인 자   무 지

니 故로 君子는 不出家而成敎於國이라. 孝者는 所以事君也요 弟
고   군 자   불 출 가 이 성 교 어 국   효 자   소 이 사 군 야   제

者는 所以事長也요 慈者는 所以使衆也니라.
자   소 이 사 장 야   자 자   소 이 사 중 야

제가齊家가 치국治國의 본본이라는 얘기다.

"욕치기국자欲治其國者는 선제기가先齊其家하라"는 경經의 구절을 해설하는 전9장傳九章의 시작.

부모에게 효도하고[孝] 어른을 받들며[弟] 아랫사람에게 자애로운

〔慈〕, 이 세 가지는 유가儒家에서 가르치는 가정의 3대 덕목이자 인륜의 기본 뼈대다.

집안을 가지런히 할 때에 사용하는 잣대를 그대로 펼쳐 밖으로 나라에 적용하면 그것이 곧 국정國政의 법도가 된다. 국國과 가家는 그 뿌리가 같기 때문이다.

어떤 사람이 공자에게 물었다.

"선생은 왜 정치를 하지 않는지요?"

공자의 대답.

"『서경』書經에 이르기를 '부모에게 효도하고 형제간에 우애하여 이를 정치에 베푼다'고 하였으니, 이 또한 정치를 하는 것인데 따로 정치판에 들어설 이유가 어디 있겠소?"(『논어』, 위정爲政)

제 집안 하나 잘 건사하면 그게 이미 훌륭한 정치라는 얘기겠다.

국회에 진출하고 싶으냐? 반드시 먼저 네 집안을 가지런히 하여라. 제 집안에 불평하는 자, 소외되는 자를 그대로 두고 대문을 나서서 나랏일을 제대로 할 수 있겠는가?

효孝를 모르면서 나라에 충忠을 할 수 없는 일이요, 제弟를 모르면서 상사上司를 제대로 섬긴다는 건 거짓말이요, 자慈를 모르면서 장관 노릇을 제대로 한다는 건 있을 수 없는 일이다.

같은 것으로 부모를 섬기면 효孝가 되고, 나라를 섬기면 충忠이 된다. 그 '같은 것'을 공자는 인仁이라고 부른 것 아닐까?

"고故로 군자는 불출가이성교어국不出家而成敎於國이니라." 흔히들 "집을 나가지 않고서도 나라에 가르침을 베푼다"고 번역하는데, '않고서도'가 아니라 '않고서'로 옮겨야 앞뒤 문맥에 통한다. '않고서도'라고 읽으면 집을 나가서 국민을 가르친다는 뜻이 전제되는데, 본문의 뜻이 가제家齊가 곧 국정의 뿌리라는 데 있으니, 그냥 '않고서'라야 한다. 오히려 "집을 나가지 않고서야"로 읽으면 본문의 뜻이 더욱 분명해진다.

예수님 비유에서, 포도나무에 몇 년 동안 열매가 달리지 않자 주인이 포도원지기에게 나무를 베어 버리라고 했을 때 포도원지기는 이렇게 대답한다. "주인님, 이 나무를 금년 한 해만 더 그냥 두십시오. 그 동안에 제가 그 둘레를 파고 거름을 주겠습니다. 그렇게 하면 다음 철에 열매를 맺을지도 모릅니다."(「루가복음」 13:8, 9)

열매는 가지 끝에 달린다. 그러나 나무에서 열매를 맺고자 할진대, 가지 끝[末]이 아니라 그 뿌리[本]에 거름을 주어야 한다. 모든 열매가 뿌리에서 비롯되어 가지에 맺히기 때문이다.

문제가 발생할 때마다 시선을 말末에서 본本으로 옮기게 하는 정성이 참으로 지극하고 엄정하다.

나라가 어지러우냐? 국회의사당을 쳐다보지 말고 눈을 돌려 네 집안을 들여다보아라. 집안이 어지러우냐? 식구들을 쳐다보지 말고 눈을 돌려 너 자신을 들여다보아라. 몸이 병들었느냐? 눈을 돌려 마음을 들여다보아라…… 이런 식이다.

시선을 끝없이 내면으로 이끌어 마침내 저 가없는 우주와 합일된 '중심'에 이르게 한다. 거기서 만물이 나왔으므로 모든 문제를 푸는 열쇠도 거기에 있다.

24

강고康誥에 이르기를, 갓난아이 보호하듯 한다고 하였으니 마음으로 참되게 구하면 비록 중심에 들어맞지는 않아도 멀지 않다. 아이 기르는 법을 모두 배운 뒤에 시집가는 일은 없다.

康誥에 曰, 如保赤子라 하니 心誠求之면 雖不中이나 不遠矣로
강 고   왈   여 보 적 자   심 성 구 지   수 부 중   불 원 의

다. 未有學養子而后에 嫁者也니라.
   미 유 학 양 자 이 후   가 자 야

수신修身을 모두 마친 뒤에 제가齊家를 하고, 제가齊家를 모두 끝낸 뒤에 치국治國을 하라는 말이 아님은 앞에서 밝힌 바 있다. 다만 일을 해 나감에 있어서 (그것이 무슨 일이든) 반드시 지켜야 할 본말선후本末先後를 밝히자는 게 『대학』의 간절한 목적이다.

'강고'康誥는 『서경』에 있는 글인데 앞에서 한 번 인용된 바 있다.

여기 인용된 구절 '여보적자'如保赤子가 들어 있는 문장은 "병자를 대하듯이 대하면 백성이 모두 허물을 버리고, 갓난아이 보호하듯이 보호하면 백성이 모두 평안하게 다스려진다"로 되어 있다.

새댁이 처음 아기를 낳으면 모든 것이 낯설고 그래서 서툴 수밖에 없다. 아기 기르는 법을 모두 배워 익히고 나서 시집가는 일은 없기 때문이다. 그래도 아기는 서투른 엄마가 기르는 것이 아이를 많이 길러 봐서 육아법에 익숙한 옆집 할머니가 돈 받고 길러 주는 것보다 훨씬 낫다. 왜 그런가? 엄마에게는 자식에 대한 지극 정성이 있고, 옆집 할머니에게는 그것이 없거나 모자라기 때문이다.

중요한 것은 겉으로 드러나는 현상이 아니라 중심에 무엇이 담겨 있느냐다. 앞에서도 성어중誠於中이면 형어외形於外라고 했다.(전6장) 새댁이라도 성심誠心을 품고 기르면 아기가 잘 자라듯, 성심으로 정치를 하면 정치학 따위 강의를 못 들었어도 백성을 평안히 살게 도와줄 수 있을 것이다. 아니, 차라리 국민을 위한 정성을 가슴에 품은 정치 초년생이, 정치적 술수에는 능하나 사리사욕에 배부른 '정치 9단' 보다 훨씬 더, 또는 비교할 수 없이, 훌륭한 정치를 펼 수 있는 것이다.

갓난아이는 무엇을 바라되 말을 못 한다. 자애로운 어머니 홀로 아이가 무엇을 바라는지 아는데, 비록 적중은 못 해도 거기서 (아이가 바라는 바에서) 멀지 않다. 사랑은 성誠에서 솟아나 그와 나 사이에 간격을 없애거니와 마음으로 구할진대 모두 배운 뒤에야 비로소 할 수 있는 것이 아니다.(삼산진씨)

25

한 집안이 어질면 한 나라에 어짊이 일어나고 한 집안이 사양하면 한 나라에 사양함이 일어나고 한 사람이 탐욕을 부리면 한 나라가 어지러워지니, 그 빌미[機]가 이와 같다. 이를 일컬어 한마디 말이 일을 뒤엎고 사람 하나가 나라를 안정시킨다고 하는 것이다.

一家이 仁이면 一國이 興仁하고 一家이 讓이면 一國이 興讓하고
일가   인   일국   흥인   일가   양   일국   흥양

一人이 貪戾하면 一國이 作亂하나니 其機如此로다. 此謂一言이
일인   탐려   일국   작란   기기여차   차위일언

僨事며 一人이 定國이니라.
분사   일인   정국

본本의 소중함을 되풀이 언급한다. 임금 하나가 어떤 인물이냐에 따라 국운國運이 좌우됨은 옛적 왕정 아래에서나 있었던 일이라고 할 것인가? 아니다. 세상 돌아가는 이치는 예나 지금이나 변함이 없다.

사람 하나를 우습게 보아서는 안 된다. 그의 존재가 일으키는 파문은, 우리 눈에 보이지 않을 때가 많아서 그렇지, 세상 끝 가장자리까지 전달되고 있다.

그러므로 한 사람이 죄를 지어 모든 사람이 유죄 판결을 받은 것과는
달리 한 사람의 올바른 행위로 모든 사람이 무죄 판결을 받고 길이 살
게 되었습니다. 한 사람의 불순종으로 많은 사람이 죄인이 된 것과는
달리, 한 사람의 순종으로 많은 사람이 하느님과 올바른 관계를 가지
게 될 것입니다.(「로마서」 5:18, 19)

한 집안에 어짊과 사양함이 있고 한 나라에 어짊과 사양함이 있음은
집안이 가지런하고 나라가 잘 다스려짐을 가리킨다. 한 사람이 탐욕
을 부려 한 나라가 어지러워지는 것은, 몸을 닦지 않아서 집안이 가지
런하지 않고 집안이 가지런하지 않아서 나라가 어지러워짐을 가리킨
다. 빌미〔機〕란, 그것으로 말미암아 화살이 날아가는 그런 것이다. 비
뚤컨대, 나라에 어짊과 사양함이 일어남은 한 집안에 그 빌미가 있고,
어지러운 난리가 일어남은 한 사람한테 그 빌미가 있다. 그런 까닭에
한마디로 '그 빌미가 이와 같다'〔其機如此〕고 한다. 나라가 어지러워
짐은 한마디 말이 일을 뒤엎어 버린 결과요, 나라에 어짊과 사양함이
일어남은 한 사람이 나라를 안정시킨 결과다.(신안진씨新安陳氏)

26

요堯 임금과 순舜 임금이 세상을 어짊으로써 거느리시매 백성이 이를 따랐고, 걸桀과 주紂가 세상을 사나움으로써 거느리매 백성이 이를 따랐다. 그 명령하는 바가 저 좋아하는 것에 반反하면 백성이 이를 따르지 않으니, 이런 까닭에 군자는 자기한테 있은 뒤에 남에게서 그것을 구하며, 자기한테서 없앤 뒤에 남에게 없애라고 한다. 제 몸에 서恕를 지니지 않고서 남을 타이를 수 있는 사람은 없으니, 그러므로 나라 다스림이 집안 가지런히 함에 있는 것이다.

堯舜이 帥天下以仁하신대 而民이 從之하고 桀紂이 帥天下以暴
요순   수천하이인   이민   종지   걸주   수천하이포

한대 而民이 從之하니라. 其所令이 反其所好면 而民이 不從하나
    이민   종지   기소령   반기소호   이민   불종

니 是故로 君子는 有諸己而後에 求諸人하며 無諸己而後에 非諸
  시고   군자   유제기이후   구제인   무제기이후   비제

人하니라. 所藏乎身이 不恕요 而能喩諸人者이 未之有也니 故로
인   소장호신   불서   이능유제인자   미지유야   고

治國이 在齊其家니라.
치국   재제기가

한 사람이 탐욕을 부려 나라가 어지러워지기도 하고, 한 사람이 나라를 안정시키기도 한다는 사실을 요순堯舜과 걸주桀紂를 예로 들어 입증한다. 요순이 인仁을 바탕으로 천하를 다스린 성군聖君임은 따로 설명할 것 없고, 걸桀은 하夏 왕조 마지막 왕으로서 은殷나라 탕湯에게 정복당했고, 주紂는 은殷 왕조 마지막 왕으로서 주周나라 무武에게 정복당했는데, 둘은 이른바 폭군의 대명사다.

요순堯舜이 어짊〔仁〕으로 세상을 다스리니 백성이 모두 어질게 살았고, 걸주桀紂가 사나움〔暴〕으로 세상을 다스리니 백성이 모두 사납게 살았다.

위에서 명령을 내리는데 스스로 좋아하지 않는 것을 명하면 백성이 그 명을 따르지 않는다. 예컨대, 저는 불의하거나 말거나 이득을 탐하면서(좋아하면서) 백성에게 손해를 보더라도 공의롭기를 명한다면, 누가 그 명령에 복종하겠는가? 그런 까닭에 군자는 먼저 자기한테 착한 마음과 행실이 있은 뒤에 남한테 착하게 살기를 요구하며, 먼저 자기한테서 포악함을 없이 한 뒤에 남의 포악함을 나무라는 것이다.

이 대목에서 중요한 단어는 '서' 恕다. 서恕를 해자解字하면 같은〔如〕 마음〔心〕이 되는데, 주자는 이를 '추기이급인' 推己以及人 곧 '자기를 미루어 남에게 미침'으로 푼다. 공자는 사람이 종신토록 행할 바는

서恕라고 했다.

자공子貢이 묻되, 사람이 종신토록 행할 만한 것이 한마디로 무엇입니까? 공자 이르기를, "아마 서恕겠지. 자기가 바라지 않는 것을 남에게 베풀지 말 일이다."

순舜 임금은 자기를 괴롭히고 죽이려고까지 한 아버지에게 한결같이 효도한 연고로 요堯한테 발탁되어 임금 자리에 앉았고, 주紂는 자기에게 충간忠諫하는 삼촌의 배를 갈랐다. 그래서 요순 치하의 백성은 인효仁孝를 따랐고, 걸주 치하의 백성은 포악을 따랐다.

나라를 다스리는 자는 반드시 법제호령法制號令으로 백성이 잘못하는 것을 금하고 그들을 선善으로 이끈다. 걸주桀紂가 다스릴 때에도 역시 법제호령이 있었으나, 다만 그들이 좋아하는 것과 명령하는 것이 서로 달랐다. 그래서 백성은 그들이(임금이) 좋아하는 것을 따르고 그들이 명령하는 것을 따르지 않았다. 이런 까닭에 나라 다스리는 일이 돌이켜 자기한테 요구함〔反求諸己〕에 있으며, 이는 곧 정령政令의 본本인 것이다.(인산김씨仁山金氏)

이로써 제가치국齊家治國을 설명한 전9장傳九章은 일단 마감되고, 아래에 시 세 구절을 인용, 그 의미를 재삼 새겨보게 한다.

27

시詩에 이르기를, 복숭아나무의 싱싱함이여 그 잎이 무성하구나 아가 씨 시집감이여 집안 사람들 화목케 하리, 하였으니 집안 식구를 화목 케 한 뒤에야 비로소 나라 사람들을 가르칠 수 있는 것이다. 시에 이 르기를, 형제를 화목케 하노라, 하였으니 형제를 화목케 한 뒤에야 비로소 나라 사람들을 가르칠 수 있는 것이다. 시에 이르기를, 위의威 儀에 어긋남이 없어 사방 나라들을 바로잡네, 하였으니 그 아비 됨과 자식 됨과 형 됨과 아우 됨에 넉넉히 본받을 만한 뒤에야 비로소 백 성이 그를 본받는 것이다. 이를 일컬어, 나라 다스림이 집안 가지런 히 함에 있다는 것이다.

詩云桃之夭夭여 其葉蓁蓁이로다 之子于歸여 宜其家人이라 하니
시 운 도 지 요 요　　기 엽 진 진　　　지 자 우 귀　　의 기 가 인

宜其家人而后에 可以敎國人이니라. 詩云宜兄宜弟라 하니　宜兄
의 기 가 인 이 후　　가 이 교 국 인　　　시 운 의 형 의 제　　　　의 형

宜弟而后에 可以敎國人이니라. 詩云其儀不忒하여 正是四國이라
의 제 이 후　　가 이 교 국 인　　　시 운 기 의 불 특　　정 시 사 국

하니 其爲父子兄弟이 足法而后에 民이 法之也니라. 此謂治國이
기 위 부 자 형 제　　족 법 이 후　　민　　법 지 야　　　차 위 치 국

在齊其家니라.
재 제 기 가

따로 사족을 붙이지 않기로 함.

이상, 전9장傳九章 모두 마치다.

28

이른바 천하를 평정함이 그 나라 다스림에 있다 함은, 위에서 늙은 이를 늙은이로 대접하면 백성이 효孝를 일으키고, 위에서 어른을 어른으로 대접하면 백성이 제弟를 일으키고, 위에서 외로운 사람을 불쌍히 여기면 백성이 등지지 않으니, 이로써 군자君子는 혈구지도 絜矩之道를 지닌다.

所謂平天下이 在治其國者는 上이 老老而民이 興孝하며 上이 長
소 위 평 천 하   재 치 기 국 자   상   로 로 이 민   흥 효   상   장

長而民이 興弟하며 上이 恤孤而民이 不倍하나니 是以로 君子는
장 이 민   흥 제   상   휼 고 이 민   불 배   시 이   군 자

有絜矩之道也니라.
유 혈 구 지 도 야

"옛날에 명덕明德을 천하에 밝히고자 하는 자는 먼저 그 나라를 다스렸다"〔古之欲明明德於天下者先治其國〕는 경經의 구절에 대하여 풀이하는 전10장傳十章이 '혈구지도 絜矩之道'라는 말로 시작된다.

혈구지도絜矩之道는 『대학』에서 읽는 중요한 개념 가운데 하나다. 주자의 해설에 따르면 혈絜은 탁度이라, 헤아린다는 뜻이요 구矩는 잣대

〔尺〕다. 흔히 목수들이 쓰는 곡척曲尺을 가리킨다. 그러니까 '반듯한 자로 헤아리는 도道'라는 뜻이 되겠다.

누가, 무엇으로 무엇을 헤아리는가? 또 헤아려서 무엇을 하는가? 자기 마음을 헤아려 그것으로 집안 식구들에게 베풀면 그로써 제가齊家의 기틀이 잡힐 것이요, 자기 마음을 헤아려 그것으로 나라 백성들에게 베풀면 그로써 치국治國의 기틀이 잡힐 것이며, 자기 마음을 헤아려 천하 인민에게 베풀면 그로써 평천하平天下의 기틀이 잡힐 것이다.

헤아림의 근거를 '마음'에 둔다. "구矩는 마음이다.〔矩者心也〕 내 마음이 바라는 바는 남들도 바라는 바다."(주자)

> 구矩는 그것으로 네모꼴을 만드는 도구다. 목수가 네모꼴을 만들고자 하면 반드시 구矩로 그것을 재어야 한다. 천하를 평정코자 하는 자는 무엇을 구矩로 삼아 그것을 잴 것인가? 오직 그 마음이 있을 따름이다.〔惟此心而已〕 혈矩은 물건에 잣대를 대어 그것이 큰지 작은지 헤아려 본다는 뜻이다. 목수는 물건을 재는 데 잣대를 잣대로 삼고〔以矩爲矩〕 군자는 사람을 헤아리는 데 (자기) 마음으로 잣대를 삼는다.〔以心爲矩〕(쌍봉요씨)

임금이 자기 할아버지를 할아버지로 잘 모시면 백성이 저마다 효孝를 일으켜 어버이를 받들게 되고, 임금이 자기 형을 형으로 잘 모시면 백성이 저마다 제弟를 일으켜 윗사람을 공경하게 되고, 임금이 고아와 과부를 불쌍히 여기면 백성이 또한 어려운 이들에게 등을 돌리지 않거니와, 그 상행하효上行下效의 빠름이 꼭 메아리와 그림자 같다. 메아리는 1초에 360미터를 달리고 그림자는 지구를 일곱 바퀴 반이나 돈다. 이렇게 윗사람의 행동이 아랫사람에게 미치는 효력이 빠른 것은 그들이 동일한 바탕 곧 같은 '마음'을 지녔기 때문이다.

나에게 싫은 것은 남에게도 싫고 나에게 좋은 것은 남에게도 좋다. 진리는 이렇게 단순 소박하다. 바로 여기서 공자의 충서忠恕가 나오고 예수의 황금률이 나온다.

> 충忠과 서恕는 도道에서 어긋남이 멀지 않으니, 나에게 베풀어지기를 바라지 않거든 남에게 베풀지 말 일이다. 군자의 도道에 네 가지가 있거니와 구丘는 하나도 제대로 하지 못했다. 자식들한테 바라는 바로써 어버이를 섬기지 못했고 신하한테 바라는 바로써 임금을 섬기지 못했고 아우한테 바라는 바로써 형을 섬기지 못했고 벗한테 바라는 바로써 먼저 벗에게 베풀지 못했다.(『중용』13장)

> 너희는 남에게서 바라는 대로 남에게 해주어라. 이것이 율법과 예언서의 정신이다.(「마태오복음」7:12)

천하를 평정하는 대사大事가 모두 자기 마음 헤아리는 데서 비롯된다는 얘기다. '천하'라는 그게 하늘 아래 펼쳐진 땅 덩이를 가리키는 말이 아니라 거기 살고 있는 인간을 가리키는 말이기 때문이다.

언제나 문제는 '인간'한테 있다. 그러기에 문제를 풀 열쇠 또한 '인간' 아닌 다른 데서는 찾을 수 없다.

그리고 인간의 문제는 결국 '마음'에 있다. 천하를 평정하는 일이 마음을 헤아려 그로써 마음을 내는 데 있다는 말을 그래서 하게 되는 것이다.

사람의 마음은 같아서 누구도 이 마음을 지니지 않은 사람이 없다. 군자는 반드시 그 같은 것을 말미암아 미루어 남을 헤아림으로써 너와 나 사이에 저마다 바라는 바를 얻게 한다. 이에 위 아래 사방이 고르고 바르게 되며 드디어 천하가 평정되는 것이다.(주자)

29

윗사람한테서 싫은 것으로써 아랫사람을 부리지 말고, 아랫사람한테서 싫은 것으로써 윗사람을 모시지 말고, 앞사람한테서 싫은 것으로써 뒷사람을 앞서지 말고, 뒷사람한테서 싫은 것으로써 앞사람을 따르지 말고, 오른편 사람한테서 싫은 것으로써 왼편 사람을 사귀지 말고, 왼편 사람한테서 싫은 것으로써 오른편 사람을 사귀지 말라. 이렇게 하는 것을 일컬어 혈구지도絜矩之道라 한다.

所惡於上으로 毋以使下하며 所惡於下로 毋以事上하며 所惡於前
소 오 어 상   무 이 사 하   소 오 어 하   무 이 사 상   소 오 어 전

으로 毋以先後하며 所惡於後로 毋以從前하며 所惡於右로 毋以
     무 이 선 후   소 오 어 후   무 이 종 전   소 오 어 우   무 이

交於左하며 所惡於左로 毋以交於右니 此之謂絜矩之道니라.
교 어 좌   소 오 어 좌   무 이 교 어 우   차 지 위 혈 구 지 도

혈구지도絜矩之道를 다시 한 번 풀이한다. 윗사람이 함부로 대하는 것이 싫거든 그 싫은 마음으로 아랫사람 마음을 헤아려서 그를 함부로 대하지 말라는 얘기다. 그것이 혈구지도의 실천이다.

이어지는 다섯 가지 경우 모두 같은 뜻의 되풀이다.

너무나 지당한 말씀! 군더더기 말로 설명을 덧붙일 것 없다.

다만, 무엇이 나로 하여금 이와 같은 혈구지도를 평소에 실행 못하게 하는지, 그것을 생각해 볼 필요는 있겠다. 과연 무엇일까? 무엇이 나로 하여금 나한테 싫은 짓을 남에게 저지르는 비행非行의 주인공으로 살아가게 하는가?

30

시詩에 이르기를, 즐거워라 군자여 백성의 부모라 하였거니와, 백성이 좋아하는 것을 좋아하고 백성이 싫어하는 것을 싫어하니 이를 일컬어 백성의 부모라고 한 것이다. 시에 이르기를, 깎아지른 저 남산이여 험상궂은 바윗돌만 첩첩 쌓였네 번들거리는 사윤師尹이여 백성이 모두 그대를 바라보고 있다네 하였거니와, 나라를 가진 자 그 때문에 삼가지 않을 수 없으니 치우치면 천하가 일어나 죽여 버릴 것이다.

詩云樂只君子여　民之父母라　하였거니와　民之所好를　好之하며
시 운 낙 지 군 자　　민 지 부 모　　　　　　　민 지 소 호　　호 지

民之所惡를　惡之하니　此之謂民之父母니라.　詩云節彼南山이여
민 지 소 오　　오 지　　차 지 위 민 지 부 모　　　시 운 절 피 남 산

維石巖巖이로다　赫赫師尹이여　民具爾瞻이라　하였거니와　有國者
유 석 암 암　　　혁 혁 사 윤　　민 구 이 첨　　　　　　　　유 국 자

는　不可以不愼이니　辟則爲天下僇矣니라.
　　불 가 이 불 신　　벽 즉 위 천 하 륙 의

시구 둘을 인용해 혈구絜矩의 효效를 말하는데, 하나는 혈구를 잘한 결과요 다른 하나는 잘못한 결과다.

앞에 인용한 시구는 『시경』 소아小雅 남산유대편南山有臺篇 제3절 중간에 나온다. 이 시는 어진 신하 얻은 것을 기뻐하는 노래로 알려져 있거니와 여기 인용된 구가 들어 있는 제3절은 이렇다.

> 남산에는 구기나무,
> 북산에는 오얏나무
> 즐거워라 군자여
> 백성의 부모로다
> 즐거워라 군자여
> 덕음德音이 그치잖네

군자가 백성을 보살피되, 백성이 좋아하는 것을 좋아하고 백성이 싫어하는 것을 싫어함으로써 백성을 자식처럼 보살피매, 백성 또한 그를 부모처럼 섬기니, 이것이 혈구지도絜矩之道를 제대로 실행한 결과인 것이다.

노자 이르기를, 성인聖人은 무상심無常心하여 이백성심以百姓心으로 위심爲心이라, 성인聖人은 고집하는 마음이 없어 백성의 마음으로 자기 마음을 삼는다고 했다.(49장)

『장자』莊子의 애태타 이야기에 나오는 화이불창和而不唱이 바로 그것이다. 애태타라는 못생긴 남자를 수많은 남녀가 흠모하는지라 노애공魯哀公이 그를 살펴본즉 그는 권세도 재물도 없고 다만 "그가 자기 주장하는 것을 일찍이 들어 본 사람이 없고 언제나 남에게 맞추어 줄 따름"이었다.

윗사람이 자식 사랑하는 도道로 백성을 사랑하면 백성은 부모 사랑하듯이 윗사람을 사랑한다. 백성 사랑하는 길〔愛民之道〕이란 백성의 좋아하고 싫어하는 마음을 좇는 것에 지나지 않을 따름이다. 대강 줄여서 말하면, 백성이 좋아하는 것이란 배부르고 따스하고 평안하고 즐거운 것이요 싫어하는 것이란 배고프고 춥고 힘들고 괴로운 것이다. 백성으로 하여금 언제나 좋아하는 바를 얻게 하고 싫어하는 바를 억지로 시키지 않는 것이 백성 사랑하는 길이다.(동양허씨)

이와 반대로, 윗사람이 혈구지도를 제대로 실행하지 못할 경우, 그몸은 시해弑害를 당하고 나라는 망하게 된다.〔身殺國亡〕

『시경』 소아 절남산편節南山篇의 첫 구절을 인용하여 이를 설명한다. 이 시는 나라의 위태로움을 노래한 것으로 알려졌거니와 무서운 세도가인 태사太史 윤공尹公이 험상궂은 모습으로 백성 위에 군림하는 것을 깎아지른 남산의 바윗돌에 견주어 한탄한다.

깎아지른 저 남산이여
험상궂은 바윗돌만 첩첩 쌓였네

번들거리는 태사太史 윤공尹公이여
백성이 모두 그대를 바라보는도다
근심 걱정은 가슴에 불을 지피고
농담 한마디 맘 놓고 못하는구나
마침내 끊어진 나라의 명맥!
어찌하여 굽어 살피지를 않는가?

　이렇게 시작되는 노래는 "그래도 그 마음 아니 고치고 도리어 바른
말을 원망하도다"로 마친다.
　태사太史 윤공尹公이 이렇게 실정失政을 한 까닭은 "혈구를 능히
하지 못하여 그 좋아하고 싫어함을 자기 한 몸의 치우침에 좇은"
〔不能絜矩而好惡徇於一己之偏〕데 있다.(주자)

31

시詩에 이르기를, 은殷나라 무리가 흩어지기 전에는 능히 상제上帝를 짝
하더니 마땅히 은殷을 거울삼을지어다 천명天命을 지키기가 힘들구나
하였거니와, 이는 곧 민중을 얻으면 나라를 얻고 민중을 잃으면 나라를
잃는다는 말이다. 그러므로 군자君子는 먼저 자기에게 덕德이 있는지를
삼가 살피니 덕德이 있으면 이에 사람이 있고 사람이 있으면 이에 땅이
있고 땅이 있으면 이에 재물이 있고 재물이 있으면 이에 쓰임이가 있는
것이다.

詩云殷之未喪師에 克配上帝러니 儀監于殷이어다 峻命不易라 하
시 운 은 지 미 상 사   극 배 상 제   의 감 우 은   준 명 불 이
였거니와 道得衆則得國하고 失衆則失國이니라. 是故로 君子는 先
도 득 중 즉 득 국   실 중 즉 실 국   시 고 군 자 선
愼好德이니 有德이면 此에 有人이요 有人이면 此에 有土요 有土면
신 호 덕   유 덕   차   유 인   유 인   차   유 토   유 토
此에 有財요 有財면 此에 有用이니라.
차   유 재   유 재   차   유 용

사師는 중衆으로, 배配는 대對로, 도道는 언言으로 읽는다.(주자)

무리가 흩어지기 전에는 능히 상제上帝를 짝했음은 민중을 얻어 나라를 얻음이니 임금이 시러곰 혈구를 하여 백성의 부모가 된 것이요, 무리가 흩어져 상제上帝를 짝하지 못했음은 민중을 잃어 나라를 잃음이니 임금이 시러곰 혈구를 못해 편벽됨으로 천하가 일어나 죽이는 것이다.(쌍봉요씨)

은殷나라 무리가 흩어졌다 함은 주紂 임금이 인심을 잃은 것을 말한다. 아직 무리가 흩어지지 않았음은 선왕先王이 인심을 얻은 것을 말한다. 상제上帝를 짝한 것은 인심을 얻었기 때문이요 그러지 못한 것은 인심을 잃었기 때문이다. 천명天命이 떠나느냐 머물러 있느냐는 인심의 향배에 따라 판가름난다. 인심의 향배는 또한 임금이 과연 혈구를 제대로 하느냐 못하느냐에 달려 있다. 민중을 얻어 나라를 얻음은 남산유대南山有臺의 뜻을 응한 것이요 민중을 잃어 나라를 잃음은 절남산節南山의 뜻을 응한 것이다. 이것을 지켜 명덕明德의 체體를 잃지 않음이 스스로 설 바요, 혈구를 하여 백성과 함께 명덕明德의 용用을 실천함이 스스로 행할 바다.

덕德 곧 명덕明德이요 근덕謹德 곧 명명덕明明德이니 먼저 자기한테 덕이 있는지를 삼가 살피는 것이 평천하平天下의 대본大本임을 말한

것이다. 덕德이 있으면 능히 혈구를 하게 되고 혈구를 함으로써 민중을 얻어 나라를 얻는 것이다.(옥계노씨)

윗사람 된 자가 명덕明德을 본본으로 삼고 재용財用을 말末로 삼음을 말한 것이다. 재물은 나라에 반드시 필요한 것으로 없어서는 안 된다. 다만, 마땅히 수덕修德을 본본으로 삼고 혈구를 제대로 하여 백성한테서 거두되 정도에 맞추어 할 것이다.(동양허씨)

선인先人들의 자상한 설명에 덧붙일 말이 없다.
한결같이 중심을 향하게 하는 가르침이 갈수록 간절하다. 재물에서 재물이 나오는 곳인 땅으로, 땅에서 땅을 일구는 사람으로, 사람에서 사람을 사람 되게 하는 덕德으로……

32

덕德이 본本이요 재財가 말末이니 본本을 밖으로 몰고 말末을 안으로 들이면 백성이 서로 다투어 빼앗게 된다. 그러므로 재물을 모으면 백성이 흩어지고 재물을 흩으면 백성이 모여든다. 그러므로 말〔言〕을 함부로 내보내면 또한 함부로 들어오고 재물을 함부로 들이면 또한 함부로 나간다.

德者이 本也요 財者이 末也니 外本內末이면 爭民施奪이니라. 是
덕 자　　본 야　　재 자　　말 야　　외 본 내 말　　쟁 민 시 탈　　시

故로 財聚則民散하고 財散則民聚니라. 是故로 言悖而出者는 亦
고　　재 취 즉 민 산　　재 산 즉 민 취　　시 고　　언 패 이 출 자　　역

悖而入하고 貨悖而入者는 亦悖而出하니라.
패 이 입　　화 패 이 입 자　　역 패 이 출

패悖는 도리를 거스른다는 뜻이다. 쟁민시탈爭民施奪은 백성으로 하여금 다투게 하여 서로 약탈하게 한다는 뜻으로 읽는다.

임금이 덕德을 팽개치고 재물을 안으로 들이면 이는 백성으로 하여금 서로 다투게 하고 그들에게 겁탈을 가르치는 격이다. 재물이란 사람

들이 모두 바라는 바인데 혈구를 못 하여 그것을 혼자 가지려고 하면 백성 또한 일어나서 다투어 빼앗게 되는 것이다.(주자)

나라에 재물이 없어서 가난한 것이 아니다. 덕德이 없어서, 덕 있는 사람의 다스림이 없어서, 그래서 가난하다.

공자도 말한다.

"재물 적은 것을 걱정하지 말고 고르게 쓰이지 않는 것을 걱정하라."〔不患寡而患不均〕

지구에 먹을 것이 없어서 하루 4만 명씩 오늘도 굶어 죽는 게 아니다. 그것을 함께 나누는 덕행이 사람들한테서 피어나지 않기 때문이다.

대통령 된 자가 수덕修德은 나 몰라라 던져두고 틈나는 대로 재물 긁어모으는 데 혈안인데 나라 꼴이 잘 될 까닭이 없다. 그래도 옛날 중국에서는 재취즉민산財聚則民散이라, 임금이 재산을 긁어모으면 백성이 흩어져 다른 나라로 갈 수 있었지만, 요새는 나라 돌아가는 꼴 보기 싫어 어디 다른 데로 떠나고 싶어도 그조차 맘대로 되지 않는다.

재물은 사람들이 모두 바라는 것이다. 윗사람이 그것을 혼자 가지려고 하면 고르지 못하게 되니 이것이 곧 혈구를 제대로 못 함이다.(삼산진씨)

재물을 모아 백성이 흩어짐은 혈구를 못 하여 백성한테서 거두되 마구 거둠으로써 받는 해害를 말하고, 재물을 흩어 백성이 모임은 혈구를 잘

하여 백성한테서 거두되 알맞게 거둠으로써 얻는 이利를 말한다.(동양
허씨)

덕德을 삼가 지님으로써 사람을 얻고 땅을 얻고 또 재물을 흩어서 백
성이 모여듦은 혈구를 제대로 하는 자가 얻는 바요, 말末을 안에 들여
백성들로 다투어 약탈하게 하고 또 재물을 모아 백성이 흩어지고 함
부로 들여 함부로 나가는 것은 혈구를 하지 못하는 자가 잃는 바다.
(임천오씨臨川吳氏)

선신호덕先愼乎德 이하 여기까지는 재화를 가져다가 혈구를 능히
하는 자와 하지 못하는 자의 득실을 밝혔다.(주자)

33

강고康誥에 이르기를, 천명天命은 한곳에 매여 있지 않다고 했다. 착하면 그것을 얻고 착하지 못하면 잃는다는 말이다. 초서楚書에 이르기를, 초나라는 다른 것으로 보배 삼지 않고 오직 착한 이를 보배로 삼는다 하였고, 구범舅犯이 이르기를, 도망쳐 살고 있는 자는 다른 것으로 보배 삼지 않고 인친仁親을 보배로 삼는다 하였다.

康誥에 曰惟命은 不于常이라 하니 道善則得之하고 不善則失之矣
강고   왈유명   불우상   도선즉득지   불선즉실지 의

니라. 楚書에 曰楚國은 無以爲寶요 惟善으로 以爲寶라 하고 舅犯이
초서   왈초국   무이위보   유선   이위보   구범

曰亡人은 無以爲寶요 仁親을 以爲寶라 하니라.
왈망인   무이위보   인친   이위보

나무를 옮겨 심을 때 사람들은 가지를 친다. 약해진 뿌리를 살리고자 가지를 희생하는 것이다. 가지를 살리려고 뿌리를 자르는 사람은 없다.

사람들이 나무 옮기는 일은 제법으로 하면서 자신의 삶을 살아가는 데는 온통 거꾸로들 하고 있으니, 이러고도 과연 인간을 만물지장

萬物之長이라 할 수 있을 것인가?

돈이 먼저냐? 사람이 먼저냐? 종로통을 막고 물어보면 입 달린 사람마다, 그야 사람이 먼저라고 대답할 것이다. 그러나 과연 시방 이 나라는 돈보다 사람이 먼저인가?

민망스럽기 짝 없는 일이지만 "아아, 우리의 자랑 대한민국"은 문자 그대로 자본주의 세상이다. 물자가 나라의 근본으로 된 세상이란 말이다. '자본주의'는 우리의 경제·정치적 이데올로기에 머물지 않고, 문화·예술·종교·사회·교육 등 삶의 모든 내용을 지배하는 총체적 이데올로기가 되었다.

여기 인용된 강고康誥의 구절은 무왕武王이 강숙康叔에게 "천명天命은 그대에게 매여 있지 않다"고 한 말로서, 임금 된 자가 그 행실이 착하면 천명이 그에게 돌아와 임금 자리를 얻게 되고, 만일 하나라도 착하지 못한 바가 있으면 천명이 떠나 그것을 잃게 된다는 뜻이다.

덕德이 있으면 혈구를 할 수 있으니 이를 일컬어 착하다[善]고 한다. 인심을 얻는 까닭이 여기 있고 천명天命을 얻는 까닭이 또한 여기 있다. 덕德이 없으면 혈구를 못하니 이를 일컬어 착하지 못하다[不善]고 한다. 인심을 잃는 까닭이 여기 있고 천명을 잃는 까닭이 또한 여기 있다. 인심이 돌아오면 천명이 돌아오고, 인심이 떠나면 천명도 떠난다.(옥계노씨)

『국어』國語「초어」楚語에 보면 초나라 대부大夫 왕손어王孫圉가 진정

공晉定公의 잔치에 초대받았을 때, 조간자趙簡子가 초나라에 백형白珩 같은 보배가 있느냐고 묻자, "초나라는 백형 같은 노리개를 보배 삼지 않고 관사부觀射父와 좌사의상左史倚相 같은 착한 사람[善人]을 보배로 삼는다"고 대답한다. 이 대목을 인용하여 다시 한 번 본本을 밖으로 하고 말末을 안으로 하지 않는 도리를 언급한다.

요새는 힘과 돈이 지배하는 세상이라 돈 많고 힘센 놈이 판을 치게 되어 있다. 이른바 '한보韓寶 사태'가 이를 극명하게 보여 주고 있다. '한보'의 보배는 다른 것 아니다. 돈이다. 모든 것이 돈으로 환산되어 평가받는 이 세상에 편히 살면서, 나아가 그 삶을 즐기기까지 하면서, 세상 법에 오직 충실했을 뿐인 태수泰守 영감을 비난할 자격이 과연 우리에게 있는가? 길게 말할 것 없다. 대한민국의 보배라는 뜻일 터인 '한보'는 우리 모두의 일그러진 초상이다.
배웠다는 자들도 물구나무서서 거꾸로 걷기는 마찬가지다. 아예 배움이 없었더라면 차라리 좋았을 자들이 돈 들여 비싸게 배웠기에 그 지식을 돈과 맞바꾸는 일에 부끄러움을 느끼기는커녕, 오히려 그 짓을 자랑스레 여기는 지경에까지 이르렀으니, 온통 보이는 것 보이지 않는 것 모두가 그저 다만 돈, 돈, 돈일 뿐이다.

일찍이 공자께서 이르셨다.

들어가서는 부모에게 효孝하고 나가서는 웃어른에게 제弟하고, 언행을 삼가 미쁜 사람이 되고 널리 뭇사람을 사랑하며 어진 이를 가까이

하라. 이런 일을 하고 남는 힘이 있거든 글을 배우도록 하여라.〔行有
餘力則以學文〕(『논어』, 학이)

먼저 사람이 된 뒤에 글을 배우라는 말씀이다. 근본이 서지 못한
채 많은 지식을 머리에 담았으니, 그 지식이 사술邪術을 부려 저와 남
을 망치게 하는 일이야 오히려 당연하지 않은가? '지식' 대신에 '돈'
을 넣어도 결과는 마찬가지다. 효제孝悌가 행인行仁의 뿌리라고 했는
데 제 부모 섬기고 웃어른 받드는 법도 모르는 채 돈을 잔뜩 벌어 놓
았으니, 그 돈이 마魔가 되어 사회를 어지럽히는 것이야 당연지사다.

모든 것 앞에 '사람'을 두어라! 이념도 국가도 민족도 교회도 '사
람' 앞에 세우지 말라. 헌법도 사람 앞에 세우지 말라! 모든 것을 '사
람' 뒤에 두어라. 그리고 그 '사람' 앞에 한 분 '그리스도'를 모셔라.
그분 이름을 하늘〔天〕이라 해도 좋고, 도道라 해도 좋고, 진아眞我라
해도 좋고, 또는 자연自然이라 해도 좋다.

모든 것이 다 여러분 것입니다. 바울로도 아폴로도 베드로도 이 세상
도 생명도 죽음도 현재도 미래도 다 여러분의 것입니다. 그리고 여러
분은 그리스도의 것이고 그리스도는 하느님의 것입니다.(「고린토전
서」 3:21~23)

하느님 또는 하느님과 동등한 분 말고 '사람' 앞에 또는 위에 서
있는 것은 모두가 우상이다.

구범舅犯의 성은 호狐요 이름은 언偃이요 자字는 자범子犯이다. 뒤에 진晉나라 문공文公이 된 중이重耳의 외삼촌〔舅〕이라서 구범舅犯이라고 불렀다. 덕德이 높고 지모智謀에 뛰어나 일찍이 중이重耳를 섬겨 그가 제齊 초楚 진秦 등에서 망명 생활을 할 때 함께 고생을 했고, 뒤에 진나라 문공(서기전 636~628)으로 패업覇業을 이루는 데 공이 컸다.

'망인' 亡人은 도망쳐서 살고 있는 사람이란 뜻이다. 중이重耳가 상복을 입고 있는데, 진秦나라 목공穆公이 사람을 보내 조문弔問하면서 이번 기회에 귀국하여 왕권을 잡는 게 어떠냐고 했을 때, 구범이 중이에게 대답토록 한 말이 여기 인용된 문장이다.

'인친' 仁親을 주자는 "어버이 사랑하는 것"으로 읽는데, 여기서는 정현鄭玄의 설을 따라 "인의仁義를 친히 행함"으로 읽는다. 아버지 상喪을 당해 그것을 집권의 기회로 삼는 것보다 자식 된 도리로 상례喪禮를 곡진曲盡하게 함이 우선 할 일이요, 중이는 바로 그 먼저 할 일을 보배로 삼는다는 얘기다.

비싼 패물이 아니라 착한 사람이 보배요, 임금 자리가 아니라 인친仁親이 보배다. 인두겁을 쓰고 살면서 이를 아니라고 할 자 어디 있으랴마는, 말이나 생각으로만 그렇다 하고 실제 삶에서는 돈과 권세를 위하여 모든 것을 팔아넘기고 있으니 그것이 탈이다. 언제까지 이와 같은 기만을 계속할 것인가?

구범舅犯 이야기는 『예기』禮記 단궁편檀弓篇에 나온다.

34

진서秦書에 이르기를, 한 신하가 있어서 아무 다른 재주가 없으나 그 마음이 너그러우면 남을 받아들이는 사람이니 남의 재주를 자기 재주인 양 여기고 남의 뛰어남을 마음으로 좋아하되 다만 입에서 나오는 말로만 그렇게 하지 아니하면 이는 능히 남을 받아들임이라, 이로써 우리 자손 백성을 보존할 수 있으니 또한 이로움이 있다 하겠다. 남의 재주를 시샘하여 미워하며 남의 뛰어남을 억눌러 하여금 통하지 못하게 하면 이는 능히 남을 받아들이지 못함이라, 이로써 우리 자손 백성을 보존할 수 없으니 또한 위태롭다 하겠다. 오직 어진 이라야 그런 자들을 몰아내어 사방 오랑캐 땅으로 쫓아 중국과 더불어 같이 살지 못하게 할 수 있으니, 그래서 이르기를 어진 이라야 능히 사람을 사랑할 수 있으며 사람을 미워할 수 있다고 하였다.

秦書에 曰若有一介臣이 斷斷兮無他技나 其心이 休休焉이면 其如
진서   왈약유일개신   단단혜무타기   기심   휴휴언   기여

有容焉이니, 人之有技를 若己有之하며 人之彦聖을 其心好之하되
유용언   인지유기   약기유지   인지언성   기심호지

不啻若自其口出이면 寔能容之라. 以能保我子孫黎民이니 尙亦有
불시약자기구출   식능용지   이능보아자손려민   상역유

利哉인저. 人之有技를 媢疾以惡之하며 人之彦聖을 而違之하여
리재   인지유기   모질이오지   인지언성   이위지

俾不通이면 寔不能容이라. 以不能保我子孫黎民이니 亦曰殆哉인
비 불 통   식 불 능 용   이 불 능 보 아 자 손 려 민   역 왈 태 재

저. 唯仁人이 放流之하여 迸諸四夷하여 不與同中國하니 此謂
유 인 인   방 류 지   병 제 사 이   불 여 동 중 국   차 위

唯仁人이 爲能愛人하며 能惡人이니라.
유 인 인   위 능 애 인   능 오 인

　한 나라를 다스리고 천하를 평정함은 정치·외교적 수완으로 풀 수
있는 그런 것이 아니다.
　일개 신하가 있어서 별다른 재주가 없지만 그 마음이 휴휴언休休焉
이면, 곧 그 마음이 편안하고 너그러우면, 남을 받아들일 줄 아는 사
람이라, 남이 가진 재주를 자기가 가진 재주인 양 좋아하고 남의 뛰
어남을 자기의 뛰어남인 양 자랑스러워한다.
　인자仁者는 요산樂山이라, 산을 좋아하고 또 산과 같은 사람이다.
산은 한자리에 붙박혀 있으나 하늘로 솟기도 하고 깊은 골을 감추기
도 하면서 온갖 것을 품어 안되, 그 안긴 것을 소유하지 않는다. 나무
가 푸르게 자라 열매를 맺으면 그 모두를 자신의 열매로 거두어들이
고 짐승들이 새끼를 낳으면 제 새끼로 품어 준다. 산은 모든 것을 저
자신으로 여긴다. 사람도 그런 사람이 있는데, 공자는 어진 사람[仁
者]이 곧 그 사람이라고 한다.
　오직 어진 사람이라야 다른 사람을 제대로 사랑할 수 있다. 그리고
미워할 수 있다. 사랑할 줄 안다는 것은 미워할 줄 안다는 것과 같은

말이다.

참으로 어진 사람은 사람을 가려서 사랑하거나 미워하지 않는다. 하늘이 사물을 가려서 덮어 주지 않고 땅이 사물을 가려서 실어 주지 않으며 해와 달이 사물을 가려서 비추지 않는 것과 같다. 그는 다만 그렇게 자신의 참모습을 지키며 존재할 뿐이다. 그런데 그 존재가 누구에게는 '사랑'이 되고 누구에게는 '미움'이 되는 것이다. 같은 햇빛이 소나무에게는 생기가 되고 버섯에게는 살기로 되듯이. 그리스도 예수는 오늘도 내일도 그 다음날도 다만 자신의 길을 그렇게 갔을 뿐이다. 그런데 그 '길'이 누구에게는 구원의 사다리가 되고, 누구에게는 죽음의 함정이 되었다.

일개 신하가 별다른 재주는 없으나, 또는 없기에, 다만 인仁을 지니고 있어서 저와 남을 따로 두지 않으매, 누구는 그를 좋아하여 가까이 모여들고 누구는 그를 싫어하여 멀리 떠나간다. 그래서 저와 남을 언제나 대치 상태에 두고 닥치는 대로 모든 것과 다투지 않고는 살 수 없는 종자들이 그를 싫어하여 변두리로 나간다. 그런 자들이 가운데 나라(中國)를 차지하고 있으면 백성을 지켜 주는 게 아니라 해치게 되므로 위태로울 따름이다.

오직 인인仁人이라야 그런 자들을 변두리로 몰아낼 수 있으니, 이는 어두운 방에 불을 밝힘으로써 어둠을 몰아내는 것과 같은 이치다. 불은 그냥 불로 존재할 뿐이나 어둠이 스스로 물러난다.

남을 받아들이는 자는 능히 혈구를 하는지라 남들이 그를 좋아하게 되고, 남을 시샘하는 자는 능히 혈구를 못하는지라 남들이 그를 싫어하게 된다. 임금이 남을 받아들이는 자를 좋아하여 그를 쓰고 남을 시샘하는 자를 싫어하여 그를 버리니, 이 또한 혈구의 큰 모습[大者]이라 하겠다.(신안진씨新安陳氏)

정치하는 자가 그 마음 너그럽게 하고 편안하게 함을 본本으로 삼지 않고 정치술 피우는 것을 우선으로 삼으면, 이는 곧 외본내말外本內末이라, 저와 백성을 함께 파멸로 이끌 따름이다. 오직 어진 사람이라야 아무런 술수 없이 그런 것들을 변두리로 몰아낼 수 있다.

35

슬기로운 자를 보고 들어 쓰지 못하며 들어 써도 먼저 못 함은 게으름
이요, 착하지 못한 자를 보고 물리치지 못하며 물리쳐도 멀리 못 함은
허물이다. 사람들이 싫어하는 것을 좋아하고 좋아하는 것을 싫어함은
사람의 성性을 거스름이니 그 몸에 반드시 재앙이 미친다. 이런 까닭
에 군자는 대도大道가 있으니 충忠과 신信으로 그것을 얻고 교驕와 태
泰로 그것을 잃는다.

見賢而不能擧하며 擧而不能先은 命也요 見不善而不能退하며 退
견 현 이 불 능 거   거 이 불 능 선   명 야   견 불 선 이 불 능 퇴   퇴

而不能遠은 過也니라. 好人之所惡하며 惡人之所好를 是謂拂人
이 불 능 원   과 야   호 인 지 소 오   오 인 지 소 호   시 위 불 인

之性이라 하니 災必逮夫身이니라. 是故로 君子는 有大道하니 必
지 성   재 필 체 부 신   시 고   군 자   유 대 도   필

忠信以得之하고 驕泰以失之니라.
충 신 이 득 지   교 태 이 실 지

슬기로운 사람을 일찍 발탁해서 쓰지 못하는 것을 명命이라 했거
니와, 여기 명命을 정현鄭玄은 만慢으로 읽고, 정자程子는 태怠로 읽는

데 의미는 마찬가지로 게으르다는 뜻이다.

주자는 말하기를, 이러한 사람은 사랑할 바와 미워할 바를 알기는 하지만 아직 사랑하고 미워하는 법[道]을 다 이루지 못하였으니, 대개 군자는 되었으나 아직 인자仁者가 되지는 못한 자라고 하겠다.

먼저 들어 쓰지 못함은 아직 사랑하는 법을 다 이루지 못한 것이요 멀리 쫓아내지 못함은 아직 미워하는 법을 다 이루지 못한 것이다. 앞 문장에서 능히 사랑하고 미워할 줄 아는 자를 인인仁人이라 하였다. 사랑하고 미워하는 법을 다 이루지 못하는 까닭은 군자君子는 되었으나 아직 인자仁者는 되지 못했기 때문이다.(신안진씨)

군자君子와 인자仁者를 구별하여 설명한 견해가 그럴듯하기는 한데 어쩐지 본문의 뜻을 에둘러 비켜 간 느낌을 지울 수 없다.

군자든 인자든 아무튼 한 나라의 임금 된 자가 현명한 인재를 일찍이 알아보고 발탁하지 못하거나, 그렇지 못한 자들을 멀리 추방하지 못하면 그것은 게으름이요 허물이다. 그런데 어째서 그런 결과를 빚는가? 한마디로 혈구지도를 지키지 못한 데 그 까닭이 있다는 얘기다.

남들이 싫어하는 것을 좋아하고 남들이 좋아하는 것을 싫어한다는 말은 자신을 헤아려 남을 살피는 혈구의 도道를 정면으로 거스른다는 말이다. 쌍봉요씨는 말하기를, "그 싫어하고 좋아함이 사람들과 다르면 반드시 몸에 재앙이 미친다. 걸주桀紂가 바로 그런 자들이다"라고 했다. 걸주桀紂는 백성의 뜻 따위는 아랑곳없이 저 하고 싶은 대로만 하다가 자신과 나라를 망치고 만 폭군들의 대명사다. 그들이 놓친 것은 겉으로 보면, 즉 나타난 결과를 보면 왕위王位지만, 속으로 보면, 즉 그 감추어져 있는 원인을 보면, 다스리는 자가 마땅히 갖추어야 할 혈구지도다. 뒷 문장에 "군자는 유대도有大道하니"라고 했는데, 이 대도大道가 무엇을 가리키는지에 대하여 학자들 견해가 조금씩 다른 모양이다. 주자는 말하기를, "그 자리에 있으면서 자신을 닦아 남을 다스리는 방법"〔居其位而修己治人之術〕이라고 했다.

치국평천하治國平天下를 말하는 전10장傳十章에서 가장 크게 강조되는 단어가 있다면, '혈구지도' 絜矩之道다. 그러므로 여기서 말하는 대도大道를 혈구지도로 읽어도 무리가 되지는 않을 것이다.

> 사람의 성性은 본디 선하고 악하지 않다. 그러므로 사람들 모두가 선을 좋아하고 악을 싫어한다. 어진 사람〔仁人〕이 제대로 좋아하고 싫어할 줄 아는 것도 사람의 성性을 좇는 것에 지나지 않는다. 굳이 악을 좋아하고 선을 싫어하여 사람의 성性을 거스름은 그 본마음 잃음이 심한 것이지 어질지 못함〔不仁〕이 심한 것이 아니다. 재앙이 몸에 미친다는 것은 세상이 들고 일어나 그를 침이다. 예부터 천하를 다스리는 자가 군자를 써서 흥하지 않은 적 없고 소인을 써서 망하지 않은 적 없다. 능히 사람을 제대로 사랑하고 미워할 줄 알면 군자가 나아가고 소인이 물러나매, 세상이 그 이로움을 덮게 되니 능히 혈구를 하는 자만이 그렇게 할 수 있는 것이다. 사람들이 싫어하는 것을 좋아하고 좋아하는 것을 싫어하면 군자가 물러나고 소인이 나아가매 세상이 그 화禍를 받게 되니, 혈구를 못 하는 자가 그렇게 하는 것이다.(옥계노씨)

다스리는 자가 이 혈구의 도道를 어떻게 하면 얻고 어떻게 하면 잃는가?

충忠과 신信으로 그것을 얻고 교교驕와 태泰로 그것을 잃는다 했다. 주자는, 발기자진發己自盡 곧 자기 마음에서 발하여 스스로 다함이 충忠이요, 순물무위循物無違 곧 물物의 이치를 좇아서 어긋남이 없음을 신信이라 하여, 충忠은 신信의 본本이요 신信은 충忠의 발發이라고 했다. 또, 긍고矜高 곧 자신을 높이 추켜 거만하게 구는 것이 교驕요, 치사侈肆 곧 제멋대로 방자하게 구는 것이 태泰라 했다.

공자도 군자는 주충신主忠信이라, 충忠과 신信을 주로 한다고 했다.(『논어』, 학이) 충忠을 위로 하늘에 대한 성誠이라 한다면, 신信은 옆으로 물物에 대한 성誠이라 하겠다. 충忠도 신信도 모두 성誠의 결과다. 정자程子가 이르기를, "사람의 도道는 오직 충신忠信에 있으니 성誠하지 않으면 곧 물物이 없다. 또한 들고 남에 때가 없고 그 향방을 알지 못할 것이 인심人心인데 만약 충신忠信이 없다면 어찌 다시 물物이 있겠는가?" 했다. 여기 '물' 物은 나를 제외한 모든 것을 가리킨다.

성誠하지 않으면 교驕하고 태泰하게 된다. 거만하여 저밖에 모르고, 그래서 함부로 방자하게 구는 자가 어찌 혈구의 도道를 지키겠는가?

거만한 자는 자신을 치켜세워 아래 백성의 좋아하고 싫어하는 바에 아랑곳하지 않으니 이는 혈구의 도가 아니요, 제멋대로 구는 자는 저밖에 몰라서 반드시 백성의 재용財用을 빼앗게 되니 이 또한 혈구의 도가 아니다.(운봉호씨雲峰胡氏)

36

재물을 이루는 데 대도大道가 있으니, 생산하는 자 많고 먹는 자 적으며 일하는 자 빠르고 쓰는 자 더디면 곧 재물이 언제나 넉넉할 것이다. 어진 사람은 재물로 몸을 일으키고 어질지 못한 사람은 몸으로 재물을 일으킨다. 윗사람이 인仁을 좋아하는데 아랫사람이 의義를 좋아하지 않는 일이 없으니, 의義를 좋아하면서 그 일을 잘 마치지 않는 일도 없으며 곳간에 있는 재물이 그의 재물로 되지 않는 일도 없다.

生財에 有大道하니 生之者衆하고 食之者寡하며 爲之者疾하고
생 재　　유 대 도　　생 지 자 중　　식 지 자 과　　위 지 자 질

用之者舒하면 則財恒足矣리라. 仁者는 以財發身하고 不仁者는
용 지 자 서　　즉 재 항 족 의　　인 자　　이 재 발 신　　불 인 자

以身發財니라. 未有上好仁而下不好義者也니 未有好義요 其事不
이 신 발 재　　미 유 상 호 인 이 하 불 호 의 자 야　　미 유 호 의　　기 사 부

終者也며 未有府庫財이 非其財者也니라.
종 자 야　　미 유 부 고 재　　비 기 재 자 야

　사람이 살아가는 데 재물이 없을 수는 없다. 나라를 유지하는 데도 국가 경제는 중요한 것이다. 그러나 경제가 사람보다 더 먼저인 것은

아니다. 어디까지나 사람이 본本이요 재財는 말末이다. 이 순서가 뒤집히면 재물뿐만 아니라 백성도 잃고 나라도 망한다.

이 대목에 붙인 주자의 해설, "여씨呂氏는 말하기를, 나라에 떠돌아다니는 백성(요즘 말로 실업자들)이 없으면 생산자가 많고 조정朝廷에 거저먹는 벼슬아치가 없으면 먹는 자가 적고 농사철을 빼앗지 않으면(농사철에 부역을 시키지 않으면) 일이 빠르고 수입을 헤아려 지출을 하면[量入爲出] 씀이 더디다고 했다. 생각하건대, 이 대목은 땅이 있으면 재물이 있다는 앞의 말을 근거로 하여, 나라를 넉넉하게 하는 방법이 본本에 힘쓰고 아껴 쓰는 데[務本而節用] 있으며 외본내말外本內末한 뒤에는 결코 재물이 모아질 수 없음을 밝힌 것이다."

어진 사람[仁者]은 내본외말內本外末하여, 재산을 흩어서 백성을 얻고, 어질지 못한 사람[不仁者]은 외본내말外本內末이라, 제 몸을 망치면서 재산을 모은다. "주紂가 녹대鹿臺의 재물을 모아 망한 것과 무왕武王이 그것을 흩어서 흥한 것이 곧 그 증거다."(신안진씨)

윗사람이 인仁을 베풀면 아랫사람은 의義에 산다. 그러니 그 하는 일을 끝까지 잘 마치게 되고, 따라서 창고에 넣은 재물이 엉뚱하게 새어 나가거나 그것들을 남에게 빼앗기는 일은 없게 되는 것이다.

윗사람이 인仁을 좋아하여 아랫사람을 사랑하면, 아랫사람은 의義를 좋아하여 윗사람에게 충성을 바치니, 이런 까닭에 모든 일이 반드시 잘 끝을 보게 되고, 곳간의 재물이 함부로 유출되는 불상사가 일어나지 않는 것이다.(주자)

37

맹헌자孟獻子 이르기를, 수레 끄는 말을 기르는 자는 닭 돼지를 돌보지 않고 얼음을 자르는 집은 소 양을 기르지 않고 수레 백 대를 가진집은 취렴聚斂하는 신하를 기르지 않으니, 집안에 취렴하는 신하를둘진댄 차라리 도둑질하는 신하를 둔다고 하였다. 이래서, 나라는 이利로써 이利를 삼지 않고 의義로써 이利를 삼는다고 말하는 것이다.

孟獻子이 曰畜馬乘은 不察於鷄豚하고 伐氷之家는 不畜牛羊하고
맹 헌 자   왈 축 마 승   불 찰 어 계 돈   벌 빙 지 가   불 축 우 양

百乘之家는 不畜聚斂之臣하니 與其有聚斂之臣인댄 寧有盜臣이
백 승 지 가   불 축 취 렴 지 신   여 기 유 취 렴 지 신   영 유 도 신

라 하니라. 此謂國不以利爲利요 以義爲利也니라.
　　　　　 차 위 국 불 이 리 위 리   이 의 위 리 야

　맹헌자孟獻子는 노魯나라 대부大夫로 이름은 중손멸仲孫蔑인데, 특히예禮에 대하여 조예가 깊고 고결한 인품의 소유자로 알려진 인물이다.

　축마승畜馬乘이란 수레 끄는 말을 기른다는 뜻이니 요즘 말로 하면관官에서 내준 자가용 승용차 한 대쯤 소유한 사람이다. 초시初試를거친 선비[士]로, 네 마리 말이 끄는 수레를 탈 수 있게 된 사람이 축

마승畜馬乘이다.

벌빙지가伐氷之家는 얼음을 자르는 집안이라는 뜻인데, 제사 지낼 때 빙고氷庫에서 얼음을 꺼내다가 쓸 수 있는 경대부卿大夫 집안을 말한다. 그 가운데서도 수레를 백 대쯤 동원할 수 있는 집안을 백승지가百乘之家라 한다. 『맹자』에 보면, 맹헌자 자신이 백승지가로 되어 있다. 천승千乘이면 제후諸侯요, 만승萬乘이면 천자天子다.

요컨대 나라의 녹祿을 받는 관리가 되어서는 사사로운 이익을 위하여 기업 따위에 손을 대지 않는다는 말이다. 국회의원이면서 회사를 몇 개씩 운영하고, 공무원 신분으로 주식에 투자하고, 은행장이면서 부정한 뇌물에 손을 벌리고…… 이러면서 살아가고 있는 오늘날의 '높으신 분들' 하고는 도무지 상관없는 얘기다.

그러나 계장쯤 되면 닭 돼지를 먹이지 않고 국장쯤 되면 소, 양을 기르지 않고 장관쯤 되면 백성의 재물을 착취 약탈해다가 창고를 채워 주는 신하를 두지 않는다. 쩨쩨하게 굴지 않는다는 뜻이 아니라 그렇게 눈앞의 작은 이익을 노리다가는 의義를 잃게 되고, 의義를 잃으면 망신을 당하게 되는 줄 알아서 그러지 않는다는 뜻이다.

"하늘 이치〔天理〕를 좇아서 살면 구태여 이利를 구하지 않아도 저절로 이롭지 않은 것이 없게 된다."(옥위노씨玉僞盧氏) 그런데 반대로 눈앞의 이익을 좇아 천리天理를 어기면 그 작은 이익이 곧장 커다란 화禍로 바뀌고 마는 것이다.

뜻을 세운 사람은 마땅히 혈구를 하여 아랫사람의 이利를 침해하는 일이 없어야 한다. 닭이나 돼지를 쳐서 이득을 보는 일로도 백성과 다투면 안 될 터에, 하물며 임금 된 자가 어찌 취렴지신聚斂之臣을 두어 백성을 학대한다는 말인가?(동양허씨)

모두들, 사악해서가 아니라 어리석어서 저지르는 잘못이다. 어찌 불쌍한 중생衆生이 아니겠는가?

취렴지신聚斂之臣을 두느니 차라리 도신盜臣을 둔다는 말은, 백성의 재물을 빼앗아다가 자기 집 창고를 채워 주는 신하를 두느니 자기 집 창고 물건을 훔쳐 내는 도둑을 기른다는 뜻이다. 도신盜臣은 재물 몇 가지를 없앨 뿐이나 취렴지신聚斂之臣은 문자 그대로 패가망신敗家亡身에 나라까지 무너뜨릴 자이기 때문이다. 나라의 근본이 백성인데, 재취즉민산財聚則民散이라, 재산을 긁어모아 백성이 흩어지고 말면 나라가 어디에 남아 있겠는가?

옥계노씨는, "나라가 이利로써 이利를 삼지 않고 의義로써 이利를 삼는다"는 말은 예부터 있어 온 말[古語]이라고 한다.

맹자가 양혜왕梁惠王을 보러 가니 왕이 말하기를, 노인장께서 천릿길 멀다 않고 이렇게 오심은 이 나라에 무슨 이익을 주고자 하심인가? 맹자 대꾸하되, 왕께서는 하필 이利를 말씀하십니까? 다만 인의仁義가 있을 따름이외다. 왕께서 이 나라에 무슨 이로움이 있을까를 물으면, 대부大夫는 우리 집안에 무슨 이로움이 있을까를 물을 것이고, 선비와 서인庶人들은 내 신상身上에 무슨 이로움이 있을까를 물을 것이며, 위·아래가 번갈아 서로 이로움을 취하면 나라가 위태롭게 될 것입니다.

천자天子의 나라에서 그 임금을 죽이는 자는 반드시 제후諸侯의 집안에서 나올 것이요, 제후의 나라에서 그 임금을 죽이는 자는 반드시 대부大夫들 가운데 있을 것이외다. 만萬에서 천千을 가지고 있고 천千에서 백百을 가지고 있는 것도 적게 가졌다고 할 수 없거니와 굳이 의義를 뒤에 두고 이利를 앞세우면 나머지도 모두 빼앗기 전에는 만족하지 않을 것입니다. 어진 사람으로 자기 부모를 버린 이 아직 없고 의로운 사람으로 자기 임금을 뒷전에 둔 이 아직 없습니다. 왕께서 다만 인의仁義를 말씀하실 일인데, 하필 이利를 물으십니까?(『맹자』, 양혜왕장梁惠王章)

38

나라와 집안의 우두머리가 되어 재물 쓰는 일에 힘을 쏟는 자는 반드시 소인배를 시켜 그 일을 하게 할 것이니 소인배를 시켜서 나라와 집안일을 하도록 하면 재해가 아울러 닥칠 것이다. 비록 착한 이가 있다 해도 또한 어쩔 수 없다. 이래서, 나라는 이利로 이利를 삼지 않고 의義로 이利를 삼는다 말하는 것이다.

長國家而務財用者는 必自小人矣니 彼爲善之小人之使爲國家면
장 국 가 이 무 재 용 자   필 자 소 인 의   피 위 선 지 소 인 지 사 위 국 가

災害竝至라 雖有善者나 亦無如之何矣로다. 此謂國不以利爲利요
재 해 병 지   수 유 선 자   역 무 여 지 하 의   차 위 국 불 이 리 위 리

以義爲利也니라.
이 의 위 리 야

사람이 재물을 쓰는 것은 좋다. 그러나 재물이 사람을 부리면 거기가 곧 지옥이다. 나라의 우두머리가 되어 사람 쓰는 일[用人]보다 재물 쓰는 일[財用]에 힘을 쏟는 자는 반드시 소인배에게 그 일을 맡기지 않을 수 없으니, 군자가 사람보다 재물을 우선하는 일은 없기 때문이다. 되어먹기가 거꾸로 된 자가 일도 거꾸로 하게 마련이다.

'피위선지'彼爲善之 넉 자는 앞뒤에 무슨 문장이 있다가 없어진 듯하다는 주자의 견해를 좇아 여기서는 새기지 않는다.

어떤 것이 무겁고 어떤 것이 가벼운지 어떤 것이 먼저요 어떤 것이 나중인지를 가리지 못하는, 또는 말이나 생각으로는 가리면서 실제로 살기는 그와 딴판으로 살아가는 소인배가 나라의 살림을 맡으면 재해災害가 아울러 닥치게 된다. 재災는 하늘이 내리는 것이요 해害는 사람이 입히는 것이다. 그러면 결국 나라 꼴이 우습게 될 수밖에 없고, 일단 그리 된 뒤에는 비록 제대로 된 사람[善人]이 나타난다 해도 이미 어쩔 수가 없다. 남은 길은 그 나라나 집안이 완전히 망해 버리는 것밖에 없다.

그래서 나라나 집안의 일을 맡은 자는 이利로써 이利를 삼지 말고 의義로써 이利를 삼으라고 말하는 것이다.

긴 말 필요 없다. 똥 있는 데 구더기 끓고 꽃밭에 나비 모인다.

이로써 치국평천하治國平天下를 풀이한 전10장傳十章이 끝난다.

존재하는 모든 것은 어떤 것들이 모여서 이룬 전체면서 어떤 것을 이루는 부분이다. 예컨대 얼굴은 눈·코·귀·입·뇌 등이 모여서 이룬 전체이자 우리 몸을 이루는 여러 부분들(팔·다리·가슴·배 등) 가운데 하나다.

『대학』의 8조목(格物, 致知, 誠意, 正心, 修身, 齊家, 治國, 平天下)이 모두 이것 없이는 저것이 이루어질 수 없으며 저것은 이것의 부분이고 이것은 저것의 전체다.

그 가운데서도 "천자로부터 서인에 이르기까지 모든 사람이 수신修身을 본本으로 삼는다"〔自天子至於庶人이 壹是皆以修身爲本〕고 했다. 혼인도 않고 혼자 살아가는 독신자에서부터 가정을 가진 사람이나 나랏일을 하겠다고 나선 사람이나 천하 평정에 뜻을 세운 사람까지 모두가 '제 몸 닦는 일'을 본本으로 삼는다는 말이다. 본本이란 거기서 모든 것이 나오고 거기로 모든 것이 돌아가는, 바로 '거기'가 본本이다.

사람이 살면서 무슨 일을 하든, 장사를 하든 정치를 하든 농사를 짓든 예술을 하든, 아무튼 그 하는 일이 무엇이든지 간에, 그 일을 통해서 그가 이루어 낼 마지막 일이 바로 '수신'修身이라는 얘기다. 누가 나라에 정의를 세우고자 불의와 싸운다면 그렇게 함으로써 그는 자신의 몸을 닦아 나가는 것이다. 정치를 하면서 정치 행위를 통하여 그가 어제보다 오늘, 오늘보다 내일 더욱 사람다운 사람으로 바뀌어 가지 않는다면 그의 정치 활동은 마침내 자신과 나라에 재해를 불러올 따름이다. 어찌 정치뿐이랴? 예술 활동도 그렇고 경제 활동도 그렇고 종교 활동도 물론 그렇다.

한 그루 나무를 그려 본다. 수신修身이라는 기둥[本] 아래에는 격물格物, 치지致知, 성의誠意, 정심正心이라는 뿌리가 있고, 그 위에는 제가齊家, 치국治國, 평천하平天下라는 가지와 열매가 있다. 아래에 있는 것들은 땅속에 있어서 보이지 않지만 당연히 거죽에 드러나 보이는 것들보다 우선이요 그래서 더욱 중요하다. 이 점을 명심하여 잊지 말고, 무슨 일을 하든지 과연 지금 나는 본本을 말末에 우선하고 있는가 성찰을 게을리하지 말라는 것이 요컨대 『대학』의 중심 메시지 가운데 하나일 터이다.

한사코 현란한 말末 쪽으로 치달리는 우리의 눈길을 어떻게든지 단순 소박한 본本 쪽으로 향하게 하려는 옛 스승의 깊은 뜻이 참으로 간절하구나!

중용 中庸 읽기

『중용』中庸을 읽는다. 사람들이 말하기를, 유가儒家의 심오한 철학이 여기에 담겨 있다 하거니와 미리부터 겁먹을 것까지는 없다 해도 마음으로 신중할 필요는 있다.

'중'中을 알고 '용'庸을 알면 이 책을 다 읽은 셈이다. 중中은 속에 있어서 보이지 않지만, 겉에 있어서 보이고 들리고 만져지고 경험되는 용庸과 두루 융통融通한다. 비유컨대, 지핵地核이 지상地上과 지하地下의 모든 것을 제 속에서 만나는 것과 같다. 우리가 지금 있는 자리에서는 동·서·남·북이 뚜렷하지만, 위치를 옮겨 북극 꼭지점에 선다면 동·서가 사라지면서, 모든 방향이 남쪽으로 될 것이요, 다시 걸음을 옮겨 지핵에 선다면 동·서·남·북이 모두 사라지면서 한 점에 들어와 있음을 보게 될 것이다.

중中은 천天이요 용庸은 인人이다. 그래서 중용中庸을 하늘과 사람 사이의 관계에 대한 철학으로 보기도 한다. 사람은 저마다 하늘의 자식이면서 그 하늘을 제 속에 모시고 있다. 그래서 인내천人乃天, 사람이 곧 하늘이다. 아버지 안에 있으면서 아버지를 제 속에 모시고 있는

자식이 용庸이요, 제가 낳은 자식 속에 모셔져 있는 아버지가 중中이
다. 중中 없이 용庸 없고 용庸 없이 중中 없다. 그러면서도 중中은 중이
요 용庸은 용이다.

이 둘 아닌 둘의 관계를 제대로(제법으로) 이루면 그것이 곧 이른바
'중용의 도'〔中庸之道〕다. 이 둘 사이를 관계 맺어 주는 것이 '성'誠이
다. 따라서 '성'誠을 모르고서는 중용中庸을 안다고 할 수 없다.

『중용』中庸은 공문孔門에서 전수되어 온 심법心法이다. "낮아지되 오
천汚賤에 떨어지지 않고 높아지되 공허空虛에 빠지지 않는 것이 공문孔
門에 전해 내려온 심법心法이다."(북계진씨北溪陳氏)

입맛은 이쯤 다시고 이제 신끈을 가볍게 죄었거든 곧장 본문本文으
로 들어가 보자.

1

하늘이 내리는 명命을 성性이라 하고 성性 좇음을 도道라 하고 도道 닦음을 교敎라 한다.

天命之謂性이요 率性之謂道요 修道之謂敎라.
천 명 지 위 성   솔 성 지 위 도   수 도 지 위 교

중요한 세 단어가 나왔다. 이 책의 내용이 한 문장에 담겨 있다.

성性과 도道와 교敎.

저자(子思)가 이 글을 쓰는 것은 사람을 가르치기 위해서다. 사람이란 배우고 가르치고 다시 배우는 존재다. 그 배움은 목숨이 다하는 순간에 비로소 중단된다. 그래서 사람이고 그래야 사람이다.

무엇을 배우기 위해서는 먼저 가르침이 있어야 하고 가르치기 위해서는 먼저 가르칠 내용이 있어야 한다. 무엇을 가르칠 것인가? 수도修道, 그것이 가르칠 것의 전부다.

'수修'는 대개 두 가지 뜻으로 읽는다. 하나는 닦는다는 뜻이요 다른 하나는 고친다는 뜻이다. 수신修身이라고 하면 몸에 묻은 때[垢]를 닦아 낸다는 뜻이 된다. 수리修理는 고장 난 것을 고친다는 말이다. '닦는

다 는 말도 대개 두 가지 뜻으로 쓰인다. 하나는 더러운 것을 닦아 낸다는 뜻이고 다른 하나는 울퉁불퉁한 것을 평평하게 고른다는 뜻이다.

따라서 수도修道를 하려면 먼저 도道가 있어야 하는데, 그 도道를 더럽히는 때(垢)란 무엇인가? 무엇이 도道를 울퉁불퉁하게 만드는가? 먼저 이것을 알아야 수도修道가 가능할 것이다. 그것을 알기 위해서는 먼저 도道가 무엇인지 그것부터 알아야 한다.

도道는 길이다. 길이란 사람이나 짐승이 밟고 다니는 것이다. 길을 따라서 다니면 잘 다닐 수 있거니와 길을 잃으면 고생만 하다가 생명을 잃는 수도 있다. 길을 찾으면 살고 잃으면 죽는다. 길이 곧 생명인 까닭이다. 그래서 예수는 당신이 '길'이요 '생명'이라고 하셨다. 생각건대 참 대단한 선언이다.

길은 처음부터 나 있었던 것이 아니다. 사람이나 짐승이 살아가면서 내고 닦고 하는 것이다. 길에는 눈으로 볼 수 있고 발로 밟을 수 있는 길(路)이 있고 보면서 보지 못하고 밟으면서 밟지 못하는 길(道)이 있다. 이 보이지 않는 길 역시 처음부터 나 있었던 것은 아니다. 물론 세상에 '여기'가 있고 '저기'가 있는 한, 여기에서 저기로 저기에서 여기로 오가는 길 또한 있게 마련이다. 그러나 그 길이 오가는 사람이나 짐승이 없는데도 거기 그렇게 있는 것은 아니다.

누군가가 길을 내야 한다. 그리고 그 길을 닦아야 한다. 한번 내어 놓은 길도 계속하여 그 길을 사용하지 않으면 세월과 함께 없어지거나 무너지고 만다.

하늘이 가는 길을 천도天道라 하고 사람이 가는 길을 인도人道라 한다. 씨앗이 자라나 열매로 되는 데도 길이 있고 별들이 북극성을 중심하여 돌아가는 데도 길이 있다. 하늘 곧 자연은 길을 잃거나 무너뜨리지 않아서 천지 창조 이래 한순간도 그 생명을 잃은 적이 없건만, 사람은 제가 밟고 다니는 풀 한 포기만도 못하여 툭하면 길을 잃고 헤매다가 마침내 생명을 잃게 되고, 저만 죽는 게 아니라 남까지 죽인다. 강물이 썩어서 물고기가 떼로 죽는 것도 사람이 제 길을 잃고는 길 아닌 데를 함부로 쏘다닌 결과다.

별도 강江도 물고기도 사람도 모두 성性을 지니고 있다. 세상에 존재하는 모든 것이 성性에서 나왔으므로 제 속에 성性을 지니고(모시고) 있는 것이다. 그런데 별도 강도 물고기도 그 성性을 어김없이 좇아 살아가는데, 유독 사람만이 그것을 거스른다. 제 속에 있는 성性을 좇아서 살 수도 있고 거슬러서 죽을 수도 있는 것이 말하자면 인간의 위대함이다. 바로 그 위대한 힘 때문에 스스로 죽어 가는 것이다!

길이란, 만물이 제 속에 처음부터 지니고 있는 성性을 좇아서 살 때 비로소 만들어지는 것이다. 성性을 거스르면 길이 아니고 길이 아니면 금방 끝나고 만다.〔不道早已〕

주자朱子는 성性을 이理라고 한다. 요한은 로고스logos가 곧 성性이라 할는지 모르겠다.

무엇이 존재한다는 것은 그 무엇이 존재하는 방식, 곧 이理를 제 속에 지니고 있다는 말이다. 태양은 태양의 존재 방식을 가지고 있고, 연꽃은 연꽃의 존재 방식을 가지고 있다. 그것을 좇을 때 살고 그것을 거역할 때 죽는다.

성性은 곧 이理다. 하늘이 음양오행陰陽五行으로 만물을 화생化生하되 기氣로 그 꼴을 이루고 이理를 또한 내리니, 명령命令과 같다.(주자)

만물이 '명령에 대한 복종'으로 존재한다는 얘기다.

하느님께서 "빛이 생겨라" 하시자 빛이 생겨났다.······ 하느님께서 "땅에서 푸른 움이 돋아나거라. 땅 위에 낟알을 내는 풀과 씨 있는 온갖 과일나무가 돋아나거라" 하시자, 그대로 되었다.(「창세기」 1:2, 11)

그래서 성性은 하늘이 내리는 명命이라 했다. 공자孔子는 나이 오십에 천명天命을 알았다고 했다. 자신을 포함하여 천지 만물이 존재하는 이유와 방식을 알았다는 말이겠다.

내가 여기 있음은 이미 하늘로부터 받은 바 명命이 있기 때문이요, 아직 죽지 않은 것은 그 명命을 아직 좇고 있기 때문이다. 나는 밥 먹듯이 하늘의 명〔天命〕을 어기고 있지만, 내 '몸'은 아직까지 한순간도 그것을 어긴 바 없다. 붉은 피는 끊임없이 생성 소멸되면서 혈관을 따라 돌고 있으며 염통과 허파는 한 번도 스스로 멈추지 않았다. 썩은 음식을 먹으면 위장은 어김없이 통증을 일으켰고 수염은 아무리 잘라도 지치는 법 없이 자랐다. 염통도 위장도 수염도 저마다 하늘의 명〔天命〕을 어기지 않았다는 반증이다.

만일 내가 내 '몸'이 복종하는 것만큼 하늘의 명命을 복종하며 산다면, 나는 이미 하늘님과 영생永生을 살고 있는 것이다. 언젠가 나도 죽을 것이다. 그러나 그것은 하늘의 명命을 거스른 결과로 오는 '죽음'

은 아니다. 숨이 멎고 맥박이 그치고 열이 떨어지는 것을 '죽음'이라고 할 수 없는 이유는 그것 자체가 하늘의 명命에 대한 복종이기 때문이다. 그래서 예수는 이르기를, "나를 믿는 사람은 죽더라도 살겠고 또 살아서 믿는 사람은 영원히 죽지 않을 것"(「요한복음」11:25)이라고 하셨다.

지금 하늘의 명命에 오로지 복종함으로써 살아가는 사람은, 이미 영생을 살고 있는 것이다. 그에게는 어제도 내일도 없다. 오직 있는 것은 '영원한 오늘' the eternal Now뿐!

사람이 사람을 가르침에, 가르치는 내용은 길[道]을 닦는 것이다. 길[道]은 성性을 좇는 것이다. 성性은 하늘이 내리는 명命이다. 그러면 하늘의 명[天命]은 무엇인가?

도道라고 하는 것은 잠시 잠깐도 떨어질 수 없으니 떨어지면 도道가 아니다. 그런 까닭에 군자君子는 보이지 않는 바를 삼가 조심하고 들리지 않는 바를 두려워한다.

道也者는 不可須臾離也니 可離면 非道也라. 是故로 君子는 戒愼
도 야 자   불 가 수 유 리 야   가 리   비 도 야   시 고   군 자   계 신
乎其所不睹하며 恐懼乎其所不聞이니라.
호 기 소 부 도   공 구 호 기 소 불 문

단절斷切된 길은 길이 아니다. 길은 서로 통함으로써 비로소 길이기 때문이다. 빛을 등진 자는 어둠 속에 거한다. 그러나 그렇게 함으로써 빛한테서 떨어져 나갈 수는 없다. 태어나면서부터 눈이 멀어 평생을 어둠에 갇혀 사는 사람에게도 햇빛은 쏟아진다.

아담은 선악과를 먹지 말라는 하느님의 명命을 어길 수 있었다. 그러나 그것을 먹으면 죽는다는 법까지 어기지는 못했다. 사람이 자연의 법을 거슬러 함부로 숲을 까뭉갤 수는 있다. 그러나 그렇게 하면 홍수가 나서 재앙이 닥친다는 법까지 어길 수는 없다. 실로 하늘의 도道는 인간이 그것을 좋든지 말든지 한순간의 멈춤도 틈도 없이 엄정하게 존속한다. 그러니까 도道다. 만일 인간의 어떤 행위에 따라서 있다 없다 한다면, 그것은 도道가 아니다.

태양은 밤이 없다. 태양계에 속한 것들 가운데 그 빛으로부터 자신을 감출 수 있는 물건은 없다. 누가 과연 하느님의 눈길에서 벗어날 수 있을까? 아무도 없다. 도道는 잠시 잠깐도 떨어질 수 없기 때문에 도道다.

당신 생각을 벗어나 어디로 가리이까?
당신 앞을 떠나 어디로 도망치리이까?
하늘에 올라가도 거기에 계시고
지하에 가서 자리 깔고 누워도 거기에도 계시며
새벽의 날개 붙잡고 동녘에 가도
바다 끝 서쪽으로 가서 자리를 잡아 보아도
거기에서도 당신 손은 나를 인도하시고
그 오른손이 나를 꼭 붙드십니다.

어둠보고 이 몸 가려 달라고 해보아도

빛보고 밤이 되어 이 몸 감춰 달라 해보아도

당신 앞에서는 어둠도 어둠이 아니고

밤도 대낮처럼 환합니다.

당신에게는 빛도 어둠도 구별이 없습니다.(시편 139:7~12)

도는 이렇게 없는 곳이 없지만 그러나 우리 눈에 보이지 않는다. 귀에 들리지도 않고 손에 잡히지도 않는다. 그래서 불가치힐不可致詰, 뭐라고 말할 수가 없다. 그러나 존재하는 모든 것, 보이고 들리고 만져지는 모든 것이 도를 떠날 수 없다. 거기서 나와 거기로 들어간다.

군자君子는 우리 눈에 보이는 것이 모두 보이지 않는 것에서 나온다(「히브리서」 11:3)는 사실을 안다. 그러기에 보이지 않는 바〔其所不睹〕를 삼가 조심하고 들리지 않는 바〔其所不聞〕를 두려워한다.

나무를 아는 사람은 가지 가꾸는 일에 우선하여 뿌리를 돌본다. 슬기로운 이는 하느님을 보려고 사방을 살피는 대신에, 자기 마음 깨끗하게 하는 데 힘쓴다. 예수 이르시기를, 마음이 깨끗하면 하느님을 본다고 하셨기 때문이다. 죽어 천당 가기를 소원하기 전에 지금 여기서 제대로 살고자 한다. 오늘의 삶이 내일의 죽음―이후를 결정짓는 줄 알기 때문이다.

군자君子는 행동거지를 삼가는 일에 우선하여 마음가짐을 살핀다. 좋은 열매 맺는 일에 신경 쓰기보다 좋은 나무 되려고 애쓴다.

좋은 나무가 나쁜 열매를 맺을 수 없고 나쁜 나무가 좋은 열매를 맺을 수 없다…… 선한 사람은 선한 마음의 창고에서 선한 것을 내놓고 악한 사람은 그 악한 창고에서 악한 것을 내놓는다. 마음속에 가득 찬 것이 입 밖으로 나오게 마련이다.(「루가복음」 6:43~45)

보이지 않는 바[其所不睹]와 들리지 않는 바[其所不聞]를 흔히 '남들이 보지 못하고 듣지 못하는 바'로 읽는데, 물론 그렇게 읽을 수도 있지만, 아무래도 본문의 요지에서 비껴간 느낌이다. 그래서 군자는 겉을 꾸미기보다 속 가꾸는 일에 마음을 쏟는다는 뜻으로 새긴다.

중中이 용庸보다 먼저요 그래서 언제나 중中에 눈길을 모으고 살아가는 것이 군자君子의 길[道]이다. 그러나 물론 용庸을 도외시한다는 말은 아니다. 현상現象, phenomenon을 보되 거기에 머물지 않고 그 속에 있는 (또는 뒤에 있는) 진상眞相, noumenon을 살핀다는 얘기다. 누구도 색色에서 여래를 볼 수 없지만, 색色을 떠나서도 또한 볼 수 없기 때문이다.

감추는 것만큼 잘 드러냄이 없고 숨는 것만큼 잘 드러남이 없으니 그러므로 군자君子는 홀로 있음[獨]을 삼간다.

莫見乎隱이요 莫顯乎微니 故로 君子는 愼其獨也니라.
막 현 호 은   막 현 호 미   고   군 자   신 기 독 야

저 무성한 등구나무도 처음 땅 속에 씨앗으로 묻혔을 때는 보이지 않았다. 그러나 그렇게 땅 속으로 숨었기에(또는 감추어졌기에) 오늘 늠름한 모습을 세상에 드러내고 있는 것이다. 만일 씨앗이 땅 속에 들어가기를 거절했더라면 여전히 눈에 잘 띄지도 않는 모양으로 어딘가에 굴러다니거나 없어졌을 것이다.

수수만 명 인파를 모아 놓고 나팔을 불어 대며 '발기인 대회'를 열고서 성공하는 '혁명'을 나는 아직 보지 못했다. 세계사의 흐름을 바꿔 놓은 '사회 운동'은 예외 없이 땅 속에 숨는 이른바 잠복기를 거쳤다. 로마의 '카타콤'을 거치지 않았더라면 기독교는 아마도 존재하지 않았을 것이다.

속으로 감추는 것만큼 잘 드러냄이 없고[莫見乎隱] 숨어들어 가는 것만큼 잘 드러나는 방법이 없다[莫顯乎微]는 말은 역설逆說이 아니라 반듯한 정설定說이다. 무엇이든지 지금 눈에 보이는 모양으로 존재하는 것은 눈에 보이지 않는 모양으로 존재했던 '과거'에 뿌리를 내리고 있기 때문이다.

안분신무욕安分身無辱이요 지기심자한知機心自閑이라, 분수에 맞도록 처신하면 몸에 욕辱이 돌아오지 않고 기미(機微, 낌새)를 알면 마음이 스스로 한가롭다고 했다.

중요한 것은 언제나 겉으로 나타난 모양이 아니라 그것을 그런 모양으로 나타나게 한 속 내용이다. 중심中心이다.

땅 속에 무엇을 심느냐(감추느냐)가 문제다. 콩을 심으면 콩이 나올 것이요 팥을 심으면 팥이 나올 것이다.

씨앗은 그것이 무슨 씨앗이든 간에 일단 땅 속에 들어가면 '혼자'

다. 독獨이다. 다른 씨앗과 연대할 길이 없다. 그러기에 군자君子는 세상에 어떤 모습으로 자신이 드러나고 있는가에 신경 쓰기 전에 먼저 제 속에 무엇이 담겨 있는가를 성찰한다. 향좁이 담겨 있으면 향내가 나고 똥이 담겨 있으면 악취가 난다는 사실을 잘 알고 있기 때문이다. 사실 그것은 누가 일부러 설명하지 않아도 사람이라면 다 알고 있는 상식常識이다. 그런데 바로 이 보편적인 상식을 무시하거나 멸시함으로써 사람들은 위선僞善을 저지르는 것이다.

> 감추인 것은 드러나게 마련이고 비밀은 알려지게 마련이다. 그러므로 너희가 어두운 곳에서 말한 것은 모두 밝은 데서 들릴 것이며 골방에서 귀에 대고 속삭인 것은 지붕 위에서 선포될 것이다.(「루가복음」 12:2, 3)

이렇게 말씀하신 예수는 제자들을 경계하신다. "바리사이파 사람들의 누룩을 조심하여라. 그들의 위선을 조심해야 한다."

겉을 꾸미는데 속의 내용과 다르게 꾸미는 것이 위선이다. 바로 그 위선이 누룩처럼 속을 점령하여 인생이 온통 속임수로 되지 않도록 조심하라는 말씀이다.

군자君子는 상식常識을 업신여기거나 무시하지 않는다. 그러기에 '홀로 있음'〔獨〕을 스스로 삼간다. 혼자 있을 때 자기 속에 무엇을 삼느냐가 모든 것을 결정짓는다는 사실을 알고 있기 때문이다.

기쁨·노여움·슬픔·즐거움이 아직 겉으로 나타나지 않은 것을 중中
이라 하고 그것들이 나타나 제 마디에 들어맞는 것을 화和라 하니, 중
中이란 천하의 대본大本이요 화和란 천하의 달도達道다.

喜怒哀樂之未發을 謂之中이요 發而皆中節을 謂之和니 中也者는
희 로 애 락 지 미 발　　위 지 중　　　발 이 개 중 절　　위 지 화　　중 야 자

天下之大本也요 和也者는 天下之達道也니라.
천 하 지 대 본 야　　화 야 자　　천 하 지 달 도 야

'대본'大本은 말 그대로 큰 근본이요 '달도'達道는 두루 통하여 미치
는 길(道)이다.

　　희로애락喜怒哀樂은 정情이요 그것이 아직 밖으로 나타나지 않은즉 성
性이다. 어디에도 치우치거나 기울지 않는 까닭에 중中이라 한다. 그것
이 겉으로 나타나 저마다 제 마디(節)에 들어맞으면 정情의 정正이다.
어그러지거나 어긋나는 바가 없는 까닭에 화和라 한다. 대본大本은 천
명天命인 성性이니 천하 모든 이치(理)가 다 여기에서 나오는데 도道의
몸(體)이다. 달도達道는 성性 좇음을 말하는데 천하고금天下古今이 모
두 이로써 비롯되니 도道의 씀(用)이다.(주자)

'마디에 들어맞는다'〔中節〕는 말은 감정을 밖으로 드러내는데 지나치거나 모자라지 않는다는 뜻이다. 아랫동네 여자가 죽었는데 자기 어머니가 죽은 것처럼 슬퍼한다든가 반대로 자기 어머니가 죽었는데 아랫동네 여자가 죽은 것처럼 슬퍼한다면, 슬픈 감정感情의 발로發露가 중절中節을 이루지 못한 것이다.

살아 있는 사람은 끊임없이 감정을 나타내게 되어 있다. 만일 슬플 때 슬퍼하지 않고 기쁠 때 기뻐하지 않는다면 그는 살아 있는 사람이 아니다.

옛날 부유한 과부가 살았는데 하루는 누가 그 집 문간에 아기를 버렸다. 착실한 불자佛者인 과부는 버려진 아기를 가까운 절에 맡기며 양육비는 넉넉히 댈 터이니 훌륭한 사람으로 키워 달라고 부탁했다. 절에서는 많은 시주를 받으면서 아이를 공들여 길렀다. 드디어 성년成年이 되는 날, 과부는 과연 아이가 어떻게 자랐는지 알아보고 싶어했다.

시험이 치러졌다. 향기로운 술과 기름진 음식으로 상을 차려 놓고 요염한 기녀妓女를 시켜 여인의 몸을 탐하게 해보라고 했다. 그 방면에 도통한 기녀였지만 밤새도록 애썼으나 헛수고였다. 이윽고 날이 밝자 소년은 지필묵을 청하여, 천 년 묵은 고목이 반석에 뿌리박고 서 있는 정경을 그렸다. 아무리 교태를 부려도 끄떡하지 않는다는 뜻이다.

이를 보고 신이 난 중들이 결과를 과부에게 알리자, 과부는 오히려 화를 내는데, "내가 사람 만들어 달라고 했지 바윗덩어리 만들어 달라고 했소?"

그리 하였다는 이야기가 있거니와, 감정感情을 나타내지 않는 것이 곧 도인道人의 모습은 결코 아니다. 문제는 그것을 어떻게 나타내느냐에 있다.

감정이 아직 겉으로 나타나지 않은 것을 '중' 中이라 또는 성性이라고 했는데, 성인聖人의 성性이나 범인凡人의 성性이나 조금도 다를 바없다. 성인聖人과 범인凡人이 구분되는 것은 감정이 밖으로 나타나는 그 순간부터다. 공자도 사랑하던 제자 안회顏回의 죽음 앞에서 슬퍼했고 예수도 하느님의 집을 강도 소굴로 만든 자들에게 분노했다. 다만 그들은 감정을 부렸지 감정에 부림을 받지는 않았다. 그 점에서 중인衆人과 달랐다.

술을 잘 마시는 사람은 아무리 마셔도 술한테 먹히는 법이 없다. 그쯤 돼야 주선酒仙이다. 돈을 잘 쓰는 사람은 아무리 써도 돈의 노예가 되지 않는다. 그게 진정한 부자富者다. 분노할 줄을 아는 사람은 아무리 화를 내어도 본인이나 상대에게 상처를 입히지 않는다. 분노에 눈이 멀어 이성理性을 잃는 법이 없기 때문이다.

대종사大宗師 송 벽조에게 "중용中庸의 솔성지도率性之道를 해석하여 보라" 하시니, 그가 사뢰기를 "유가儒家에서는 천리天理 자연의 도道에 잘 순응하는 것을 솔성하는 도라 하나이다." 대종사 말씀하시기를 "천도에 잘 순응만 하는 것은 보살의 경지요 천도를 잘 사용해야 부처의 경지니, 비하건대 능한 기수騎手는 좋은 말이나 사나운 말이나 다 잘 부려 쓰는 것과 같나니라. 그러므로 범부 중생은 윤회와 십이 인연에 끌려 다니지마는 부처님은 천업天業을 돌파하고 거래去來와 승강昇降을 자유자재하시느니라."

한 제자 여쭙기를 "진묵震默 대사도 주색酒色에 끌린 바가 있는 듯하오니 그러하오니까?" 대종사 말씀하시기를 "내 들으니 진묵 대사가 술을 좋아하시되 하루는 술을 마신다는 것이 간수를 한 그릇 마시고도 아무 일 없었다 하며, 또 한 번은 감나무 아래에 계시는데 한 여자가 사심邪心을 품고 와서 놀기를 청하는지라 그 원을 들어주려 하시다가 홍시가 떨어지매 무심히 그것을 주러 가시므로 여자가 무색하여 스스로 물러갔다는 말이 있나니, 어찌 그 마음에 술이 있었으며 여색女色이 있었겠는가. 그런 어른은 술 경계境界에 술이 없었고 색色 경계에 색이 없으신 여래如來시니라."

대종사 말씀하시기를 "중생衆生은 희·로·애·락에 끌려서 마음을 쓰므로 이로 인하여 자신이나 남이나 해害를 많이 보고, 보살은 희·로·애·락을 노복奴僕 같이 부려 쓰므로 이로 인하여 자신이나 남이나 이익을 많이 보느니라(『원불교전서』圓佛教全書, 대종경大宗經, 불지품佛地品, 6~8)

어떻게 하면 감정感情을 부리되 감정의 부림을 받지 않을 수 있을까? 깨어 있으면 그럴 수 있다고 말하는 사람이 있다. 슬퍼하면서 자기가 슬퍼하고 있음을 알라는 것이다. 즐거워하면서 즐거워하고 있는 자신을 보라는 것이다.

시험에 들지 않도록 깨어 있으라는 예수의 권고는, 자기가 부리는 감정에 사로잡혀 자신과 남에게 해를 입히는 일이 없도록 하라는 말씀도 된다.

카인의 잘못은 아우에 대하여 화가 났다는 것보다 분노에 눈이 멀어 자기 문 앞에 도사리고 있는 죄罪를 보지 못했다는 사실에 있다. 하느님이 일러 주었음에도 불구하고, 분노에 사로잡혀 자기 문 앞에 도 사리고 있는 죄에 굴레를 씌우지 못한 것이 그를 인류 최초의 살인자로 만들었던 것이다.(「창세기」4:7)

중中과 화和에 이르면 천지天地가 제자리를 잡고 만물萬物이 자라난다.

致中和면 天地이 位焉하며 萬物이 育焉이니라.
치 중 화　　　천 지　　위 언　　　만 물　　　육 언

　중中은 가운데라는 뜻도 있고 들어맞는다는 뜻도 있다. 앞에서 주자朱子는 중을 성性으로 읽었다. 성은 천명天命 곧 하늘의 법이다. 추호도 어긋나지 않는 하늘의 질서라고 해도 좋다.
　중은 중인 까닭에 어디에도 치우치거나 기울지 않는다[無所偏倚]. 동시에 미치지 않는 곳이 없다. 봄기운이 충만하면 살아 있는 나무마다 싹을 틔운다. 가지 하나 빠뜨리는 법이 없다. 그것이 화和다.
　중화中和에 이른다는 말은 하늘의 법이 그대로 이루어진다는 뜻이다. 오늘도 하늘이 하늘에 있고 땅이 땅에 있으며 만물이 그 사이에서 자라남은 하늘의 명命이 빈틈없이 이루어지고 있기 때문이다. (위 문장에 '하늘'이 두 번 나오는데 앞의 하늘은 우리 눈에 보이는 저 머리 위 창공을 가리키고, 뒤의 하늘은 보이지 않는 하늘, 그러니까 '하느님'을 가리킨다고 보면 크게 어긋나지 않을 것이다.)

하늘도 땅도 사람도 모두 하늘의 명[天命] 곧 성性에서 나와 성性을 모시고 있다. 하늘·땅·사람 3재三才 가운데 하늘과 땅은 처음 받은 천명을 어김없이 지키고 있는데 유독 인간만이 그것을 어긴다. 그러나 그 '어김'이라는 것도, 비유컨대 대명천지 밝은 날에 눈을 감고서 어둠 속을 허우적거리는 것과 같다. 인간은 결코 천명을 거스르지 못한다. 스스로 착각하고 있을 뿐이다.

그렇다면, 인간이 무슨 엉뚱한 짓을 하든 천지만물은 제자리에서 제 길을 간다면, 그렇다면 문제가 없지 않은가? 그런데 그렇지 않다. 오늘 인간의 탐욕과 무지로 말미암아 물이 썩고 땅이 꺼지며 하늘에 구멍이 나는 것을 어찌 문제없다 할 수 있겠는가?

주자의 말.

무릇 천지 만물이 본디 나[吾]와 한 몸인지라 내 마음이 바르면 천지의 마음 또한 바르고[吾之心正卽天地之心亦正], 내 기氣가 순순하면 천지의 기 또한 순하다[吾之氣順卽天地之氣亦順].

이 말을 바꿔도 진리다. 천지 만물이 나와 한 몸이니 내가 바르지 못하면 천지 또한 바르지 못한 것이다. '나'는 천지와 동떨어진 별개別個가 아니다. 천지가 곧 내 몸이다. 썩은 이빨 하나가 온몸에 열을 나게 하고 몸살을 앓게 하듯이 내가 병들면 천지가 앓는다.

그 효험이 이와 같으니 이는 학문의 지극한 공[極功]이요 성인聖人만이 할 수 있는 일이다. 처음부터 내 몸 밖에서 얻고자 하지 않고 도道를 닦는 가르침 또한 그 속[中]에 있다.(주자)

중中이 기울거나 병들면 화和를 이룰 수 없다. 사람이 오직 성性을 좇아서만 살아간다면, 다시 말해서 오직 하늘의 명[天命]대로만 살아간다면, 그 사람이 곧 천국이다.

임성소요任性逍遙에
수연방광隨緣放曠이라
단진범정但盡凡情이면
별무성해別無聖解로다

성性에 몸을 맡기고
인연 좇아 노닐되 거칠 것 없어라
다만 범인凡人의 정情이 다하면
성인聖人의 해탈解脫이 따로 없어라

묵암 선사默庵禪師의 게偈다. "내가 하고 싶은 대로 하는데 하늘 법도를 어기지 않는다"[從心所慾不踰矩]고 한 공자가 바로 그런 사람이었다.
사람이 비싼 돈 들여서 학문을 한다는 게 무엇인가? 남이 모르는 것을 많이 알고자 함인가? 그래서 그 얻은 바 지식을 무기武器 삼아 되도록 많은 '남'을 부려먹기 위함인가?
아니다! 학문의 목적은 그런 데 있는 게 아니다.

학문의 지극한 공〔學問之極功〕은 오직 사람으로 하여금 중화中和에 이르도록 돕는 데 있다. 태어나기 전에 이미 받은 바 하늘의 명〔天命〕을 바로 알고 그대로 좇아서 살아감으로써 스스로 행복을 누리고 아울러 천지 만물을 행복하게 하는 데 공부하는 목적이 있는 것이다.

예수께서 이 말씀을 하고 계실 때 군중 속에서 한 여자가 큰 소리로 "당신을 낳아서 젖을 먹인 여인은 얼마나 행복합니까!" 하고 외치자 예수께서는 "하느님의 말씀을 듣고 그 말씀을 지키는 사람들이 오히려 행복하다" 하고 대답하셨다.(「루가복음」 11:27, 28)

요컨대, 치중화致中和에 참된 행복이 있다는 말씀이다.

여기까지가 '중화' 中和를 설명하는 '제1장'이다.

배우고자 하는 자는 이 책을 읽어 돌이켜 자신에게서 구하고 스스로 그것을 얻어, 바깥에서 유혹하는 사私를 버리고 본연本然의 선善을 채울 일이다.(주자)

계속되는 열 장(2~11장)은 대개 자사子思가 공부자孔夫子의 말씀을 인용하여 중용군자中庸君子의 길을 설명한 것이다.

2

중니 이르기를, 군자는 중용中庸이요 소인은 반중용反中庸이다. 군자의 중용이란 군자답게 때에 적중하는 것이요 소인의 중용이란 소인답게 도무지 꺼리는 바가 없는 것이다.

仲尼曰 君子는 中庸이요 小人은 反中庸이니라. 君子之中庸也는
중니왈 군자   중용   소인   반중용   군자지중용야

君子而時中이요 小人之中庸也는 小人而無忌憚也니라.
군자이시중   소인지중용야   소인이무기탄야

    중용이란, 치우치지 않고 기울지 않고 넘치지 않고 모자라지 않아 〔不偏不倚無過不及〕 언제나 고르고 한결같음〔平常〕을 뜻한다. 오직 군자라야 그것을 몸으로 실현할 수 있다.
    반대로 소인은 하는 짓마다 치우치고 기울고 넘치고 모자란다. 그래서 언제나 반중용反中庸이다.

    군자는 중용을 실천하기 때문에 그 움직임과 멈춤이 때에 들어맞는다. 자기가 때를 밀거나 당기는 게 아니라 때에 맞추어 자기를 밀거

나 당긴다. 그래서 멈추어야 할 때에는 반드시 멈추고 나아갈 때에는 지체 없이 나아간다.

때에 맞는다(時中)는 말은 때를 안다는 말이다. 때를 아는데 달력을 보고 아는 게 아니라 몸으로 안다. 그렇게 몸으로 아는 것을 두고 "철이 들었다"고 한다. 철(時)이 몸에 들어 몸과 철(時)이 하나로 되었다는 말이다. 어떻게 사람 몸에 철이 들어 하나로 되는가?

사람이 몸을 활짝 열고 철을 따라서 살다 보면 어느새 철이 그 몸의 세포 하나하나에 들어와 박힌다. 그래서 일삼아 애쓰지 않아도 삶이 철과 일체—體로 되어 자연自然 바로 그것이 된다.

때를 좇아서 살기로 마음먹지 않고 제 뜻에 따라서 때를 당기거나 늦추고자 한다면, 그런 태도로 살아간다면 수수백 년을 산대도 그 사람 철들기는 애당초 글렀다. 아침에 도道를 들으면 저녁에 죽어도 좋다 했거늘, 철부지 몸으로 수수백 년을 산들 그게 무슨 허깨비 놀음이랴? 헛되고 헛되고 다시 헛될 뿐!

때(時)는 본디 인간의 것이 아니다.(하기는 이 세상에 인간의 것이라고 못 박을 만한 것이 있겠느냐만.) 봄·여름·가을·겨울로 이어지는 때의 흐름을 어느 대단한 인력人力이 멈추거나 거스를 수 있으랴? 가짜 만들기에 능숙한 인간들이 비닐하우스와 에어컨으로 가짜 겨울과 여름을 만들 수는 있을는지 모르나 그것으로 사계四季의 순환을 막지는 못한다.

때는 하늘에 속한 것이다. 하느님이 때의 주인이시다.

때에 들어맞는다는 말은 언제나 때를 좇아서 살아간다는 말이요 다르게 표현하면 언제나 하느님 뜻에 복종하여 살아간다는 말이다.

그것이 곧 중용의 길[中庸之道]이다.

소인의 길은 반대다. 하느님의 뜻 따위는 아랑곳없이 만사를 자기 생각이나 감정에 따라서 처리한다. 그러니 도무지 꺼리는 바가 없다. 뭐든지 제 맘대로다. 어디서 "하면 된다"는 괴물 같은 표어를 주워다가 이마에 새기고는 자기가 나서야 할 일인지 빠져야 할 일인지도 모르고 함부로 좌충우돌이다.

소인은 그렇게 안 되는 일을 그렇게 하려고 한다. 그래서 저도 괴롭고 남도 괴롭다.

군자는 그렇게 되는 일을 그렇게 한다. 그래서 저도 편하고 남도 편하다.

때에 맞추어 살아가는 길은 자연한테 배우면 틀림없다. 자연이야말로 때의 실현 바로 그것이기 때문이다. 추위가 닥치기 전에 얼어붙는 강물은 있을 수 없고 봄이 되었는데도 풀리지 않는 강물 또한 있을 수 없다.

그래서 성인聖人은 때를 앞지르지도 않고 뒤처지지도 않는다 했다. 그것이 곧 마지못하여 응하는[迫不得已後應] 삶의 자세로 나타나는 것이다.

성문城門 밖에서 이집트인을 쳐 죽인 장년 모세는 아직 철부지 소인이었다. 그가 미디안 사막에서 사십 년 인생 공부 끝에 '마지못하여 응하는' 자세를 체득體得했을 때 하늘은 그를 불러내어 쫓겨났던 역사현장으로 다시 보낸다. 세 번이나 마다하다가 이기지 못하매 모세는 하느님의 지팡이 하나 짚고 이집트로 돌아간다. 소인의 허물을 벗고 성인聖人의 몸으로 거듭난 것이다.

3

공자 이르시기를, 중용은 참으로 지극한 것, 백성이 그것을 오래 지키지 못하는구나.

子曰, 中庸은 其至矣乎인저 民鮮能久矣로다.
자 왈　중 용　기 지 의 호　　　민 선 능 구 의

　공자는 자기보다 낫다고 칭찬했던 제자 안연顔淵에 대하여 말하기를 "회回는 석 달 동안 인仁을 어기지 않는다"고 했다. 인을 어기지 않고 살아가기를 석 달쯤 계속한다는 뜻이다.(자기 자신은 겨우 한 달 정도 '중용의 도'를 지킨다고 했다.)
　중용의 길은 참으로 지극하여 백성이 그것을 오래도록 지키지 못한다.
　'선' 鮮은 드물다는 뜻인데 여기서는 '거의 없다'로 새겨 "백성이 그것을 오래 지키지 못한다"로 읽는다.

　항해하는 자가 북극성을 바라보며 나아가되 북극성에 가서 닿을 수는 없듯이, '중용' 中庸이란 결코 인간이 설 수 있는 자리라기보다 언제나 바라고 나아갈 바 목표 아닐까?

　바로 다음 장章에서 공자는 사람이 그 길을 걷지 못함을 자기는 알고 있노라고 말한다.

4

공자 이르시기를, 도道가 행하여지지 않음을 나는 안다. 아는 자는 지
나치고 어리석은 자는 미치지 못한다. 도道가 밝지 못함을 나는 안다.
현명한 자는 지나치고 덜된 자는 미치지 못한다. 사람이 저마다 먹고
마시건만 맛을 아는 자 드물구나.

子曰, 道之不行也를 我知之矣로다. 知者는 過之하고 愚者는 不及
자 왈   도 지 불 행 야   아 지 지 의   지 자   과 지   우 자   불 급
也니라. 道之不明也를 我知之矣로다. 賢者는 過之하고 不肖者는
야   도 지 불 명 야   아 지 지 의   현 자   과 지   불 초 자
不及也니라. 人莫不飲食也언마는 鮮能知味也로다.
불 급 야   인 막 불 음 식 야   선 능 지 미 야

　도道가 행하여지지 않는다는 말은 사람들이 도를 행하지 않는다 또
는 행하지 못한다는 말이다.
　도는 중화中和다. 속이 겉으로 드러나되 반드시 정도껏 드러난다.
기울지도 치우치지도 넘치지도 모자라지도 않는다. 천지가 운행하는
데 한 치도 어긋남이 없다. 밤하늘에 떨어지는 별똥불도 궤도를 벗어
난 것이 아니라 떨어질 만해서 떨어질 만한 때에 어김없이 떨어지는

것이다. 가을 낙엽 하나 지는 것도 예외가 아니다. 참새 한 마리 죽는 것도 하느님의 허락 없이는 이루어지지 않는다.

지금 이 순간에도 도는 전 우주에서 어김없이 행해지고 있다. 이 글을 쓰는 아무개의 몸에서도 도는 완벽하게 행하여지고 있다. 나는 아직 한 번도 두통을 정도 이상 또는 이하로 앓아 본 적이 없다. 아파야 할 만큼, 더도 덜도 아니고 꼭 그만큼 아팠다. 지금도 이 몸에서는 수많은 세포가 죽어 가고 있다. 죽어야 할 때에 정확하게 죽는다. 덕분에 내가 이렇게 살아 있다.

저 하늘 별에서 땅 밑을 기어다니는 지렁이에 이르기까지 어느 것 하나 도道를 벗어나 존재하지 않는다. 생명도 죽음도 모두가 도의 표출인 것이다.

그런데도 도가 행하여지지 않는다는 말은 무슨 말인가?

천지간에 오직 인간, 인간만이 하늘의 도〔天道〕와 거기서 비롯된 삶의 도〔人道〕를 어긴다. "선과 악을 알게 하는 나무만은 먹지 말아라." 첫 사람 아담에게 주신 하느님의 명령에는 그것을 거역할 인간의 능력이 암시되어 있다. 하느님은 당신을 거역할 수 있는 힘까지 인간에게 주신 것이다. 먹지 말라는 말은 먹고자 한다면 먹을 수도 있다는 말이다. 애초에 불가능한 것을 금지하는 법은 없기 때문이다. 바로 이 위대한 능력, 감히 하늘을 거스를 수 있는 능력이, 천지간에 도를 행하지 않는 유일한 존재로 인간을 만든 것이다.

아는 자는 알아서 지나치고 어리석은 자는 어리석어서 미치지를 못한다. 현명한 자는 현명해서 넘치고 덜된 자는 덜돼서 미치지를 못한다. 과유불급過猶不及이라, 지나친 것과 미치지 못하는 것이 도를 벗어난다는 점에서 같다.

세속으로 보면 지나침이 모자람보다 나은 듯이 보이겠으나 도道로 보
면 둘 다 중용에 합하지 못한즉 일반이다.(신안왕씨新安王氏)

어리석은 자가 어리석어서 미치지 못하는 것이야 더 무슨 설명할
말이 없겠으나 아는 자가 지나치다(知者過之)는 말에는 설명이 필요하
다. 아는데 왜 지나치다는 말인가? 그래서 덧붙여 이르기를, "사람이
저마다 먹고 마시건만 맛을 아는 자 드물다"고 했다. 스스로 안다고
생각하지만 그 안다는 것이 참된 앎일 경우가 매우 드물다는 얘기다.

도道가 행하여지지 아니함은 앎(知)이 넘치거나 미치지 못함이요 도가
밝지 않음은 행함(行)이 넘치거나 미치지 못함이다. 과연 옳은 말이다.
그런데 이어서 '사람이 저마다 먹고 마시건만 맛을 아는 자 드물다'는
말로 맺은 것은, 그 앎이 참된 앎이 아님을 말하고 있는 것이다. 사람이
만일 이치(理)를 제대로 끝까지 안다면 현명한 자는 반드시 지나침이
없을 것이요 아는 자 또한 반드시 그 행함이 착실할 터인즉, 어찌 그것
을 그냥 알기만 할 따름이겠는가?(동양허씨東陽許氏)

도는 떨어질 수 없는 것인데 사람이 스스로 살피지 않는지라(人自不
察) 그래서 넘치거나 모자라는 폐단이 있는 것이다.(주자)

여기 먹고 마시는 것(飮食)은 일용사日用事를 가리키고 맛은 이(理)

를 가리킨다.

도는 인간의 일상생활을 멀리 벗어난 어디에 있지 않다. 하늘은 머리 위 높은 데 있지 않다. 다만, 눈을 감은 자에게는 바로 여기에 있는 하늘이 그 어디에도 없는 것이다. 그래서 중용의 길을 지키는 데는 성찰省察이 반드시 필요하다. 감정이 아직 발생하기 전 상태에서부터 그것이 막 생겨나는 단계와 드디어 밖으로 표출되는 모습까지 자세히 살필 수 있어야 중용의 도를 잃지 않게 되는 것이다.

그런 사람은 감정에 부림을 당하지 않고 자유자재로 감정을 부리며 살아간다. 소태산少太山 대종사大宗師는 부처의 경지에 든 사람이라야 감정을 마음대로 부리며 산다고 했다.

세상에 사람이야 많고 많지만 그 가운데 몇이나 부처의 경지에 들었으랴? 그래서 공자는 "내가 중용의 도를 행하는 자를 보지 못했다"고 탄식할 수밖에 없었겠지.

그러나 여기서 다시 되풀이하지 않을 수 없구나. 사람마다 마땅히 부처로 되어야 하지만 지금 당장 우선 할 일은 부처의 자리를 향하여 푯대를 바라보고 다만 나아가는 것이다.

5

공자 이르시기를, 도道―그 행하여지지 아니함이여!

子曰, 道其不行矣夫인저.
자 왈   도 기 불 행 의 부

앞에 한 말을 거듭 강조하면서, 사람이 어째서 도道 안에 살며 도를 알지 못하고 행하지 못하는가에 대한 논의論議를 이끌어 낸다.

앞 장(3章)에서 백성이 오래 지키지 못한다고 한 것은 지知와 행行을 겸하여 말한 것이요, 다시 (4장에서) 맛을 아는 자 드물다고 한 것은 지知를 두고 말한 것이요, 이 장(5장)에서 도가 행하여지지 않는다고 말한 것은 또한 행行을 두고 말한 것이다.(운봉호씨雲峰胡氏)

6

공자 이르시기를, 순舜 임금이야말로 크게 아신 분이다. 순舜이 남에게 묻기를 좋아하시고 비근한 말에 귀 기울이기를 또한 좋아하셨으며 악은 숨기고 선은 드러내셨으며 양쪽 끝을 잡아 그 가운데로 백성에게 쓰셨으니 이로써 과연 순舜 임금이 되셨던 것이다.

子曰, 舜은 其大知也與로다. 舜이 好問而好察邇言하시고 隱惡而楊
자 왈   순   기 대 지 야 여   순   호 문 이 호 찰 이 언   은 악 이 양

善하시고 執其兩端하여 用其中於民하시니 其斯以爲舜乎신저.
선   집 기 양 단   용 기 중 어 민   기 사 이 위 순 호

알아도 크게 알아야 한다. 크게 안다(大知)는 말은 소크라테스처럼, 자기가 아무것도 모른다는 사실을(달리 말하면 자신이 일개 인간임을) 아는 것이다.

그러니까 자연스레 남한테 묻기를 좋아한다. "이것은 이것이다" 하고 단정 짓기를 꺼린다. 왜냐하면 세상에는 어떤 이름(名)으로 규정하여 울안에 가두어 둘 수 있는 물건이 하나도 없다는 사실을 알고 있기 때문이다. 단지 인간의 처지에서 무엇을 보고 "이것은 이것이다" 하고

단정 짓는 바로 그것이 인간의 무지다.(오시다 시게토 신부神父)

자기가 안다고 생각하는 것보다 큰 무지가 없고 자기가 모른다는 사실을 아는 것보다 큰 지식이 없다. 순舜은 크게 안 사람이었기에 남한테 묻기를 좋아하고 저속한 말에 귀를 기울일 수 있었다.

'이언'邇言은 비근하고 천박한 말[淺近之言]이다.(주자)

순舜은 시정잡배의 천박한 상소리에 귀를 기울였다. 기울이는 정도가 아니라 그것을 좋아했다. 이는 실로 성인聖人만이 할 수 있는 일이다. 그에게는 '들을 귀'가 있어서 천박한 잡소리에 숨어 있는 '하늘 거룩한 소리'를 듣는 것이다. 그렇다. 문제는 소리에 있지 않고 귀에 있다. 귓구멍이 닫힌 자에게는 성현聖賢의 말씀도 잠꼬대에 지나지 아니할 것이고 귓구멍이 열린 자에게는 장터의 시끄러운 잡음이 천상옥음天上玉音으로 들릴 것이다.

순舜이 비근한 말에 귀 기울이기를 좋아한 것은 일부러 그렇게 하려고 해서 한 것이 아니라 절로 그렇게 된 것이었다고 보아야 한다. 그에게는 비근한 말이 그냥 비근하게 들리지 않고 고상한 덕음德音으로 들렸던 것이다. 그럴진대 어찌 그 말에 귀 기울이기를 좋아하지 않을 수 있었으랴?

악과 선은 상대적인 것이다. 인간의 경험 세계 안에서는 절대 선도 없고 절대 악도 없다. 그러나 선은 선이고 악은 악이다. 이 둘을 분간해서 따로 떼어 놓고 보는 것도 그릇되었지만 함께 섞어서 두루뭉수리로 취급하는 것도 옳지 않다.

여기서 순舜이 드러낸 선善은 자기의 선이 아닌 남의 선이고 그가 숨긴 악惡도 자기의 악이 아닌 남의 악이다. 자기의 선을 드러내고 자기의 악을 감추는 성현은 세상에 없다. 그것은 군자도 못 된 소인의 짓이다. 군자는 오히려 자기의 악은 드러내고 자기의 선은 숨긴다. 그런 사람만이 남의 선을 드러내고 남의 악은 숨겨 줄 수 있다.

언제부터인지 사람들은 남의 좋은 점을 모른 척하고 남의 나쁜 점을 드러내려는 편벽된 성향을 지니게 되었다. 기울어진 것을 바로잡는 방법은 낮은 데를 높이고 높은 데를 낮추는 수밖에 없다. 그래서 순舜은 인간의 보편적 성향을 거슬러, 남의 선을 드러내고 남의 악은 숨겼던 것이다. 그런데 그것 또한 그렇게 하려고 일삼아 애를 써서 그렇게 한 것이 아니다. 그의 사람됨이 크고 밝아서 저절로 그리 되었을 뿐이다.

남의 악을 숨김은 그 품이 크고 넓어서 능히 받아들일 수 있음을 보여 주고 남의 선을 드러냄은 그 빛이 밝아서 아무것도 감추지 아니함을 보여 준다.(신안진씨新安陳氏)

'집기양단' 執其兩端은 양쪽 끝을 잡는다는 말이다. 양쪽 끝을 잡되 두 손으로 잡지 않고 한 손으로 잡는다. 그 방법은 양쪽 끝을 잡지 않고 중심을 잡는 것이다.

여기 1미터짜리 막대기 자(尺)가 있다. 0이라는 숫자가 새겨진 눈금에서 100이라는 숫자가 새겨진 눈금까지 하나로 이어진 막대다. 0과 100을 동시에 한 손으로 잡아 올리는 방법은 정확하게 50을 잡아 올리는 것이다. 어느 한 쪽으로 치우치면 양쪽 끝을 함께 잡지 못한다.

만일 그 막대기가 한 쪽이 굵고 한 쪽이 가늘다면 굵은 쪽으로 정도
껏 치우쳐야 중심을 잡을 수 있다. 그럴 경우에는 50이라는 숫자가 중
심을 가리킬 수 없다. 따라서 겉보기에 한 쪽으로 치우치는 것이 중심
을 바로잡는 것일 수도 있다.

순舜은 사물의 본질과 형상을 함께 보았고 그래서 그가 잡은 곳은 언
제나 사물의 중심이었다. 속을 보지 못하는 자의 눈에는 한 쪽으로 치우
치는 듯이 보였겠지만 그는 늘 '중심'에 서서 백성을 보살폈다. 그래서
사람들이 그를 순임금, 순임금 하며 우러러 받들고 있는 것이다.

7

공자 이르시기를, 사람들이 저마다 나는 안다고 말하지만 그물과 덫과 함정에 몰아넣어도 피할 줄 모르고, 사람들이 저마다 나는 안다고 말하지만 중용을 택하여 한 달을 지키지 못한다.

子曰, 人이 皆曰, 予知라 하나 驅而納諸罟擭陷穽之中하여도 而莫
자왈 인 개왈 여지   구 이 납 제 고 화 함 정 지 중   이 막

之知辟也요 人이 皆曰, 予知라 하나 擇乎中庸하여 而不能期月守
지 지 피 야 인 개왈 여지   택 호 중 용   이 불 능 기 월 수

也니라.
야

  사람들이 곧잘 "나는 안다."〔予知〕고 말하지만 정작 알아야 할 것은 모른다. "나는 안다."는 바로 그 말이 눈을 가려 볼 것을 보지 못하게 한 것이다. 그런데 함정을 뻔히 보면서 거기에 빠진다면 그보다 더 어리석은 존재가 있을까? 스스로 무엇을 안다고 큰소리치는 자의 운명이 대개 그러하다.

  화禍를 알고 피할 줄 모르는 것과 중용을 택하여 지키지 못하는 것이

모두 참된 앎을 얻지 못한 탓이다.(주자)

참된 앎이란 무엇인가? 두뇌로 무엇을 분별 인식하는 것만으로는 앎이라 할 수 없다. 오히려 그것은 참된 앎을 가로막는 장애가 될 수 있다. "나는 안다"는 말이 자신에게 덫이 되고 함정이 되는 까닭은 그 '앎'이 머리로 인식하는 데 그치고 말기 때문이다. 그렇게 아느니 차라리 모르는 것이 본인을 위해서나 남을 위해서나 백번 낫다.

중中은 택하지 않으면 안 되고 지키지 않으면 안 되는 것이다. 그것을 택하여도 끝까지 지키지 못하면 내 것이 아니다. 능히 택하고 능히 지킨 뒤에야 과연 '안다'고 말할 수 있는 것이다. 부자夫子께서는 일찍이 인仁을 가지고 앎(知)을 말씀하시면서, 인을 택하였으나 거기에 처하지 않으면 어찌 알았다고 할 수 있으랴, 택하되 거기 처하지 않는 것을 일컬어 앎(知)이라고 말할 수는 없다고 하셨다. 맹자께서도 일찍이 인仁과 의義를 가지고 앎을 말씀하시면서, 참된 앎이란 그 둘을 떠나지 않는(弗去) 것이니 안다고 하면서 그것을 떠나 있음을 일컬어 앎이라고 할 수는 없다고 하셨다. 부자께서 말씀하신 바 '처함'과 맹자의 '떠나지 않음'과 중용의 '지킴'(守)이 모두 한 뜻이다.(인수이씨仁壽李氏)

너희가 차라리 눈먼 사람이라면 오히려 죄가 없을 것이다. 그러나 너희는 지금 눈이 잘 보인다고 하니 너희의 죄는 그대로 남아 있다.(예수)

8

공자 이르시기를, 회回의 사람됨이 중용을 택하여 한 가지 선을 얻으면 잘 받들어 가슴에 지니고 잃지 않았다.

子曰, 回之爲人也이 擇乎中庸하여 得一善則拳拳服膺而弗失之矣
자 왈   회 지 위 인 야   택 호 중 용   득 일 선 즉 권 권 복 응 이 불 실 지 의
니라.

회回는 안연顏淵의 이름이다. 그를 두고 스승인 공자는 "하나를 들으면 열을 안다"(『논어』論語, 공야장公冶長)고 했고 "훌륭하다, 회여. 한 그릇 밥에 한 바가지 물로 누추한 마을에 살면 근심을 면하기 어려운 일인데 회는 그렇게 살면서도 언제나 즐거움을 잃지 않는구나! 훌륭하다, 회여!" 하고 칭찬을 아끼지 않았다.

그가 젊은 나이에 죽자 공자는 "아아, 하늘이 나를 망치는구나! 하늘이 나를 망치는구나!"天喪子, 天喪子 하면서 탄식했다.(『논어』, 선진先進)

안회는 참된 앎을 얻었기에 능히 중용을 택하고 또 그것을 지켰거니와, 그래서 그의 행실이 지나치지도 모자라지도 않았고 그의 도가 밝았던 것이다.

순舜은 높은 자리에 앉아 있으면서 중용을 택하여 그것으로 백성을 보살폈으니 그렇게 함으로써 성인의 도를 행하였고 안연은 가난하여 낮은 자리에 있으면서 중용을 택하여 자기 몸에서 그것을 잃지 않았으니 그렇게 함으로써 성인의 학學을 전하였다. 자사子思가 회回로 순舜을 잇게 하니 그 뜻이 더욱 깊어졌다.(운봉호씨)

참된 앎이 어떤 것인지, 안회를 예로 들어 다시 설명하고 있다.

9

공자 이르시기를, 천하 국가를 고르게 다스릴 수 있고 벼슬자리를 사양할 수도 있고 날 선 칼을 밟을 수도 있지만 중용은 능히 할 수가 없구나.

子曰, 天下國家를 可均也요 爵祿을 可辭也요 白刃을 可蹈也로되
자 왈　천 하 국 가　　가 균 야　　작 록　　가 사 야　　백 인　　가 도 야

中庸은 不可能也니라.
중 용　　불 가 능 야

　천하를 평정하여 고르게 다스리는 일, 벼슬자리를 사양하는 일, 날 선 칼을 발로 밟는 일, 어느 것 하나 쉬운 일이 아니다. 그러나 하기로 마음먹거나 할 만한 자질이 있는 자는 할 수 있는 일이다.
　중용의 길을 걷는 것은 마음먹는다고 될 수 있는 것도 아니고 그럴 만한 자질이 따로 있는 것도 아니다.

　이 세 가지는 지知 인仁 용勇의 일이니 천하에 지극히 어려운 것이다. 그러나 저마다 어느 하나에 치우쳐 있는 까닭에 가까이 취하여 열심히

힘쓰면 넉넉히 할 수 있다. 중용에 이르면, 쉽게 할 수 있는 것처럼 보이지만 그러나 의義가 정精하고 인仁이 숙熟하여 터럭만큼도 사욕私慾이 없지 않고서는 미칠 수 없는 경지다. 세 가지는 어려운데 쉽고[難而易] 중용은 쉬운데 어려우니[易而難] 이런 까닭에 그 길을 걷는 백성이 드문 것이다.(주자)

나라를 다스리는 일은 매우 어려운 일이다. 그러나 타고난 성품[資]이 명민明敏한 자는 능히 다스릴 수 있다. 벼슬도 사람들이 좋아하는 것이라 물리는 일이 어렵지만 타고난 성품이 깨끗한 자는 능히 사양할 수 있다. 날카로운 칼은 사람들이 겁내는 물건이라 그것을 범하기가 쉬운 일이 아니나 타고난 성품이 용감한 자는 능히 밟을 수 있다. 이 세 가지는 비록 힘들기는 하지만 힘써 노력하면 할 수 있는 일이다. 그런데 중용에 이르면 하늘이 명한 것이요 사람으로서 마땅히 해야 할 일이지만 타고난 성품[資]과 노력[勉强]만으로는 그것을 행할 수가 없다. 반드시 이것[中庸]을 배워 학문이 깊어지면서 의義가 정精하고 인仁이 숙熟하여 참으로 자기를 이길 수 있게 되어 사사로운 욕심을 모두 버려야 이것[中庸]을 얻는다. 쉬운 듯하지만 실은 어려운 까닭이 여기에 있다.(북계진씨)

쉬운 듯하지만 실은 어려운[若易而實難] 것이 아니다. 쉬운데 어려운[易而難] 것이다.

십자가를 지고 좁은 문으로 들어가는 것은 쉬운 일이 아니다. 그러나 당신을 따라서 그렇게 할 것을 요구한 스승이 한 입으로, 제자들에게 지워 준 당신의 멍에는 편하고 거기에 얹은 짐 또한 가볍다고 하셨다. 그분한테는 짐 실은 멍에를 메고 일하는 것이 곧 안식이었다.

무엇이 이렇게 쉬운 일을 어렵게 만드는가? 주자는 그것을 사욕私慾으로 보았다. 털끝만큼이라도 사욕이 남아 있으면 결코 중용의 길을 걷지 못한다[非無一毫人欲之私者, 不能及也].

그래서 예수는 우리에게 당신을 좇아 당신과 함께 그 길[中庸之道]을 걷고자 한다면 반드시 먼저 너 자신을 죽여야 한다고 말씀하시는 것이다. 자기를 부정하고 십자가를 지라는 것은 자기를 죽이라는 말씀이다.

자기를 어떻게 죽이라는 말이냐고, 어떻게 자기를 죽일 수 있느냐고 묻지 말아라. 침묵하는 방법을 몰라서 침묵하지 못하고, 참는 방법을 몰라서 참지 못하고, 욕심 내지 않는 방법을 몰라서 욕심내는 사람은 없다. 누가 이웃인지를 몰라서 이웃 사랑 못하는 자 없듯이.

중용은 어려운 길이 아니다. 다만, 나의 '나'가 그것을 어렵게 만들 뿐이다. 중용 그 자체가 어려운 길이라고 생각하는 것은 착각이다.

눈앞에 있는 것들을
있는 그대로 바라보기

다가오는 것들을
다가오는 그대로 맞아들이기

떠나가는 것들을
떠나가는 그대로 떠나보내기

얼마나 쉬운 일인가?
오, 얼마나 어려운 일인가?

10

자로子露가 강함에 대하여 물으니 공자 이르시기를, 남방의 강함이냐
북방의 강함이냐 그대의 강함이냐?

子路問强하니 子曰南方之强與아 北方之强與아 抑而强與아.
자 로 문 강　　　　자 왈 남 방 지 강 여　　　북 방 지 강 여　　　억 이 강 여

　자로子路는 중유仲由의 자字다. 계로季路라고도 한다. 공자의 제자들
가운데 용감하고 힘이 센 무인武人이었다. 공자는 자로를 가리켜 "유由
는 용기를 좋아함이 나를 능가한다"고 했다. 그가 선생께 '강함'을 질
문한 것은 자연스런 일이겠다. 선생은 그에게, 그대가 생각하는 강함
이 어떤 것이든 간에, 강함에도 종류가 있다고 가르친다.

너그러움과 부드러움으로써 가르치고 함부로 구는 자에게 앙갚음하
지 않는 것이 남방의 강함이니 군자가 거기 머물고, 무기와 갑옷을 깔
고 죽어도 싫어하지 않는 것이 북방의 강함이니 너의 강자強者가 거기
거한다.

寬柔以敎요 不報無道는 南方之强也니 君子이 居之하고 衽金革하여
관 유 이 교　　불 보 무 도　　남 방 지 강 야　　군 자　　거 지　　　임 금 혁

死而不厭은 北方之强也니 而强者이 居之니라.
사 이 불 염　　북 방 지 강 야　　이 강 자　　거 지

　끝 문장의 '이'而를 접속사로 보지 않고 '너'汝로 읽는다.
　혈기血氣의 강剛에 있어서는 누구한테도 지지 않으나 덕의德義의 용
勇에 있어서는 부족한 점이 있는 자로에게, 사내가 전쟁터에서 죽기
를 꺼리지 않는 것도 강함이기는 하지만 너그러움과 부드러움으로써
사람을 가르치고 함부로 처신하는 자에게 앙갚음하지 않는 것이 군자
의 참된 강함임을 말해 준다.
　노자老子의 유약승강柔弱勝剛强을 연상케 하는 대목이다. 그는 또
자기를 이기는 것이 강함이요〔自勝者强〕 부드러움을 지키는 것을 일컬
어 강함이라 한다〔守柔曰强〕고 했다. 이어지는 문장에서 공자는 그가
말하는 강함이 어떤 것인지를 설명한다.

그러므로 군자는 어울리면서 휩쓸리지 않나니 강하구나 꿋꿋함이여.
중심에 서서 기울어지지 않나니 강하구나 꿋꿋함이여. 나라에 도가
있으매 어렵던 시절의 절조節操를 바꾸지 않나니 강하구나 꿋꿋함이
여. 나라에 도가 없으매 죽는 자리에 이르러 바뀌지 않나니 강하구나
꿋꿋함이여.

故로 君子는 和而不流하나니 强哉로다 矯여, 中立而不倚하나니
고   군자   화 이 불 류   강 재   교   중 립 이 불 의
强哉로다 矯여, 國有道에 不變塞焉하나니 强哉로다 矯여, 國無道
강 재   교   국 유 도   불 변 색 언   강 재   교   국 무 도
에 至死不變하나니 强哉로다 矯여.
   지 사 불 변   강 재   교

교矯는 강한 모양〔强貌〕이다. 본문에서 '꿋꿋함'이라 옮겨 본다.

나라에 도가 있으매 아직 벼슬자리에 오르지 못했을 때 지키던 바를
바꾸지 않고 나라에 도가 없으매 평생 지켜 온 바를 바꾸지 않는다 했
거니와, 이른바 중용의 불가능이라 한 것이 바로 이것이다. 인욕人慾의
사사로움〔私〕을 스스로 이기지 못하고서는 그것을 택하여 지킬 수 없
으니, 이보다 더한 군자의 강함이 있겠는가?(주자)

어울리면서 휩쓸리지 않는다(和而不流)는 말은 어울리되 한통속이 되지 않는다(和而不同)는 말과 같다. 소인은 그와 반대로 한통속이면서 서로 어울리지 않는다(同而不和). 같은 정강정책政綱政策 아래 당원 黨員이 되었으면서 사사건건 서로 트집을 잡고 다툰다. 그것이 소인배의 정치하는 모습이다. 반면에 군자는 서로 조화를 이루어 살면서도 각자 개성을 유지한다.

화和는 응應과 마찬가지로 무엇인가가 전제되어야 한다. 무엇이 있어야 거기에 화하는 것이다. 예수께서 입을 열어 가르치신 것도 무리가 그에게 다가왔기 때문이었다. 그가 세상에 오신 것부터가, 마침내 세상을 떠나신 것까지, 아버지의 명에 대한 복종이었다. 그래서 그는 세상에 내려와 죄인들과 어울렸다. 그러나 죄인이 되지는 않았다.

도둑 무리에 섞여 있으면서 도둑이 되지 않는 것, 물 속에 잠겨 있으면서 물에 젖지 않는 것, 그것이 바로 군자의 강함이다.

그는 또한 언제나 중심에 선다(中立). 그래서 어디에도 기울지 않는다. 좌로도 우로도 치우치는 법 없이 균형을 잃지 않는다. 이 말은 가난한 자와 부유한 자의 갈등 구조, 또는 억압자와 피억압자의 갈등 구조 속에서 어느 쪽 편도 들지 않는 절대 중간노선中間路線을 걷는다는 말이 아니다. 사실 그런 중간노선은 어디에도 존재하지 않는다. 성경은 오히려 모든 경우에 불편부당不偏不黨한 하느님이 아니라, 억울한 자를 편들고 강한 자를 끌어내리며 약한 자를 일으켜 세우는 하느님의 모습을 보여 주고 있다. 그리고 그것은 중용의 도를 제대로 걷는 군자의 모습이기도 하다.

중심에 서서 어디에도 기울지 않는다(中立而不倚)는 말은 어느 한

쪽을 편들어야 할 경우, 지나치지도 않고 모자라지도 않게 편을 든다는 말이다. 누구를 끌어내려야 할 경우에도 그를 끌어내려야 할 만큼, 지나치지도 않고 모자라지도 않게 끌어내린다. 호리毫釐라도 사욕私慾이 작용하는 한, 그것은 불가능하다.

나라에 도가 있다는 말은 위정자가 도로써 다스린다는 말이다. 그런 나라에서는 당연히 군자가 벼슬을 하게 된다. 벼슬을 하게 되면 벼슬하기 전의 궁색한 시절은 마감된다. 더 이상 궁색하게 살지 않아도 된다. 상황이 바뀐 것이다. 그러나 그래도 군자는 궁색하게 살 때의 생활양식을 바꾸지 않는다. 벼슬자리에 올랐다 해서 하루아침에 집을 바꾸고 음식과 의복이 달라지지 않는다. 그것이 바로 군자의 강함이다.

나라에 도가 없다는 말은 위정자가 도를 등지고 있다는 말이다. 그런 나라에서는 당연히 군자가 어려움을 겪게 마련이다. 벼슬자리에서 쫓겨나거나 아니면 죽임을 당할 수도 있다. 그러나 그래도 군자는 죽어 가면서까지 자신이 평생 지켜 오던 절조節操를 바꾸지 않는다. 그에게는 목숨을 구걸하여 불의에 타협하거나 진실을 외면하는 일 따위가 있을 수 없다. 그것이 군자의 강함이다.

사람이 넓은 세상에 살면서 천하의 바른 자리에 서서 대도大道를 행하되, 뜻을 얻었을 때는 백성과 더불어 그것을 실천하고 뜻을 얻지 못했을 때는 홀로 도를 행하는데, 부귀가 그를 음란케 못하고 빈천이 그를 움직이지 못하며 위무威武가 그를 무릎 꿇리지 못하면, 저를 일컬어 대장부大丈夫라 한다.(맹자)

참으로 강한 사람은 바깥 사정의 변화에 민감하게 반응하면서 자신의 정체성identity을 한결같이 유지한다. 흐르는 물은 상황의 변화에 따라 자유자재로 모양을 바꾸지만, 그래도 물은 물이다. 수증기로 되어도 물은 물이요 얼음이 되어도 물은 물이다. 그것이 물의 강함이다. 사람의 참된 강함 또한 그와 같다.

11

공자 이르시기를, 은벽隱僻한 것을 찾고 괴이怪異한 일을 하면 훗날 사람들이 그를 떠받들어 말하겠지만, 나는 그런 짓을 하지 않겠다.

子曰素隱行怪를 後世에 有述焉이나 吾弗爲之矣로다.
자 왈 소 은 행 괴 　 후 세 　 유 술 언 　 　 오 불 위 지 의

'소'素는 색索의 오자誤字로 본다.

색은索隱은 은벽隱僻한 것을 찾는다는 말이다. 은벽이란 보통 사람들은 잘 못하는 일을 가리킨다. 예컨대, 도척盜跖은 도둑질을 잘해서 세간에 널리 이름을 날렸다.

행괴行怪는 괴상한 일을 한다는 말이다. 후대에 이름을 남기기 위하여, 요즘 세상 같으면 『기네스북』 같은 데 이름을 올리기 위하여, 괴상한 짓을 하는 것이다. 이빨로 무거운 수레를 끈다든가 물구나무서서 층계를 오르내린다든가 마술을 부리는 것 따위가 이를테면 행괴다. 사람이 사람답게 살아가기 위하여, 이빨로 무거운 수레를 끈다든가 물구나무서서 계단을 오르내릴 필요는 없는 것이다.

중용의 도는 평범한 길이다. 보통 사람은 지니지 못한 무슨 특수 재

능을 가져야만 갈 수 있는 길이 아니다. 은벽과 괴이는 중용의 도를 오히려 훼방한다.

그래서 공자는 괴력난신怪力亂神을 말하지 않았다고 했다. 평범한 사람들의 일상생활에서 이루어지는 것이 아니라면, 그것은 중용의 도가 아니다.

그리스도인의 참된 신앙은 병을 고치고 귀신을 내쫓는 데 있지 않다. 기도하여 병을 고치는 것이 잘못은 아니나 자칫 정신을 차리지 않으면, 그리스도의 이름으로 많은 기적을 행하면서 그러느라고 오히려 그리스도를 잃어버리는 수가 있다. 그런 자들에게 예수는 "악한 일을 일삼는 자들아, 나에게서 물러가라. 나는 너희를 도무지 알지 못한다"고 말씀하신다.(「마태오복음」7:23)

밥 먹고, 빨래하고, 씨 뿌리고, 애 낳고, 놀이하는 일상생활을 떠난 곳에 도가 따로 있는 것이 아니다. 말하고 침묵하고 움직이고 가만있는 거기에 부처가 있다고 했다. 특수한 공부를 하지 못한 보통 사람이 알아듣지 못하는 말은 '진리의 언어'가 아니다. 몇몇 학자들이 암호처럼 자기네끼리 쓰고 읽는 문장은 참된 '진리의 글'이 아니다.

> 은벽한 이치[理]를 깊게 탐구함은 사람들이 알 수 없는 것을 알고자 함이요 괴상한 짓거리를 지나치게 함은 남들이 할 수 없는 것을 하고자 함이다.(격암조씨格庵趙氏)

그렇게 해서 혹 후대에 어리석은 대중의 입에 오르내릴 수는 있을는지 모르나, 그것은 알맹이를 주고 껍질을 사는 것과 같은 짓이다.

공자 같은 성인이 어찌 그런 짓을 하겠는가?

옛적 성인들이 말은 드물게 하고 행동은 평이하게 하였으니 모두가 자연을 좇은 것이다. 그래서 오래가고 바닥이 나지 않았다. 세상이 혹 그를 싫어하여도, 궤변으로 귀를 즐겁게 하고 엉뚱한 짓으로 세상을 놀라게 하지 않았으니, 그런 짓은 오래 못 가서 바닥이 난다.(소자유蘇子由의 『노자주』老子註)

군자가 도道를 좇아서 행하다가 중도에 그만두는데 나는 그만둘 수 없다.

君子이 遵道而行하다가 半途而廢하나 吾弗能已矣로다.
군 자   전 도 이 행   반 도 이 폐   오 불 능 이 의

군자는 도가 무엇인지를 안다. 그러나 그 앎을 삶으로 실현함에는 부족한 바가 있어서 끝까지 못 가고 중도에 그만두는 경우가 있다. "지智가 족足하여 중용을 택하였으나 인仁이 부족하여 그것을 지키지 못함이다."(쌍봉요씨雙峰饒氏)
　중용의 도는 항구恒久하여 한시도 쉴 수가 없다. 강물이 중간에 끊어져 바다에 이르지 못한다면 강물이 아닌 것이다. 완전한 생명이 되느냐 못 되느냐, 그것이 우리의 궁극 문제는 아니다. 우리의 생명은

그것을 향하여 끊임없이 나아가는 데 있다.

공자는 말하기를, "나는 그만두지 않겠다"고 하지 않고 "나는 그만 둘 수 없다"(吾弗能已矣)고 했다. 도를 좇아서 행하는 것은 나의 의지에 관련된 문제가 아니라 운명에 관련된 문제다. 내가 그리 가겠다고 마음먹어서 가는 길이 아니다. 가지 않으면 안 되기에, 가지 않을 수 없어서, 가는 길이다.

군자는 중용을 의지하니 세상에 숨어 있어 알려지지 않는다 하여 후회하지 않거니와 오직 성인이라야 그리 할 수 있는 것이다.

君子는 依乎中庸하니 遯世不見知而不悔려니와 唯聖者라야 能之
군 자   의 호 중 용   둔 세 불 견 지 이 불 회   유 성 자   능 지
니라.

중용을 의지한다는 말은 중용의 도만을 좇아서 행한다는 말이다. 중용의 도를 좇아서 행하는 사람은 세인世人의 이목耳目에 우왕좌왕하지 않는다. 그가 바라보고 귀를 기울이는 것은 바깥 경계의 비판이나 칭찬이 아니라 자기중심에서 들려오는 '하늘의 명[天命]'이다. 그가 무슨 일을 한다면, 그 일을 해서 이득을 보겠다는 속셈이 있어서가 아니다. 그 일을 하라는 중심의 명령이 있어서다. 그렇기 때문에 일을

하면 일을 하는 것이다. 그뿐이다. 일을 그만두는 것도 마찬가지다. 그가 무슨 일을 그만둔다면, 사람들의 비판 때문이 아니다. 일을 그만 두라는 중심의 명령이 있어서다. 그렇기 때문에, 일을 그만두면 그만 두는 것이다. 그뿐이다.

색은행괴素隱行怪는 지나침(過)이요 중도에 그만둠은 미치지 못함(不及者)이요 세상에 알려지지 않아도 후회하지 않는 것은 중심에 들어맞음(中者)이다.(정자)

세상에 살면서 세인의 이목과 비판에 얽매이거나 좌우되지 않고 오직 자신의 길을 가는 것은 성인聖人만이 가능하다. 성인은 자기가 성인이라는 생각을 꿈에도 품지 않는다. 그의 모습은 보통 사람들 속에서 함께 살아가는 보통 사람이다. 오직 성인만이 성인을 알아본다. 보통 사람들 속에서 보통 사람으로 살아가는데 무엇 때문에 괴이한 짓을 하고, 남들이 알아주기를 바라지 않는데 무엇 때문에 세상이 알아주지 않는다 해서 뉘우칠 것인가? 그럴 까닭이 바이 없다.

둔세遯世는 세상에 숨어 있음을 말하는데, 작위作爲로써 숨어 있는 것은 아니다. 마음먹고 이름을 내는 것은 잘못이고 마음먹고 이름을 숨기는 것 또한 잘못이다.(有心求名固非, 有心避名亦非)

둔세遯世든 출세出世든, 오로지 중심에서 들려오는 하늘의 명(天命)을 좇은 결과일 따름이다. 그것이 중용의 도다.

12

군자의 도는 넓으면서 은미隱微하다. 부부夫婦의 어리석음으로도 알
수 있지만 그 끝에 이르러서는 성인聖人이라도 또한 알지 못하는 바가
있으며, 부부의 모자람으로도 행할 수 있지만 그 끝에 이르러서는 성
인이라도 또한 하지 못하는 바가 있다. 하늘땅이 크다 해도 사람에게
는 오히려 서운한 느낌이 있으니, 그러므로 군자가 큼을 말하면 천하
가 그것을 싣지 못하고 작음을 말하면 천하가 그것을 쪼개지 못한다.

君子之道는 費而隱이니라. 夫婦之愚로도 可以與知焉이로되 及
군 자 지 도　　비 이 은　　　부 부 지 우　　　가 이 여 지 언　　　　급

其至也하여는 雖聖人이라도 亦有所不知焉이며 夫婦之不肖로도
기 지 야　　　수 성 인　　　역 유 소 부 지 언　　　부 부 지 불 초

可以能行焉이로되 及其至也하여는 雖聖人이라도 亦有所不能焉
가 이 능 행 언　　　급 기 지 야　　　　수 성 인　　　역 유 소 불 능 언

이니라. 天地之大也에도 人猶有所憾이니 故로 君子이 語大인댄
　　　　천 지 지 대 야　　　인 유 유 소 감　　　고　　　군 자　　어 대

天下莫能載焉이요 語小인댄 天下莫能破焉이니라.
천 하 막 능 재 언　　　어 소　　　천 하 막 능 파 언

비費는 쓰임[用]이 넓음을 말하고 은隱은 몸이 미세微細함을 말한다.(주자)

봄이 되면 만물이 생기를 얻어 기지개를 켠다. 풀잎 하나 꽃망울 하나 제외되지 않고 모두에게 고루 따스한 기운이 미쳐 그 쓰임의 광대함을 헤아릴 수가 없다. 그러나 봄기운의 임자라 할 봄은 도대체 어디 있는가? 아무리 둘러보고 살펴보아도 봄의 체體는 보이지 않는다.

군자의 도가 이와 같다는 얘기다.(이 대목에서 '군자의 도'는 '중용의 도'로 읽어야 한다) 분명히 세상에 미치는 은덕의 주인인 당사자는 세상에 그 몸을 드러내지 않는다.

그 쓰임이 넓어서 미치지 않는 데가 없으므로 필부필부匹夫匹婦의 어리석음으로도 그것을 알 수 있다. 비가 하늘에서 내리고 샘이 땅에서 솟아나는 것을 모를 사람이 어디 있으랴? 우리가 우주 안에 있다는 사실을 누가 모르겠는가? 그러나 우주의 끝이 어떠하냐고 물으면 아무리 공부를 많이 한 천문학자도 대답할 말을 찾지 못한다. 마찬가지로 비를 내리는 하늘과 샘을 솟구치는 땅에 대하여, 그것들의 '끝'에 대하여 물으면 성인이라도 모른다고 할 수밖에 없다.

하느님을 알고 그분 뜻을 헤아리는 일은 어리석은 범부도 알 수 있지만, 아무도 "내가 하느님을 안다"고 말할 수는 없다. 중세 가톨릭 신학의 대부代父라 할 토마스 아퀴나스는 "인간이 하느님에 대하여 가질 수 있는 최고 인식은, 하느님이 알 수 없는 분임을 아는 것"이라고 했다.

사랑은 누구나 할 수 있는 것이지만 하느님이 사랑하듯이 사랑할 수는 없다. 비록 성인이라도 불가능하다. 그러나 사람이 저마다 사랑을 할 수 있는 것은 하느님이 사랑이신 때문이다. 부모를 알지 못하는 자식 없듯이 모든 인간이 중용의 도를 안다. 그러나 부모의 마음을 다 헤아리는 자식 없듯이 중용의 도를 옹글게 안다고 할 사람은 어디에도 없다. 부모 명령에 따르지 않는 자식 없듯이 모든 인간이 중용의 도를 따라 행한다. 그러나 완벽한 효孝가 있을 수 없듯이 누구도 중용의 도를 완벽하게 따라 살지는 못한다.

하늘과 땅이 크지만 그래도 사람에게는 유감遺憾이 있다.

> 하늘은 모든 것을 덮어 물物을 낳고 땅은 모든 것을 실어 물物을 이루거니와, 하늘과 땅이 사私가 없어서 그것들을 낳고 기르는데, 물物에 혹 치우침이 있어 기울게 되매, 마땅히 추워야 하면 춥고 마땅히 더워야 하면 덥고 착한 일을 하면 복이 오고 나쁜 짓을 하면 재앙이 오는 것이 곧 바름〔正〕이다. 마땅히 추워야 하는데 춥지 않고 더워야 하는데 덥지 않고 착한 일에 복이 따르지 않고 나쁜 일에 재앙이 오지 않으면, 이는 그 바름〔正〕을 얻지 못함이다. 바로 이 때문에 사람이 하늘과 땅에 유감을 품지 않을 수 없는 것이다.(신안진씨新安陳氏)

그런 까닭에 군자가 도의 큼을 말하면 세상 누구도(무엇도) 그것을 담지 못하고 도의 작음을 말하면 세상 누구도(무엇도) 그것을 쪼개지 못한다. 도의 쓰임〔用〕이 너무나도 크고 넓어서 그것을 담을 수 있는 그릇이 없고 도의 몸〔體〕이 너무 작아서 그것을 쪼갤 수 있는 틈이 없다는 말이다.

하느님을 안다고 말하지 말라. 그렇게 말할 수 있는 사람은 없다. 그러나 하느님을 모른다고도 말하지 말라. 그대는 이미 하느님을 알고 있다.

중용의 도를 가고 있노라고 말하지 말라. 그렇게 말할 수 있는 사람은 없다. 그러나 중용의 도를 가지 못한다고도 말하지 말라. 태어나면서부터 그대는 중용의 도를 걷고 있다. 보라, 그대 지금 숨을 들이쉬고 내쉬고 하지 않는가? 생물의 호흡이야말로 빈틈없는 중용의 도다.

시詩에 이르기를, 솔개는 날아서 하늘에 닿고 고기는 연못에 뛴다고 했거니와 이는 도가 위아래로 드러남을 노래한 것이다. 군자의 도가 그 실마리는 부부한테서 찾아지지만 그 끝에 이르러서는 하늘과 땅에 드러난다.

詩云鳶飛戾天하고　魚躍于淵이라　하니　言其上下察也니라.　君子
시 운 연 비 려 천　　어 약 우 연　　　　　언 기 상 하 찰 야　　　군 자
之道는　造端乎夫婦나　及其至也하여는　察乎天地니라.
지 도　　조 단 호 부 부　　급 기 지 야　　　찰 호 천 지

'찰' 察은 저著다.(주자) 드러난다는 뜻으로 읽는다.

인용된 시구는 『시경』詩經 대아大雅 한록편旱麓篇에 들어 있다. 물고기가 연못에 뛰놀고 솔개가 하늘 높이 나는 것이 모두 임금의 덕이라는 노래다.

솔개는 새니까 하늘을 날고 물고기는 고기니까 연못을 헤엄친다.

솔개가 못에서 헤엄치고 물고기가 하늘을 날아다니는 일은 있을 수 없다. 그것은 도가 아니고, 그래서 자연이 아니다.

새가 하늘을 나는 것은 그냥 새가 하늘을 나는 것이 아니라 도가 그렇게 드러나는 것이다. 고기가 연못을 헤엄치는 것도 마찬가지로 도가 그렇게 나타나는 것이다.

그런데, 그렇게 드러나는 도道 자체는 사람 눈에 보이지 않는다. 빛이 있어서 우리가 사물을 보지만 빛 자체는 보이지 않는 것과 비슷하다.

일물一物이 있으면 반드시 일리一理가 있다. 이미 그렇게 있는 것은 반드시 그렇게 있도록 하는 것이 있어서다. 솔개니까 하늘을 날되 헤엄을 치지 못한다. 고기니까 헤엄을 치되 날지 못한다. 이는 쓰임〔用〕이고, 이미 그러한 것이다. 이는 반드시 그런 까닭이 있어 그것이 몸〔體〕을 이루어서 그러한 것이다. 그러나 몸〔體〕의 은미함〔隱〕은 처음부터 쓰임〔用〕의 드러남〔顯〕을 떠난 적이 없다.(삼산진씨三山陳氏)

본문에, 부자父子도 있고 군신君臣도 있고 형제兄弟도 있는데, 하필 부부夫婦를 말한 것은 부부 사이가 가장 은밀한 관계인 때문이리라. 부부 사이는 무촌無寸이라, 가깝기로 하면 그보다 가까운 사이가 없고, 멀기로 하면 하늘땅보다 멀다. 도道의 체용體用을 설명하기에 적절한 소재라 하겠다.

13

공자 이르시기를, 도는 사람한테서 멀지 않으니 사람이 도를 행한다면서 사람을 멀리하면 그것은 도라고 할 수 없다.

子曰, 道不遠人하니 人之爲道而遠人이면 不可以爲道니라.
자 왈   도 불 원 인   인 지 위 도 이 원 인   불 가 이 위 도

인지위도이원인人之爲道而遠人의 '위'爲는 행行으로 읽고 불가이위도不可以爲道의 '위'爲는 위謂로 읽는다.(동양허씨東陽許氏)

공자는 말한다.

"도는 사람 살아가는 일상생활에서 밝히 드러나니 본디 알기 어려운 것이 아니고 하기 힘든 것도 아니다. 어찌 그것이 사람들한테서 먼 것이랴? 만일 도를 행하는 자가 낮고 가까운 것을 싫어하여 높고 먼 것만을 구한다면 그의 앎과 행함이 모두 그릇되고 말 것이다. 그것을 어찌 도라고 하겠는가?"

다음은 재가승려在家僧侶 부대사傅大士의 노래 한 수首

밤마다 부처 안고 잠자리에 들며
아침마다 그와 더불어 일어난다네
부처님 계신 곳 알고자 하는가?
말하고 입 다물고 움직이고 가만있는 거기가 바로 거기렷다

도는 고상한 것이라는 착각에서 벗어날 일이다. 동시에, 도는 비근한 것이라는 착각도 버려야 한다. 도는 먼 것도 아니고 가까운 것도 아니며 높은 것도 아니고 낮은 것도 아니다. 선한 것도 아니고 악한 것도 아니며 큰 것도 아니고 작은 것도 아니다. 도는 그 어떤 규정이나 판단의 그릇에 담길 수 없는 무엇이다.

그런 뜻에서, 하느님은 선하신 분이라는 말에 감추어진 '함정'을 알아야 한다. 하느님에 관한 인간의 언사言辭는, 그것이 어떤 것이든 간에, 일단 밖으로 표출되면 그 자체로서 이미 모험인 것이다.

도 닦는답시고 저속함을 싫어하면, 도에서 먼 것이 아니라 도 아닌 것을 닦고 있는 것이다. 저속함을 싫어하는 인간의 행위 바로 거기에도 도가 있기 때문이다.

예수를 등지고 어둠 속으로 들어가는 유다.(「요한복음」 13:30), 그도 숨을 쉬고 있었다. 그 숨은 하느님이 그에게 주신 것이었다. 세상에 도를 떠나 존재할 수 있는 사물이나 사건은 없다. 그래서 "도라고 하는 것은 잠시 잠깐도 떨어질 수 없는 것"(1장)이라 했다.

도 닦는다면서 산속에 들어가는 사람이 많은데, 그것이 임시방편이라면 용납될 수 있겠지만, 산에 가야만 도를 닦는다고 생각한다면 잘못

이다. 도는 깊은 산중에만 있는 것이 아니기 때문이다.

> 한 사람은 무궁한 세월을 길에 나와 있으니〔在途中〕 집을 떠나지 않고
> 한 사람은 집을 떠났으나 길에 있지 않으니 어느 쪽이 인간과 천상天上
> 의 공양을 받을 만한가?(『임제록』臨濟錄 1, 8)

둘 다 아직 멀었다.

하느님의 도는 어디 까마득하게 높은 곳이나 먼 곳에 있지 않다. 그
런 데만 있는 것이라면 그것은 하느님의 도가 아니다. 하느님 나라 또
한 마찬가지다. 그것은 '여기' 또는 '저기'에 있는 그런 나라가 아니다.

> 내가 오늘 너희에게 내리는 이 법은 너희로서 엄두도 내지 못할 일이
> 거나 미치지 못할 일은 아니다. 그것은 하늘에 있는 것이 아니다. '누가
> 하늘에 올라가서 그 법을 내려다주지 않으려나? 그러면 우리가 듣고
> 그대로 할 터인데' 하고 말하지 말라. 바다 건너 저쪽에 있는 것도 아
> 니다. '누가 이 바다를 건너가서 그 법을 가져다주지 않으려나? 그러면
> 우리가 듣고 그대로 할 터인데' 하고 말하지도 말라. 그것은 너희와 아
> 주 가까운 곳에 있다. 너희 입에 있고 너희 마음에 있어서 하려고만 하
> 면 언제든지 할 수 있는 것이다.(「신명기」 30:11∼14)

하느님이 지으신 인간을 싫어하면서 어찌 하느님을 좋아할 수 있
을 것인가?

시詩에 이르기를, 도끼 자루 자르네 도끼 자루 자르네 그 법이 멀지 않구나, 하였거니와 도끼 자루를 잡고 도끼 자루를 찍으면서 어림하여 보고는 오히려 멀다고 여긴다. 그러므로 군자는 사람으로 사람을 다스리다가 고치면 그만둔다.

詩云, 伐柯伐柯여 其則不遠이라 하니 執柯以伐柯하되 睨而視之
시 운　벌 가 벌 가　　기 칙 불 원　　　　　집 가 이 벌 가　　　예 이 시 지

하고 猶以爲遠하니라. 故로 君子는 以人治人하다가 改而止니라.
　　유 이 위 원　　　고　　군 자　　이 인 치 인　　　　개 이 지

도끼로 도끼 자루를 자른다. 굵기와 길이를 어느 만큼 할 것인가? 지금 손에 잡고 있는 도끼 자루를 보면 알 수 있다. 기칙불원其則不遠이라, 그 법[則]이 먼 데 있지 않다.

그런데 사람들은 어떻게 하고 있는가? 도끼 자루를 잡고 도끼 자루를 자르면서 이리저리 살펴보고 고개를 기울이며, 알맞은 굵기와 길이를 보여 줄 물건이 어디 먼 데 있는 줄로 여긴다.

'예'睨는 엿본다는 말인데, 이리저리 살피고 가늠해 본다는 뜻으로 읽는다.

도끼 자루를 재는 잣대로 도끼 자루를 쓰면 된다는 쉬운 상식을 모르는 사람은 아마 없을 것이다. 그런데도 사람들이 그러고 있다는 말

을 하는 것은, 예수께서 진주를 돼지우리에 던지는 사람이 있을 리 없는데도 진주를 돼지에게 주지 말라고 말씀하신 것과 다를 게 없다. 그렇게 어리석은 인간이 있는 것이다.

사람을 재는 잣대로는 사람이 제격이다. 노자老子는, 몸으로 몸을 보고[以身觀身] 집으로 집을 본다[以家觀家]고 했다. 몸을 보는데 스스로 몸이 되어 보고 집을 보는데 스스로 집이 되어 본다는 뜻으로 새긴다. 그래야 제대로 몸을 보고 집을 보게 되는 것이다.

군자는 사람으로 사람을 다스린다. 다스리는 사람도 사람이요 다스림 받는 사람도 사람이다. 별종別種이 아니다. 겉으로 드러나 보이는 모습에만 속지 않으면 모든 사람이 똑같다는 진실과 만날 수 있다. 중생 곧 부처요 부처 곧 중생이다.

'치' 治는 잘못된 것을 바로잡는다는 뜻으로 읽는다. 어떤 사람이 잘못되었다는 말은, 그가 제 본디 모습을 잃었다는 뜻이다. 그러니 그를 바로잡는 것은, 그의 본디 모습을 되찾게 도와주는 것이다. 그가 제 모습을 회복하면 도와주는 일을 더 계속할 이유가 없으니 곧 그만둔다. 그래서 고치면 그만둔다[改而止]고 했다.

예수 부활 후, 두 제자가 실망하여 엠마오로 가는데 스승이 그들에게 나타난다. 그러나 알아보지 못한다. 눈을 무엇이 가렸기 때문이다. 예수께서 그들에게 나타나신 것은, 그들로 하여금 보아야 할 것을 제대로 보도록 도와주기 위해서다. 이윽고 소정의 단계를 거쳐 그들은 눈이 열리고 예수를 알아본다. 순간 스승의 모습이 사라진다. 도와주는 일이 끝났으니 그들 곁에 더 머무를 이유가 없는 것이다.

날마다 늙어 가는 '겉사람'은 사람마다 다르지만 날마다 새로운 '속사람'은 사람마다 똑같다. 도를 모시고 사는 사람 종류가 따로 있는 것이 아니다. 사람은 누구나 속에 도를 모시고 있다.

군자는 바로 그 도를 모신 '속사람'으로 시방 도에서 어긋나 있는 '겉사람'을 바로잡아 주는 것이다.

충忠과 서恕는 도에서 멀지 않으니 자기한테 싫은 것을 또한 남에게 베풀지 않는다.

忠恕는 違道不遠하니 施諸己而不願을 亦勿施於人이니라.
충 서   위 도 불 원   시 제 기 이 불 원   역 물 시 어 인

충忠은 중심中心이요 서恕는 여심如心이다. 중심은 속으로 들어가는 마음이요 여심은 옆으로 같아지는 마음이다.

속으로 들어가면 하느님을 만나고 옆으로 같아지면 이웃을 만난다. 그런데 이 두 마음은 서로 다른 마음이 아니라 한마음이다.

예수께서 가르치는 성경의 골자 역시 충과 서일 뿐이다.

그들 중 율법 교사가 예수의 속을 떠보려고 "선생님, 율법서에서 어느 계명이 가장 큰 계명입니까?" 하고 물었다. 예수께서 이렇게 대답하셨

다. '네 마음을 다하고 목숨을 다하고 뜻을 다하여 주님이신 너희 하느님을 사랑하라. 이것이 가장 크고 첫째가는 계명이고, 네 이웃을 네 몸같이 사랑하라는 둘째 계명도 이에 못지않게 중요하다. 이 두 계명이 모든 율법과 예언서의 골자이다.'(「마태오복음」 22:35~40)

그런데, 여기서 말을 조심할 필요가 있다. 하느님을 사랑하는 사람과 이웃을 사랑하는 사람, 그가 곧 하느님은 아닌 것이다. 사랑하는 주체인 '나'가 아직 여기 남아(살아) 있기 때문이다. 거기까지다. 거기까지가 사람이 갈 수 있는 곳이다. 세상없어도 사람은 사람이다. 하느님이 아니다. 어디까지나 이웃은 이웃이다. 내가 아니다.

충忠과 서恕, 하느님을 사랑하는 마음과 이웃을 사랑하는 마음. 그것이 곧 도는 아닌 것이다. 그래서 "도에서 멀지 않다"〔違道不遠〕고 했다.
여기, '위' 違는 어긋난다는 뜻이 아니라 떠난다〔去〕는 뜻으로 읽는다.(주자)

충忠과 서恕로 살아가는 사람은 자기가 받기 싫은 것을 남에게 주지 않는다. 윗사람한테서 억울한 꾸중을 듣기 싫으니까 아랫사람을 억울하게 꾸중하지 않는다는 얘기다. 이 말의 부정법을 긍정법으로 바꾸면 예수께서 가르치신 성경의 정신이다.

너희는 남에게서 바라는 대로 남에게 해주어라. 이것이 율법과 예언서의 정신이다.(「마태오복음」 7:12)

그런데 여기서도 생각에 조심할 필요가 있다.

나한테 싫은 것을 남에게 하지 말라고 할 때, 싫고 좋은 것을 판단하는 주체가 나의 정情이어서는 곤란하다. 저마다 자기감정에 따라 싫은 것, 좋은 것을 판단하고 그래서 그대로 남에게 베푼다면, 세상은 한순간에 뒤죽박죽 곤두박질 마침내 스스로 무너지고 말 것이다. 인간의 감정만큼 변덕스럽고 믿지 못할 물건이 따로 없기 때문이다.

군자가 혈구지도絜矩之道로 사람을 다스리는 것은, 자기감정이 시키는 대로 하는 게 아니라 모든 사람이 똑같이 품고 있는 본연의 마음, 양심에 따라서, 사람을 대하는 것이다.

> 도 곧 천리天理요 충서忠恕 곧 인사人事다. 천리가 인사에서 멀지 않으니 그런 까닭에 말하기를, 도가 사람한테서 멀지 않다고 했다. 인사를 끝까지 다하면 천리에 미칠(至) 수 있다. 그런 까닭에 말하기를, 충서忠恕가 도에서 멀지 않다고 했다. 그 이치(理)가 매우 밝다.(쌍봉요씨雙峰饒氏)

군자의 도에 네 가지가 있는데 구丘는 그 가운데 하나도 못하겠다. 자식한테서 구하는 바로써 아버지를 섬기지 못하며 신하한테서 구하는 바로써 임금을 섬기지 못하며 아우한테서 구하는 바로써 형을 섬기지 못하며 벗한테서 구하는 바로써 먼저 벗에게 베풀지 못한다. 평상시에 덕을 행하고 일상적인 말을 삼감에 모자람이 있으면 감히 힘쓰지 않음이 없고 남음이 있으면 감히 다하지 아니하여 말은 행실을 돌아보고 행실은 말을 돌아보니, 군자 어찌 아니 독실篤實한가?

君子之道이 四에 丘未能一焉이로다. 所求乎子로 以事父를 未能
군자지도　사　구미능일언　　　소구호자　이사부　미능

也하며 所求乎臣으로 以事君을 未能也하며 所求乎弟로 以事兄을
야　소구호신　이사군　미능야　소구호제　이사형

未能也하며 所求乎朋友로 先施之를 未能也니라. 庸德之行과 庸言
미능야　소구호붕우　선시지　미능야　용덕지행　용언

之謹에 有所不足이어든 不敢不勉하고 有餘어든 不敢盡하며 言顧
지근　유소부족　부감불면　유여　불감진　언고

行하고 行顧言하니 君子이 胡不慥慥爾이리오.
행　행고언　군자　호불조조이

구求는 책(責, 요구할)과 같다. 도는 사람한테서 멀지 아니하니, 무릇 내가 사람들한테서 구하는 것은 모두 도의 당연한 바라, 고로 돌이켜 스스로 구하고 스스로 닦는다. 용庸은 평상平常이다. 행한다는 것은 그 실實을 옮김[踐]이요 삼간다[謹]는 것은 해서 될 것[可]을 고름[擇]이다. 덕德에 모자람이 있어 애를 쓰면 행실이 더욱 힘을 얻게 되고 말에 남음이 있어 줄이고 참으면 삼감[謹]이 더욱 지극해지니, 삼가는 일에 지극함은 곧 말이 행실을 돌아봄이요 행실에 힘이 있음은 곧 행실이 말을 돌아봄이다. 조조慥慥는 독실篤實한 모양이다. 군자의 언행이 이와 같으니 어찌 조조하지 않겠느냐는 말은 저를 찬미한 것이다. 이 모두가 사람한테서 멀지 않은 도를 실천하는 일이다. 장자張子가, 남한테

서 바라는 마음으로 자기에게 바라면 곧 도를 다하는 것[以責人之心責己則盡道]이라고 한 말이 바로 이 말이다.(주자)

공자[丘]가, 군자의 네 가지의 도 가운데 하나도 하지 못하겠다고 말한 것은 겸사謙辭일까? 만일 누가 그 가운데 하나를 능히 한다면, 그는 다른 모든 것도 하는 사람일 터이다.

성인은 한입으로 두말하는 사람인가? 공자, 다른 데서는 "내가 하고 싶은 대로 하는데 법도를 어기지 않는다" 했으니 말이다. 성인 바울로도 그랬다.

> 이제는 내가 사는 것이 아니라 그리스도가 내 안에서 사시는 것입니다.(「갈라디아서」 2:20)

> 나는 내가 해야 하겠다고 생각하는 선은 행하지 않고 해서는 안 되겠다고 생각하는 악을 행하고 있습니다.(「로마서」 7:19)

이 두 마디 말이 한입에서 나온다. 어떻게 알아들을 것인가?

군자의 언행이 독실한 것은 그의 언言과 행行이 서로 돌아보기 때문이다.

> 사람의 말은 언제나 남음이 있고(쓸데없이 군말을 덧붙임) 행실은 언제나 모자람이 있어서, 말이 행실을 돌아보면 곧 군말을 스스로 덜게 되고 행실이 말을 돌아보면 곧 행실의 모자람을 스스로 채우려 애를

쓰게 된다.(삼산진씨三山陣氏)

예수께서도, '너희는 그저 '예' 할 것은 '예' 하고 '아니오' 할 것은 '아니오'라고만 하여라" 이렇게 이르신 뒤에 이어서, "그 이상의 말은 악에서 나오는 것이다"라고 하셨다.(「마태오복음」 5:37)

14

군자는 자기 자리를 바탕 삼아 행하고 바깥에서 바라지 않는다.

君子는 素其位而行이요 不願乎其外니라.
군자　　소기위이행　　　　불원호기외

　모든 종교는 중심에 이르는 길이다. 또는, 그 길을 가리키는 손가락
이다.
　눈을 바깥쪽으로 향하면 모든 것이 서로 나뉘고 갈라지고 달라진
다. 반대로 눈을 안쪽으로 향하면 모든 것이 서로 같아지고 하나 된
다. 종교는, 나뭇가지들의 다양함을 무시하거나 잘라 내지 않으면서
밑둥과 뿌리의 일치성으로 내려가는 길, 또는 그 길을 가리키는 손가
락이다. 그래서 반자反者는 도지동道之動이라, (근본으로) 돌아가는 것
이 도의 움직임이라고 했다.(『노자』 40장)
　군자는 도를 중심에 모시고 살아가는 사람이다. 그가 바깥에서 무
엇을 얻으려 하지 않는 것은 당연한 일이다. 그는 지금 자신이 처한
자리를 하늘이 내려 준 것으로 받아들인다. 그리고 거기에 서서 자기
가 마땅히 할 일을 한다. 세상이 자기를 어떻게 보는가, 어찌 평가하

는가, 그런 것은 염두에 없다. 오직 천명天命에 좇을 따름이다.

자신을 계발啓發하기 위한 노력들 가운데 무엇이 가장 중요한가? 우선, 너 자신을 성찰하라. 자신의 실체reality를 들여다봄으로써 천도天道를 꿰뚫어 보게 될 것이다. 천도를 꿰뚫어 보면 네가 지니고 있는 것에 불만을 느끼지 않게 될 것이다. 네가 지닌 것에 불만을 느끼지 않으면 다른 사람이 가지고 있는 것을 갖고 싶어하지 않게 될 것이다. 다른 사람이 가지고 있는 것을 갖고 싶어하지 않으면 남들과 다툴 일이 없을 것이다. 네가 가진 것으로 만족하는 일, 다른 사람이 가지고 있는 것을 탐내지 않는 일, 남들과 다투지 않는 일, 이보다 더 좋은 일이 무엇인가? 이보다 더 큰 일이 무엇인가? …… 너에게 이런 능력faculty이 있다면 바깥 사물이나 다른 사람이 너를 결코 해칠 수 없다. 네가 만일 남한테서 상처 받는 것을 우려한다면, 그것은 네가 지워 버려야 할 착각이다.(기요자와 만시, 『겨울 부채』冬煽記, 1899. 2. 25.)

부귀에 처해서는 부귀를 누리고 빈천에 처해서는 빈천하게 살며 오랑캐들 틈에서는 오랑캐로 처신하고 환난을 당해서는 환난을 겪으니, 군자는 어디를 가든지 그곳을 자기 자리로 삼는다.

素富貴하여는 行乎富貴하고 素貧賤하여는 行乎貧賤하고 素夷狄
소부귀   행호부귀   소빈천   행호빈천   소이적

하여는 行乎夷狄하고 素患難하여는 行乎患難하니 君子는 無入而
행호이적   소환난   행호환난   군자   무입이
不自得焉이니라.
부자득언

군자는 참 자유인이다. 어디를 가든지, 어떤 처지에 놓이든지, 구애
받지 않는다. 사도 바울로야말로 그런 뜻에서 진정한 군자였다. 그는
어떤 처지에서도 자족할 줄 아는 사람이었다.

> 나는 어떤 처지에서도 자족하는 법을 배웠습니다. 비천하게 살 줄도 알
> 며 풍족하게 살 줄도 압니다. 배부르거나 배고프거나 넉넉하거나 궁핍
> 하거나 그 어떤 경우에도 적응할 수 있는 비결을 알고 있습니다.(「필립
> 비서」 4:11, 12)

> 부귀에 처하여 부귀를 누림은 순舜 임금이 비단옷 입고 거문고 타면서
> 그것들을 즐기던 것이 바로 그것이요, 빈천에 처하여 빈천하게 삶은 순
> 舜 임금이 말린 밥에 나물을 먹으면서 그렇게 종신終身하려 한 것이 바
> 로 그것이요, 오랑캐 틈에서 오랑캐로 처신함은 공자께서 아홉 오랑캐
> 땅에 거하고자 하여 이르시기를 그곳에 어찌 누추함〔陋〕이 있겠느냐고
> 하신 것이 바로 그것이요, 환난을 당해 환난을 겪음은 공자께서 이르시
> 기를 하늘이 이 글〔斯文〕을 없애지 않는데 광인狂人이 나를 어찌하겠느
> 냐고 하신 것이 바로 그것이다. 대개 군자는 어디를 가든지 그곳을 자
> 기 자리로 삼거니와 이는 우리 또한 마땅히 그렇게 할 바인 것이다.(북
> 계진씨北溪陳氏)

윗자리에 앉아서는 아랫사람을 업신여기지 않고 아랫자리에 앉아서
는 윗사람에게 매달리지 않고 자기를 바르게 하되 남에게서 구하지
않으면 곧 원망하지 않게 되니, 위로는 하늘을 원망하지 않고 아래로
는 사람을 탓하지 않는다.

在上位하여는 不陵下하며 在下位하여는 不援上하고 正己而不求
재 상 위   불 릉 하   재 하 위   불 원 상   정 기 이 불 구

於人이면 則無怨이니 上不怨天하고 下不尤人이니라.
어 인   즉 무 원   상 불 원 천   하 불 우 인

　군자는 언제나 지금 처한 자리를 자기 자리로 삼아 자족한다. 그러
기에 구태여 남을 의지할 일이 없다. 남을 의지하지 않으니 남한테서
구할 것이 없고 구하는 것이 없으니 원망하거나 탓할 터무니가 없다.
오로지 자신을 바르게 하고자 힘쓸 따름이다.

　내가 윗자리에 앉아 아랫사람을 함부로 업신여기지 않고 아랫자리에
앉아 윗사람에게 매달리지 않고, 다만 자신에게 구하되 처음부터 남한
테서 얻고자 하는 것이 없으면 저절로 원망(怨)이 없게 된다. 대개 하
늘에 대하여 바라는 바가 있는데 그것이 이루어지지 않으면 하늘을
원망하고 남한테서 얻고자 하는 것이 있는데 그가 응해 주지 않으면

사람을 탓하게 되거니와, 군자는 하늘에 대하여 바라는 바가 없고 남한테서 얻고자 하는 것이 없으니 어찌 원망이나 탓하는 마음이 있으랴? 이에 군자의 가슴속에 한 점 사사로운 얽매임 없이 맑고 깨끗한 기운이 가득 차 있어 속기俗氣라고는 찾아볼 수 없음이 밝히 드러난다.(진씨陳氏)

그러므로 군자는 쉬운 데 거하여 명命을 기다리고 소인은 어려운 일을 하면서 요행徼幸을 바란다.

故로 君子는 居易以俟命하고 小人은 行險以徼幸이니라.
고   군자   거 이 이 사 명   소 인   행 험 이 요 행

'쉽다'〔易〕는 말은 객관적 술어가 아니다. 객관적으로 말해서 '쉽다'고 할 수 있는 것은 없다. 같은 일이 누구에게는 쉽고 누구에게는 어려운 법이다.

군자는 늘 쉽게 산다. 그에게 인생은 결코 어려운 것이 아니다. 점수에 얽매이지만 않는다면 시험 치는 것만큼 쉽고 재미있는 일도 드물 것이다. 아는 문제는 답을 쓰고 모르는 문제는 모른다고 답하면 되니까.

군자는 되는 일을 되게 하고 안 되는 일을 억지로 하지 않으니, 그 인생이 쉬울 수밖에 없다. 다만 자기 할 일을 자기 능력만큼 하면서

하늘의 명命을 기다릴 따름이다. 공자께서는 네 가지가 전혀 없으셨으니 '뜻'〔意〕이 없으셨고 '반드시'〔必〕가 없으셨고 '고집'〔固〕이 없으셨고 '나'〔我〕가 없으셨다.(『논어』, 자한子罕)

반대로, 소인은 언제나 어렵게 산다. 그가 하는 일 자체가 어렵거나 힘든 게 아니다. 자기가 스스로 일을 어렵게 만드는 것이다. 모르는 것을 아는 척하려니 힘들고 없는 것을 있는 척하려니 어렵다. 안 되는 일을 되게끔 하려니 그 인생이 어찌 아니 힘겹겠는가? 그러니 자연 요행수徼幸數를 바라지 않을 수 없다. 얻지 못하게 되어 있는 것을 얻는 것이 '행' 幸이다.

쉬운 것〔易者〕은 중용이다. 천명天命을 기다리는 사람은 자기 분수에 마땅히 얻을 만한 것을 기대한다. 그런 까닭에 원망도 탓하는 마음도 없다. 어려운 것〔險者〕은 반중용反中庸이다. 요행을 바라는 자는 이치상 얻지 못하게끔 되어 있는 것을 구한다. 그런 까닭에 원망과 탓하는 마음이 많다.(주씨朱氏)

공자 이르시기를, 활쏘기에 군자와 비슷함이 있으니 과녁을 맞히지 못하면 돌이켜 자신에게서 구하는 것이다.

子曰, 射有似乎君子하니 失諸正鵠이면 反求諸其身이니라.
자왈 사유사호군자 실제정곡 반구제기신

공자 이르시기를, 군자는 자기한테서 구하고 소인은 남한테서 구한다.(『논어』 위령공衛靈公)

자기 행복의 열쇠를 남한테서 구하는 것은 자기가 불행한 탓을 남에게 돌리는 것과 동일한 것이다.

예수께서도, 당신을 낳은 어머니는 참 행복한 분이라는 어느 여인의 말에 "그렇지 않다"고 대답하신다. 오히려 하느님 말씀을 듣고 그대로 하는 사람에게 참된 행복이 있다는 것이다.(「루가복음」 11:27, 28) 예수의 모친 마리아가 행복한 여인이었던 까닭은 훌륭한 아들을 두었기 때문이 아니라 하느님 말씀을 듣고 순종했기 때문이다.

인자仁者는 활 쏘는 사람과 같다. 활 쏘는 사람은 자기를 바로잡은 뒤에 쏘는데 쏘아서 맞히지 못해도 자기를 이긴 사람을 원망하지 않고 돌이켜 자신한테서 (원인을) 찾을 따름이다.(『맹자』孟子, 공손축公孫丑)

활을 쏘아 과녁을 맞히지 못하매 자책自責을 함은 군자가 행하여 얻지 못하매 돌이켜 자신한테서 그 원인을 찾는 것과 같다. 대개 이로써 위의 '자기를 바르게 하고 남한테서 구하지 않는다'〔正己而不求於人〕는 문장의 뜻을 밝혔거니와 이는 또한 '바깥에서 바라지 않는다'〔不願乎其外〕는 말의 뜻이기도 하다.(진씨陳氏)

15

군자의 도는 비譬컨대, 멀리 가려면 반드시 가까운 데로부터 가고 높은 데 오르려면 반드시 낮은 데로부터 오르는 것과 같다.

君子之道는 辟如行遠必自邇하며 辟如登高必自卑니라.
군 자 지 도   벽 여 행 원 필 자 이   벽 여 등 고 필 자 비

　군자의 도는 적용되지 않는 곳이 없어서 그 끝을 모른다. 그만큼 넓고 높은 것이 군자의 도다. 그러나 높은 산을 오르려면 반드시 기슭을 밟아야 하고 멀리 가려면 반드시 가까운 땅을 밟아야 하듯이, 군자의 도 또한 일상의 작은 일을 성실히 하는 데서부터 이루어지는 것이다.
　작은 일을 가벼이 여기는 자에게 큰일을 맡길 수 없다. 혹시 도를 등진 인간 세속에서는 그런 일이 있을는지 모르나 도가 다스리는 곳에서는 결코 있을 수 없는 일이다. "네가 작은 일에 충성하였으니 이제 내가 큰일을 너에게 맡기겠다."(「마태오복음」 25:23) 이것이 하늘의 도다.

　군자의 도가 비록 없는 것이 없으나 그리로 나아감에 있어서는 차례가 있으니 진성지명盡性至命은 반드시 인륜일용지상人倫日用之常에 뿌리

를 내리고 정의입신精義入神은 반드시 쇄소응대지말灑掃應對之末에 바탕을 두어야 한다. 이는 비譬컨대, 멀리 가는 자가 먼 데서 출발하지 않고 반드시 가까운 데서 출발하며 높이 오르는 자가 높은 데서 오르지 않고 반드시 낮은 데서 오르는 것과 같다. 구도자가 어디서부터 일을 시작해야 하는지를 어찌 모를 수 있겠는가?(자사)

평생토록 하느님을 믿는다 하면서 그분과 마음의 통교通交 한 번 나눠 보지 못한 자가, "예배가 별것이냐? 사는 게 예배지"라고 말한다. 아니다, 도란 그런 게 아니다.

시詩에 이르기를, 아내와 자식들이 서로 좋아하여 하나 되는 모양이 비파와 거문고를 타는 것과 같고 형과 아우가 이미 모여 화락和樂하며 또한 기뻐하니, 네 집안을 단란하게 만들고 네 처자를 즐겁게 하라 하였거늘 공자 이르시되, 부모가 순順하겠구나.

詩曰妻子好合이 如鼓瑟琴하며 兄弟既翕하여 和樂且耽이라 宜爾
시 왈 처 자 호 합   여 고 슬 금   형 제 기 흡   화 락 차 탐   의 이
室家하며 樂爾妻帑라 하였거늘 子曰父母는 其順矣乎인저.
실 가   낙 이 처 노   자 왈 부 모   기 순 의 호

인용된 시는 『시경』詩經 소아小雅 녹명지집鹿鳴之什 상체편常棣篇의 끝 부분이다. 형제가 모여 잔치할 때 부르는 노래로 알려져 있다.

공자孔子, 이 시를 읽고 슬퍼하며 말하기를, 아내와 자식이 서로 화목하지 못하고 형과 아우가 서로 의좋지 못하면 이 모두가 부모의 근심을 낳게 되니 사람이 능히 아내와 자식을 화목케 하고 형과 아우를 의좋게 함이 이와 같을진대 어찌 그 부모가 안락하고 순順하지 않겠느냐, 하였다. 시와 성인의 말씀을 미루어 살피건대, 반드시 처자를 화목케 하고 형제를 의좋게 한 뒤라야 부모가 순하게 되니 이 또한 먼 길을 가까이에서 떠나고 높은 데를 낮은 데서 오르는 일 가운데 하나라 하겠다. 그런즉 배우는 사람이 도에 나아가매 가깝고 낮은 것을 가벼이 여기고 높고 먼 데로만 마음을 치달리면 어찌 거기에 이를 수 있겠는가?(비지備旨)

본문의 순順은 '기뻐할 순' 順으로 읽는다.

형제 처자 사이의 일용상행지사日用常行之事에 도가 없지 않으니 낮고 가깝다 하여 가벼이 여길 수 없는 일이다. 비록 높고 먼 것이라 해도 실은 낮고 가까운 데서 비롯하는 법이니, 요순堯舜의 도가 다만 효제孝弟일 따름이라는 말이 바로 이런 뜻이다.(신안진씨新安陳氏)

당연한 말이다. 그러나 군자의 도가 낮고 가까운 것을 가벼이 여기지 아니함은 물론이지만 거기에 머물러 있어도 안 된다는 사실을 잊지 말 일이다. 배우는 사람의 눈은 낮고 가까운 것을 잘 살피되 아울러 가없이 높고 넓은 천도天道를 또한 꿰뚫어야 하는 것이다. 아니 차라리 마당 쓸고 손님 맞는 일〔灑掃應對〕에서 정의입신精義入神의 경지를 밟아야 한다고 말하는 게 옳겠다.

도의 세계에 어찌 높고 낮음이 따로 있으며 멀고 가까움이 따로 있으랴? 사람들이 멀고 높은 도가 따로 있다고 오해하여 낮고 가깝다고 여겨지는 것을 가벼이 다루는 병통이 있는지라, 그래서 여기 구차스레 몇 마디 말을 덧붙여 놓은 것이다.

예수님은 제자들과 함께 배를 타고 세리의 밥상에 마주 앉아 하느님 나라 곧 '하느님 통치'를 실현하셨다.

16

공자 이르시기를, 귀신의 덕이 참으로 크구나. 보아도 보이지 않고 들어도 들리지 않으나 그 몸을 만물로 나타내어 버릴 수가 없다. 세상 사람들로 하여금 옷을 차려입고 제사를 받들게 하는데 그 양양洋洋함이 마치 위에 있고 좌우에 있는 것 같구나.

子曰鬼神之爲德이 其盛矣乎인저 視之而弗見하며 聽之而弗聞이
자 왈 귀 신 지 위 덕   기 성 의 호   시 지 이 불 견   청 지 이 불 문
로되 體物而不可遺니라. 使天下之人으로 齊明盛服하여 以承祭
    체 물 이 불 가 유   사 천 하 지 인   제 명 성 복   이 승 제
祀하는데 洋洋乎如在其上하고 如在其左右로다.
사   양 양 호 여 재 기 상   여 재 기 좌 우

"그 몸을 만물로 나타내어 버릴 수가 없다"(體物而不可遺)는 말은, 귀신이 만물의 몸을 이루고 있어서 귀신만을 따로 버릴 수 없다는 뜻으로 새긴다.

여기서 말하는 '귀신' 鬼神이란 무엇을 가리키는가?

천지 만물의 움직임은 그것이 전체적인 움직임이든 개체적인 움직임

이든 그 움직임을 주도하는 원동력이 있다 …… 이 원동력을, 주자학적 표현을 빌리면, 기氣 또는 기운氣運이라고 한다. 이 기氣는 기본적으로 수축하는 작용과 신장하는 작용의 두 측면을 가지고 있다. 낮은 기가 신장된 결과이고 밤은 수축된 결과이며, 봄과 여름은 신장된 결과이고 가을과 겨울은 수축된 결과이다 …… 주자는 귀鬼를 귀歸 또는 굴屈의 의미로 보아 수축하는 작용으로 파악하고 신神을 신伸으로 보아 신장하는 작용으로 파악함으로써 귀신鬼神을 기氣의 굴신屈伸으로 풀이하였다. 이렇게 하고 보면 사계절을 순환하게 하고 밤과 낮을 순환하게 하는 것에서부터 천지 우주의 모든 변화를 주도하는 것이 귀신이며, 심장을 뛰게 하고 호흡을 하게 하는 것을 위시하여 개체적 삶의 모든 현상을 주도하는 것이 귀신이다 …… 주자에 의하면, 사람이 죽으면 그 사람의 육체를 움직여 온 기氣 즉 귀신이 흩어지지만 집념이나 원한이 많을수록 그 기氣가 빨리 흩어지지 않고 상당한 기간 엉겨 있으면서 독립적인 작용을 하는 경우가 있는데, 우리가 일반적으로 귀신이라 할 때는 이러한 것을 주로 말하는 경향이 있다.(이기동)

군자의 도를, 보아도 보이지 않고 들어도 들리지 않지만 없는 곳이 없어서 모든 곳 모든 일에 작용하는 귀신의 덕德에 견주어 설명한다.

장자莊子는 말하기를 "하늘이 몸을 만물로 나타내어 버려지지 아니함이 사랑(仁)이 몸을 일로 나타내어 없는 곳이 없음과 같다"고 했다.

시詩에 이르기를, 신神의 내리심을 헤아릴 수 없는데 하물며 꺼려할 수 있으랴, 하였거니와 무릇 은미한 것(微)의 나타남과 성실함(誠)을 손바닥으로 가릴 수 없음이 이와 같다.

詩曰神之格思를 不可度思인데 矧可射思아. 夫微之顯과 誠之不可
시 왈 신 지 격 사　　불 가 탁 사　　　신 가 사 사　　부 미 지 현　　성 지 불 가

揜이 如此夫인저.
엄　　여 차 부

『중용』에서 중요한 문자들 가운데 하나가 '성'誠이다. 바로 그 성誠이 여기서 처음 등장한다.

　　성誠은 『중용』한 책의 추뉴(樞紐, 문장文章의 주안처主眼處)로서 이 장章에 처음 보인다. 한유漢儒들은 성자誠字를 모르고 있었으나 송宋나라 이방직李邦直이 처음으로 속이지 않는 것(不欺)을 성이라 하였고 서중거徐仲車는 쉬지 않는 것(不息)을 성이라 하였다. 정자程子에 이르러 비로소 거짓됨이 없음(無妄)을 성이라 하였고 주자朱子는 여기에 진실眞實 두 자字를 보태어 성에 관한 설을 마무리지었다. (운봉호씨雲峰胡氏)

귀신鬼神이 성誠하다는 말은, 드라마 〈전설의 고향〉 따위에 등장하

는 귀신이 착실하다는 말이 아니라, 천지 만물의 체體인 기氣의 운용運用에 빈틈이 없다는 말이다.

귀신은 보이지 않고 들리지 않으니 이는 저의 은미함(微)이요 또한 그 몸을 물物로 나타내매 버릴 수 없거니와 그것이 나타남을 가릴 수 없음은 어째서인가? 귀신이란 기氣의 굴신屈伸이다. 그것이 덕을 이루면 곧 천명天命의 실다운 이치[實理]라, 일컬어 성이라고 한다. 성은 시종일관 한결같은 성인 까닭에, 그것이 만물 사이에 모습을 드러내어 돌아다니는 게 손으로 가릴 수 없음이 이와 같다. 무릇 귀신의 덕이란 이와 같은 것이다. 이를 알면 곧 도의 넓으면서 은미함(弗而隱)을 알게 될 터이다. 사람이 어찌 한순간인들 도를 떠날 수 있겠는가?(비지)

17

공자 이르시기를, 순舜 임금은 그 효孝가 크신 분이다. 덕으로는 성인
이 되시고 높기로는 천자가 되시고 부富로는 온 세상을 가지시어 종
묘에서 제사 지냈고 자손이 또한 보존하였다. 그러므로 크게 덕을 베
푸는 사람은 반드시 그 자리를 얻고 반드시 그 벼슬을 얻고 반드시 그
이름을 얻고 반드시 그 수壽를 얻는다. 그러므로 하늘이 만물을 낳는
데 반드시 그 재질을 말미암아 두텁게 하니 그런 까닭에 심어진 것은
기르고 기울어진 것은 엎어 버린다.

子曰舜은 其大孝也여신저 德爲聖人이시고 尊爲天子시고 富有四
자 왈 순   기 대 효 야   덕 위 성 인   존 위 천 자   부 유 사

海之內하사 宗廟饗之하시며 子孫保之하니라. 故로 大德은 必得
해 지 내   종 묘 향 지   자 손 보 지   고   대 덕   필 득

其位하고 必得其祿하고 必得其名하고 必得其壽니라. 故로 天之
기 위   필 득 기 록   필 득 기 명   필 득 기 수   고   천 지

生物이 必因其材而篤焉하나니 故로 栽者를 培之하고 傾者를 覆之
생 물   필 인 기 재 이 독 언   고   재 자   배 지   경 자   복 지

니라.

순舜 임금이 별로 신통치 못한 집안에 태어나(아버지는 사리를 분별 못 하는 어리석은 사람이었고 계모와 이복동생은 그를 죽이려고 음모를 꾸몄다) 이윽고 성인이 되고 요堯 임금 뒤를 이어 천자의 자리에 앉아서 부귀와 명성을 차지하고 게다가 수壽까지 누린 것(110세)은 모두가 그의 효孝에서 나온 결과다. 그것은 잘 심어진 나무가 햇빛과 비를 머금고 잘 자라는 것처럼, 인간의 작위가 조금도 섞이지 않은, 자연스런 일이었다. 중용의 도가 그런 것이다.

순舜이 성덕聖德으로 높은 자리에 앉았고 그 복록福祿이 위로는 종묘에 이르고 아래로는 자손한테 미쳤으니 이로써 큰 효孝를 이루었다. 순舜은 다만 효孝를 알았을 따름이다. 복위명수福位名壽는 하늘이 그에게 내린 것이지 순舜이 스스로 누린 것이 아니다.(서산진씨西山眞氏)

하늘이 만물을 낳는데 반드시 그 재질을 보아 두터이 보살피니, 그 뿌리가 든든한 것은 우로雨露를 내려 반드시 길러 주고 그 뿌리가 기울어진 것은 비바람(風雨)으로 반드시 엎어 버린다. 그렇게 길러 주는 것은 은혜를 베푸는 것이 아니요 엎어 버리는 것은 손해를 입히는 것이 아니다. 모두가 이치(理)의 필연인 것이다.(영가설씨永嘉薛氏)

시詩에 이르기를, 훌륭하신 군자의 밝고 아름다운 덕이여 백성에게 마땅하도다. 하늘께 벼슬을 얻었거늘 저를 지켜 보살피시고 명을 내리사 또한 하늘로부터 저를 펼쳐 주신다 하였으니, 그러므로 큰 덕을 지닌 사람은 반드시 명을 받는다.

詩曰嘉樂君子의 憲憲令德이 宜民宜人이라 受祿于天이어늘 保佑
시 왈 가 락 군 자   헌 헌 령 덕   의 민 의 인   수 록 우 천   보 우

命之하시고 自天申之라 하니, 故로 大德者는 必受命이니라.
명 지   자 천 신 지   고   대 덕 자   필 수 명

앞에서 말한 내용을 『시경』 대아大雅 가락지편嘉樂之篇의 한 구절을 인용하여, 거듭 밝히고 있다. 예컨대, 중용의 도가 그 체體는 은미하여 보이지도 들리지도 않지만 그 용用은 광대하여 천하를 삼키고 남는다는 얘기겠다.

겨자씨만 한 믿음이 산을 들어 바다에 빠뜨릴 수 있다고 했다.

18

공자 이르기를, 근심 없는 분은 오직 문왕文王이시다. 왕계王季를 아버지로 모시고 무왕武王을 아들로 두셨으니 아버지가 일으켰고 아들이 뒤를 이었다. 무왕이 대왕과 왕계와 문왕의 업을 이어받아 한번 군복을 입고 천하를 손에 넣었으되 몸은 명성을 잃지 않았고 높기로는 천자의 자리에 앉았으며 부富로는 세상 모든 것을 차지하여 종묘에서 제사를 드렸고 자손이 또한 보존하였다.

子曰無憂者는 其惟文王乎신저. 以王季로 爲父하시고 以武王으
자 왈 무 우 자　　기 유 문 왕 호　　　　이 왕 계　　위 부　　　　이 무 왕

로 爲子하시니 父이 作之하고 子이 述之니라. 武王이 纘大王王
　로 위 자　　　　부　작 지　　　자　술 지　　　무 왕　찬 대 왕 왕

季文王之緒하사 壹戎衣而有天下하되 身不失天下之顯名하사　尊
계 문 왕 지 서　　일 융 의 이 유 천 하　　신 불 실 천 하 지 현 명　　　존

爲天子하시고 富有四海之內하사 宗廟饗之하고 子孫保之하니라.
위 천 자　　　　부 유 사 해 지 내　　　종 묘 향 지　　　자 손 보 지

요堯에게는 못난 자식이 있었고 순舜에게는 어리석은 아비가 있었다. 오직 문왕만 훌륭한 아버지와 아들이 있었다. 그래서 천하에 근심

거리가 없는 유일한 사람이라 한 것이다. 아들인 무왕이 비록 무력으로 천자의 자리에 오르긴 했지만, 군사를 일으킨 것이 백성의 뜻에 맞았고 또 정치를 잘하여 천하에 명성을 떨쳤다. 문왕은 마음껏 효孝를 할 수 있었으며 마음껏 효를 받을 수 있었다. 그러니 만고에 걱정거리가 있을 게 없다.

효는 도덕의 근본이다. 근본이 제대로 되어 있으면 말末은 걱정할 게 못 된다. 좁은 시각으로 보면 물론 그렇지 않다고 말할 수밖에 없는 경우가 있겠지만, 넓고 길게 보면 반드시 사필귀정事必歸正이다.

좁게 보면 예수는 십자가에서 무기력하게 처형당한 사이비 메시아에 지나지 않는다. 그러나 과연 그러한가? 예수는 게쎄마니 동산에서 마지막 밤을 보내며, 이른바 '효'라는 것이 무엇인지를 여실히 보여주었다. 그의 십자가(죽음)는 오직 '아버지의 뜻'을 살리려는 대효大孝의 정점에서 피어난 불멸의 꽃이다.

무왕이 늙어서 명을 받드니 주공이 문왕과 무왕의 덕을 이루어 대왕大王과 왕계王季를 왕으로 추존하고 위로 선공先公을 천자의 예로써 제사 지냈다. 이 예禮는 제후와 대부 및 선비와 서인庶人에게 두루 통용되는 것이니 아비가 대부요 아들이 선비인 경우에는 대부로서 장사葬事하고 선비로서 제사祭祀하며 아비가 선비이고 아들이 대부인 경우에는 선비로서 장사하고 대부로서 제사하며 일년상은 대부까지 치르되 삼년상은 천자까지 치르니 부모의 상喪은 귀천이 따로 없이 한가지인 것이다.

武王이 末에 受命이어늘 周公이 成文武之德하사 追王大王王季
무 왕　　　 말　　 수 명　　　　 주 공　　 성 문 무 지 덕　　　　 추 왕 대 왕 왕 계

하시고 上祀先公以天子之禮하시니 斯禮也이 達乎諸侯 大夫及士
　　　　 상 사 선 공 이 천 자 지 례　　　　 사 례 야　 달 호 제 후 대 부 급 사

庶人하니 父爲大夫요 子爲士어든 葬以大夫요 祭以士하며 父爲
서 인　　 부 위 대 부　 자 위 사　 장 이 대 부　 제 이 사　　 부 위

士요 子爲大夫어든 葬以士요 祭以大夫하며 期之喪은 達乎大夫
사　 자 위 대 부　 장 이 사　 제 이 대 부　　 기 지 상　 달 호 대 부

하고 三年之喪은 達乎天子하니 父母之喪은 無貴賤一也니라.
　　 삼 년 지 상　 달 호 천 자　　 부 모 지 상　 무 귀 천 일 야

　　주공周公은 무왕의 아우다. 무왕의 아들 성왕成王이 아직 어렸으므
로 주공이 섭정하여 예악禮樂 등 문물제도를 만들었다. 공자의 정신적
스승이기도 하다.
　　왜 갑자기 문맥이 제사 예법祭祀禮法으로 흐르는가?
　　요지要旨는, 주공에 의하여 무왕의 고조高祖인 조감組紺에 이르기까
지 모든 선조들을 천자天子의 예로 제사 지내도록 되었으니 한 사람의
효가 그토록 크게 작용을 했다는 사실을 밝힌 것이다. 여기서 까다로
운 제사 예법에 관한 설왕설래로 흐른다면 곁길로 빠지는 결과가 되
겠다.
　　효孝는 아비와 자식 사이에 이루어지는 덕이지만 방향은 자식한테
서 아비한테로 향하는 것이다. 다시 말하면 말末이 본本으로 향하는 것
이다. 그러므로 천자와 제후가 백부나 숙부 또는 형제의 상〔一年喪〕을

치르는 데는 참여하지 않지만 부모의 상〔三年喪〕을 치르는 데는 천자라 해도 예외일 수 없다. 모든 도덕의 근본인 효에 연관된 일이기 때문이다. 중용의 도는 천자와 서인을 차별하지 않는다.

19

공자 이르시기를, 무왕과 주공은 어디서나 통할 효를 세우신 분들이다. 무릇 효라는 것은 조상의 뜻을 잘 이어 받들고 그 일을 계속하는 것이니 봄가을로 사당祠堂을 청소하고 제기祭器를 차려 놓고 조상들 입던 옷을 내어 놓고 제철에 나는 음식을 지어 바친다. 종묘의 예禮는 그 것으로써 소昭와 목穆의 차례를 정하는 바이고 작위爵位의 순서를 정함은 그것으로써 귀천을 가리는 바이고 일의 순서를 정함은 그것으로써 어진 사람을 가리는 바이고 음복시飲福時에 아랫사람이 윗사람 위함은 그것으로써 천한 자에게 미치는 바이고 집안끼리 여는 잔치에서 머리털 색깔로 자리에 앉음은 그것으로써 나이의 순서를 정하는 바이다.

子曰武王周公은 其達孝矣乎신저. 夫孝者는 善繼人之志하고 善
자 왈 무 왕 주 공　　기 달 효 의 호　　부 효 자　　선 계 인 지 지　　　선

述人之事者也니 春秋에 修其祖廟하고 陣其宗器하며 設其裳衣하
술 인 지 사 자 야　　춘 추　　수 기 조 묘　　진 기 종 기　　　설 기 상 의

고 薦其時食이니라. 宗廟之禮는 所以序昭穆也요 序爵은 所以辨
천 기 시 식　　　종 묘 지 례　　소 이 서 소 목 야　　서 작　　소 이 변

貴賤也요 序事는 所以辨賢也요 旅酬에 下爲上은 所以逮賤也요
귀 천 야　　서 사　　소 이 변 현 야　　려 수　　하 위 상　　소 이 체 천 야

燕毛는 所以序齒也니라.
연 모　　소 이 서 치 야

소昭와 목穆은, 종묘宗廟에 조상의 신위神位를 모실 때 좌소우목左昭右穆이라 하여 소는 북쪽 벽 아래 남면南面하여 안치하는 것이고 목은 남쪽 벽 아래 북면北面하여 안치하는 것이다. 일세좌一世左 이세우二世右 삼세좌三世左 사세우四世右의 순으로 차례가 정해져 있다. 따라서 부자父子는 신위가 마주 보게 되고 조손祖孫은 나란히 모셔지게 된다.

무왕과 주공은 조상의 뜻과 일을 잘 계승 발전시켰다. 그러기에 그들의 효는 모든 사람이 본받아 그대로 따라야 할 달효達孝인 것이다. 왜냐하면 효란 부모를 잘 공경하는 것인데 그 방법이 무엇보다도 부모의 뜻과 일을 그대로 잘 이어 나가는 것이기 때문이다.

공자 말씀에 "아비가 살아 계실 때에는 그 뜻을 살피고 돌아가신 뒤에는 그 행실을 살필 것이나 3년 동안 아비의 도를 고치지 않아야 효라고 할 수 있다"라고 했다.(『논어』, 학이)

효는 어버이가 생존해 있을 때에만 실천할 덕목이 아니다. 돌아가신 부모도 살아 계신 부모처럼 모셔야 한다. 그래서 제사祭祀를 모시고 중시한다. 사당을 청소하고 제사 음식을 차리고 격식에 따라 제사를 드리는 게 모두 효의 표현인 것이다.

그런데 제사를 지냄에 있어서 중요시된 것은 제사를 받는 귀신에 대한 신앙보다도 제사를 지내는 의식을 통해 사람들의 마음가짐을 바로잡는 데 있다. …… 따라서 유교에서의 제사는 귀신의 존재에 대한 신앙보다도 의식에 더욱 중점이 주어졌다. 제사 지내는 사람의 순일되고 정성된 성의 곧 정성精誠이 문제가 되었다. 이러한 정성을 통하여서만 귀신으로 대표되는 우주 자연의 섭리가 인간 사회의 도덕과 혼연일치하여 평화롭고 안락한 세상이 이룩되는 것이다.(김시후金時俊)

자리에 올라 예를 행하고 음악을 연주하고 받들어 모시던 바를 공경하고 가까이 모시던 바를 사랑하고 죽은 사람 섬기기를 산 사람 섬기듯이 하고 없는 사람 섬기기를 있는 사람 섬기듯이 하는 게 곧 지극한 효이다. 천지天地에 제사 지내는 예는 그것으로써 하느님을 섬기는 바이고 종묘의 예는 그것으로써 조상에 제사 지내는 바이니 천지天地에 제사 지내는 예와 체상禘嘗의 뜻을 밝히 알면 나라 다스리는 일이 손바닥 들여다보는 것 같으리라.

踐其位하여　行其禮하고　奏其樂하고　敬其所尊하고　愛其所親하고
천 기 위　　행 기 례　　주 기 악　　경 기 소 존　　애 기 소 친

事死如事生하고　事亡如事存이　孝之至也니라.　郊社之禮는　所以事
사 사 여 사 생　　사 망 여 사 존　효 지 지 야　　교 사 지 례　　소 이 사

上帝也요　宗廟之禮는　所以祀乎其先也니　明乎郊社之禮와　禘嘗之
상 제 야　　종 묘 지 례　소 이 사 호 기 선 야　명 호 교 사 지 례　　체 상 지

義면　治國이　其如示諸掌乎인저.
의　　치 국　기 여 시 제 장 호

체상禘嘗의 체禘는 천자가 종묘에서 태조에게 드리는 제사를 말하고 상嘗은 가을의 추수 제사를 말한다.

나라 다스리는 도는 복잡한 데 있지 않고 다만 지극한 경敬에 있을 따름이다. 예물을 갖추어 하느님을 섬길 때 그 마음이 어떠하겠는가? 엄숙한 제사로 조상을 섬길 때 그 마음이 어떠하겠는가? 그 마음은 오직 천리天理를 높이 받들되 털끝만큼도 거짓이 끼어들지 못하니 귀신의 정상情狀과 천지 만물의 이치[理]가 여기에 모여서 드러난다. 이 마음으로 다스리면 천하에 가서 들어맞지 않는 곳이 어디 있으랴?(담씨譚氏)

이로써 무왕과 주공이 능히 중용의 도에 철저했음을 거듭 말했다.(주자)

이상, 12장에서 여기까지 여덟 장은 '넓으면서 은미한 도'를 해설한 것이다.

20

애공哀公이 정치에 대하여 묻자 공자께서 이르셨다. 문무文武의 정치
가 모두 책에 기록되어 있으니 그 같은 사람이 있으면 정치가 이루어
지고 그 같은 사람이 없으면 정치가 끝장난다. 사람의 도는 정치에 민
감하고 땅의 도는 나무에 민감하니 무릇 정치라 하는 것은 창포와 갈
대 같은 것이다. 그러므로 정치를 함이 사람한테 있는지라, 몸으로써
사람을 얻고 도로써 몸을 닦고 인仁으로써 도를 닦는 것이다.

哀公이 問政한대 子曰文武之政이 布在方策하니 其人이 存則其政
애 공   문 정   자 왈 문 무 지 정   표 재 방 책   기 인   존 즉 기 정
이 擧하고 其人이 亡則其政이 息이니라. 人道는 敏政하고 地道는
    거   기 인   망 즉 기 정   식   인 도   민 정   지 도
敏樹하니 夫政也者는 蒲盧也니라. 故로 爲政이 在人이라 取人以
민 수   부 정 야 자   포 로 야   고   위 정   재 인   취 인 이
身하고 修身以道하고 修道以仁이니라.
신   수 신 이 도   수 도 이 인

　애공이 정치에 대하여 물었다. 정치가 무엇인지를 물었다기보다는
어떻게 하면 정치를 잘할 수 있는지를 물었다고 하겠다.

이에 대한 공자의 답.

"정치를 가장 잘한 사람이라면 문왕과 무왕을 들 수 있겠는데 그 두 사람이 어떻게 정치를 했는지는 책에 모두 기록되어 있으니 읽어보면 알 터이고, 문제는 정치하는 방법을 터득하는 데 있지 않고 누가 정치를 하느냐에 달려 있다. 당신(哀公)은 과연 문왕이나 무왕 같은 사람인가? 그러면 그들이 베풀었던 것과 같은 선정善政을 베풀 수 있을 것이다."

이어서 내친 김에 몇 마디 덧붙인다.

"정치란, 갈대가 금방 자라듯이 그 영향력이 곧장 미치는 것이다. 그리고 속일 수도 없는 것이다. 그러므로 정치를 하려는 자는 먼저 자기 몸을 닦아서 사람을 얻어야 한다."

공자가 살아 있던 때에는 중국 대륙에 여러 나라들이 있었다. 그런데 국경이라는 것이 요즘처럼 삼엄한 경계로 막혀 있지 않았기에 백성들이 이 나라 저 나라로 옮겨 다니며 살 수 있었다. "자기 몸으로 사람을 얻는다(取人以身)"는 말이 그래서 있게 된 것이다.

요컨대, 정치에 뜻을 둔 자는 어떻게 하면 정치를 잘 할 것인가를 궁리하기 전에 먼저 어떻게 하면 내 몸을 잘 닦아서 사람들로 하여금 모여들게 할 것인가를 생각하라는 얘기다. 여기 '모여드는 사람들'을 주자朱子는 어진 신하들로 보았다. 임금이 제대로 된 사람일 때 어진 신하들이 모여들고 임금이 못난 사람일 때 간사한 무리가 모여드는 것은 자연스런 이치다.

어진 임금에 어진 신하들이 나라를 다스린다. 정치가 제대로 베풀어지지 않을 도리가 없다. 반대로, 못난 임금에 간사한 무리가 모여 나라 일을 주무른다. 정치가 제대로 될 턱이 없다. 이치란 언제나 이렇게 단순 명료한 것이다.

그러면 어떻게 몸을 닦을 것인가? 공자는 도로써 몸을 닦는다고 했다.

솔성지위도率性之謂道라, 이름도 꼴도 지니지 않았으면서 모든 이름과 온갖 꼴을 있게 하는 '어미〔母〕', 성경의 표현으로, 만물을 지으신 하느님의 '말씀'에 따라서 살아가는 것이 곧 도다. 하늘의 명〔天命〕인 성性을 좇아서 살아가는 것이다.

무슨 일이든지 처음에는 잘 안 되다가 성심으로 계속 연습하면 그것이 몸에 익어서 저절로 잘 된다. 천명을 좇아서 살아가는 것도 그렇다. 안 될 때 안 되더라도 낙심치 말고 선행을 계속하면 마침내 거둘 날이 있을 것이다.("낙심하지 말고 꾸준히 선을 행합시다. 꾸준히 계속하노라면 거둘 때가 올 것입니다." ―「갈라디아서」 6:9) 무엇을 거둔다는 말일까? 선행의 결실을 맺어 보상을 받는다는 뜻일까? 보상을 바라고 선행을 했다면 그럴 수도 있겠으나, 그것은 이미 참된 선행이 아니다. 바울로 사도가 말하는 선행의 결실이란, 선한 일을 하고 또 하다 보면 마침내 선한 사람으로 바뀌어 있을 것이라는, 그런 뜻 아니었을까?

도로써 몸을 닦는다〔修身以道〕는 말은, 천명에 어긋나는 삶을 살던 사람이 굳은 의지로써 천명을 좇아 살아가는 수행을 거듭하여 마침내 노력하지 않아도 저절로 그 몸이 천명을 좇아 살게 된다는, 그런 말이다. 이를 달리 말하면, 몸〔身〕으로 하여금 도로 더불어 일체를 이루도록 한다는 말이다.

그러므로 수신修身 곧 수도修道다. 수도라고 하면 흔히 입산을 생각하게 되는데, 무엇을 닦고자 산에 들어가는가? 그들이 산에 들어가는 것은 닦아야 할 무엇이 산속에 있어서가 아니다. 수도자가 산이나 사막으로 가는 이유는 거기에서 오직 자기 몸을 닦고자 함이다. 그가 닦아야 할 것은 산이나 사막이 아니라 자신의 몸이다.

살아가는 길[道]인 자신의 몸을 무엇으로 닦을 것인가? 공자의 답은, 인仁이다. 인仁을 '사랑'으로 옮기면, 보이고 만져지는 모든 것이 보이지 않고 만져지지 않는 사랑의 현현顯現이라는 성경의 가르침에 흡사하다. 사랑이 알파요 오메가다. 공자의 말로 하면, 몸[身]에는 도가, 도에는 인이, 그 본을 이룬다. 언제 어디서나 본으로써 말을 다스리고 닦으라는 것이 그의 한결같은 가르침이다.

> 인仁은 사람의 마음[人心]이다. 인이라고 하는 것은 정치[政]의 본이요 몸[身]은 사람[人]의 본이요 마음은 몸의 본이다. 그 본을 세우지 않고서 말에 종사하면 나라가 다스려질 리 없다.(상산육씨象山陸氏)

인仁이란 사람[人]이니 어른 잘 모시는 것이 으뜸이요 의義는 마땅함[宜]이니 어진 사람 받드는 것이 으뜸이거니와, 어른 잘 모시는 데 순서가 있고 어진 사람 받드는 데 등급이 있어 이에서 예가 나온다. 그러므로 군자는 몸을 닦지 않을 수 없으니, 몸을 닦고자 할진대 어른을 섬기지 않을 수 없고 어른을 섬기고자 할진대 사람을 알지 않을 수 없고 사람을 알고자 할진대 하늘을 알지 않을 수 없는 것이다.

仁者는 人也니 親親이 爲大하고 義者는 宜也니 尊賢이 爲大하거
인 자　　 인 야　　친 친　　 위 대　　　 의 자　 의 야　　 존 현　 위 대

니와 親親之殺과 尊賢之等이 禮所生也라. 故로 君子는 不可以不
　　 친 친 지 쇄　 존 현 지 등　 예 소 생 야　　 고　 군 자　 불 가 이 불

修身이니 思修身인댄 不可以不事親이요 思事親인댄 不可以不知
수 신　　 사 수 신　　 불 가 이 불 사 친　　 사 사 친　　 불 가 이 부 지

人이요 思知人인댄 不可以不知天이니라.
인　　 사 지 인　　 불 가 이 부 지 천

인자인야仁者人也. 인仁 곧 사람(人)이다. 여기 인人을 사람다움으로 새겨 읽는다.

인人은 원래 고유 명사로서 중국 동부에 살던 동이東夷를 지칭하였다. 동이東夷가 어질기 때문에 인人은 인仁하다고 하는 것이고 또한 인仁한 인人이 사람의 모범이 되기 때문에 일반 명사로 변하여 사람이란 뜻으로 쓰인 것이다.(이기동)

인仁을 '사랑'으로 새겨 옮기고 링컨의 말투를 빌리면, 사람의 사람다움이란 "사랑을 위한 사랑에 의한 사랑의 사람으로 존재함"이 되겠다. 사랑으로 태어나 사랑으로 살다가 사랑으로 돌아가는 사람, 그보

다 더 사람다운 사람이 있을까?

사람이 사람인 까닭은 인仁이 있기 때문이다. 인仁이 있은 뒤에야 그를
사람이라고 부를 수 있으니 그렇지 않다면 사람이 아닌 것이다.(서산
진씨)

공자는 사람다운 사람의 참모습을 효에서 보았다. 효란 단순히 어
버이를 섬기는 것이 아니라 어버이 섬기는 일을 모든 가치의 정점에
두는 것이다. 내 뜻대로 마시고 아버지의 뜻대로 이루시기를 기도하
고 그렇게 하는 것이 효의 본本이다.
　사람이 사람으로 태어나 사람답게 살아가는 일은 너무나도 마땅한
일이다. 그래서 인仁 곧 의義로 이어진다. 어진 사람 존대하는 것이 가
장 큰 의다. 그런데 어른 모시고 어진 이 존대하는 데도 순서가 있고
등급이 있다. 여기서 예가 있게 되는 것이다.
　군자는 누군가? 사람다운 사람이다. 아니면, 적어도 사람다운 사람
으로 살고자 애쓰는 사람이다. 그러기에 군자는 자기 몸을 닦지 않을
수 없다. 천자로부터 서인에 이르기까지 모두 수신을 본으로 삼는다
고 했다.(『대학』 1장) 왜냐하면 그들 모두 사람이기 때문이다. 사람이
자기 몸을 닦지 않으면 사람이 아니다. 하물며, 군자라는 이름으로 불
리는 사람이야 더 이를 말이 있겠는가?
　그런데 몸을 닦으면 무슨 결과가 이루어지는가? 유리창을 닦으면
투명한 유리의 본질이 드러나듯이 사람 몸을 닦으면 사람의 본질인
인仁이 드러난다. 그리고 인仁의 으뜸이 어른 섬기는 일〔親親〕이다. 그

러니 몸을 닦는 자 어찌 어른을 섬기지 않을 수 있겠는가?

어른 섬기는 일은 사람으로서 너무나도 마땅한 일이다. 그런데 그 일을 제대로 하고자 할진대 먼저 '사람'을 알아야 한다. 섬기는 쪽도 섬김을 받는 쪽도 모두 '사람'이기 때문이다.

그리고 사람을 알고자 할진대 마땅히 '하늘'을 알아야 한다. 하늘을 안다는 말은 하늘의 명(天命)을 안다는 말이다. 사람이 하늘의 명(天命)을 지니고 있는 게 아니라 하늘의 명이 사람을 지었기 때문이다.

나는 영靈을 담은 몸(肉)이 아니라 몸을 입은 영이다.(디팩 초프라Deep-ak Chopra)

공자께서 애공哀公을 대하여 말씀하시어, "하늘을 알지 않을 수 없다" (不可以不知天)는 대목에 이르기까지 여러 항목이 있지만 큰 뜻은 두 절에 모두 담겨 있다. 처음에, 정치(政)의 있고 없음이 사람한테 달려 있다는 말씀으로 시작하여 위정爲政이 사람한테 있음을 미루어 인仁으로써 도를 닦는다고 하셨다. 이로써 위정爲政의 본본이 사람한테 있음을 밝히셨다. 이어서 인의仁義의 순서와 등급에서 예가 있게 됨을 말씀하시고 군자가 자기 몸을 닦지 않을 수 없음을 미루어 하늘을 알지 않을 수 없다고 하셨다. 이로써 또한 인仁을 행하는 단서端緒가 지智에 있음을 밝히셨다. 그래서 두 절節 모두 '고'故 자字로 앞의 절을 잇고 있는 것이다.(쌍봉요씨)

천하에 미치는 도道 다섯이 있는데 이를 행하는 바는 셋이다. 이른바 임금과 신하, 아비와 자식, 남편과 아내, 형과 아우, 벗의 사귐, 이 다섯은 천하에 미치는 도요 지知 인仁 용勇 셋은 천하에 미치는 덕이니 이를 행하는 바는 하나다. 어떤 사람은 나면서부터 알고 어떤 사람은 배워서 알고 어떤 사람은 고생 끝에 아는데 앎에 이르러서는 모두 하나요, 어떤 사람은 편안하게 행하고 어떤 사람은 이로우니까 행하고 어떤 사람은 애를 써서 행하는데 공功을 이룸에 이르러서는 모두 하나다.

天下之達道이 五에 所以行之者는 三이니 曰君臣也父子也夫婦也
천 하 지 달 도   오   소 이 행 지 자   삼   왈 군 신 야 부 자 야 부 부 야

昆弟也朋友之交也五者는 天下之達道也요 知仁勇三者는 天下之
곤 제 야 붕 우 지 교 야 오 자   천 하 지 달 도 야   지 인 용 삼 자   천 하 지

達德也니 所以行之者는 一也니라. 或生而知之하며 或學而知之하며
달 덕 야   소 이 행 지 자   일 야   혹 생 이 지 지   혹 학 이 지 지

或困而知之하나니 及其知之하여는 一也니라. 或安而行之하며 或
혹 곤 이 지 지   급 기 지 지   일 야   혹 안 이 행 지   혹

利而行之하며 或勉强而行之하나니 及其成功하여는 一也니라.
리 이 행 지   혹 면 강 이 행 지   급 기 성 공   일 야

임금과 신하, 아비와 자식, 남편과 아내, 형과 아우, 벗과 벗의 사귐〔交〕. 사람이 살아간다는 것은 결국 위의 다섯 가지 관계 속에서 자신의 자리를 지키는 것이다.

관계가 없다면 인생은 없는 것. 관계를 어떻게 만들어 가느냐가 인생 성패成敗의 열쇠다.

맹자는 이 관계의 바람직한 모습을 설명하면서, 임금과 신하 사이에는 의義가 있어야 하고, 아비와 자식 사이에는 친親이, 남편과 아내 사이에는 별別이, 형과 아우 사이에는 서序가, 벗과 벗 사이에는 신信이 있어야 한다고 했다. 따라서 의義·친親·별別·서序·신信 다섯 가지가 결국 인생의 도가 된다. 도는 길이다. 길은 사람이 그것을 따라서 걸을 때에 길이다.

사람으로 하여금 인생길을 제대로 걷게 해주는 것이 세 가지가 있으니 지知·인仁·용勇이 그것이다.

지知는 사람의 길을 잘 아는 것이요 인仁은 그것을 몸으로 실천하는 것이요 용勇은 굽히지 않고 나아감이다. 어떤 사람에게 이 세 가지가 잘 구비되어 있으면 그는 사람답게 사람의 길을 가고 있는 것이다.

그런데, 이 세 가지 덕을 두루 갖추도록 해주는 '하나'란 무엇일까? 주자는 그것을 '성'誠으로 본다.

달도達道는 비록 모든 사람이 함께 거기에서 비롯되었으나 세 가지 덕이 없으면 그것을 행할 수 없고, 달덕達德은 비록 모든 사람이 함께 얻는 것이나 성誠하지 못한 바가 한 가지라도 있으면 곧 사람 욕심이 그것을 막아서 덕德이 덕德이 아니다.(주자)

덕德이 비록 모든 사람이 함께 얻는 것이라 하나 혹 성誠하지 못한 자가 있어서 억지로 겉을 꾸미기만 하면 지知는 술수術數로 흐르고 인仁

은 질식하여 마르고 용勇은 지나친 폭력으로 바뀌어 덕德이 덕德이 아니게 된다. 그런 까닭에 삼덕三德을 행함에 반드시 성誠 하나를 본으로 삼아야 한다. 지·인·용, 이 세 가지 덕에 진실무망眞實無妄함, 이를 일컬어 성誠이라고 한다.(서산진씨)

위에 말한 다섯 가지 도道와 세 가지 덕德을 알고 행하는 것이 사람됨일 터인데, 사람마다 그 정도가 똑같지 않은 것 또한 사실이다. 누구는 가르쳐 주지 않아도 스스로 알아서 편안하게 그것을 행하거니와 누구는 배워서 알고 그 아는 바를 행하는 것이 이로우니까 행하는데 누구는 고생 끝에 깨우쳐 알게 되고 그 아는 바를 실천에 옮기는 데도 힘을 쏟지 않으면 안 된다.

사람 성품性品에는 착하지 않은 것이 없지만 그 기품氣稟에 서로 같지 않은 바가 있어서 맑고 흐리고 두텁고 엷은 정도에 차이가 있다. 그래서 알고 행하는 일에 세 가지 등급이 있는 것이다. 상등上等 인간은 품기稟氣가 청명淸明하고 의리義理가 밝게 드러나므로 가르치지 않아도 스스로 안다. 그래서 말하기를, 나면서부터 안다고 했다. 부질賦質이 순수하고 의리에 편안하므로 배워서 익히지 않아도 능히 행한다. 그래서 말하기를, 편안하게 행한다고 했다. 이는 성인聖人의 자리다. 그 다음 가는 사람은 사물의 당연한 이치[理]에 맑음[淸]이 많고 흐림[濁]이 적어 반드시 배운 뒤에야 안다. 그래서 말하기를, 배워서 안다고 했다. 부질賦質에 순純이 많고 박(駁, 얼룩)이 적어서 대개 도리道理를 참으로 알고 그것이 좋은 것인 줄 알아서 독실篤實하게 좋아한다. 그래서 말하기를, 이로우니까 한다고 했다. 이는 대현大賢의 자리다. 하등下等 인간은 품기稟氣에 흐림(濁)이 많고 맑음(淸)이 적어서 고생을 많이 한 끝에 비로소 알고자 하는 마음을 낸다. 그래서 말하기를, 고생으로 안다고 했다. 부질賦質에 박잡駁雜이 많고 순純이 적은지라 이로운 줄 알아서 행하지는 못하고 애를 많이 써서 겨우 행한다. 그래서 말하기를, 애를 써서 행한다고 했다. 이는 맨 아래 사람의 자리다. 이렇게 차별이 있음은 모두 사람의 기질이 같지 않은 까닭이다. 그러나 본연의 성품이 착하지 않은 사람은 없다. 누구는 나면서부터 알고 누구는 배워서 알고 누구는 고생 끝에 알지만 앎에 이르고 보면 모두 일반이다. 누구는 편안하게 행하고 누구는 이로우니까 행하고 누구는 애를 써서 행하지만 행하여 공功을 이루고 보면 모두 일반이다. 여기에 이르러 능히 본연의 처음으로 돌아간다.(진씨)

공자 같은 성인이 자기는 생지生知가 아니라 학지學知라고 했거늘, 우리 같은 범인이야 곤지困知라도 되면 다행이다.

사람은 경험을 통해서 배운다. 경험은 아무리 사소한 것이라도 그 안에 '가르침'을 담고 있다. 그러니, 비유컨대, 인간의 경험은 '가르침'이라는 물을 담은 일회용 컵이라 하겠다. 그런데 얼마나 많은 사람들이 오늘도 물보다 컵에 신경을 쓰며 거기에 얽매여 살아가고 있는가? 물을 마셨으면 컵을 놓아 버리듯이 경험을 통해 무엇을 깨달았으면 경험 자체는 마땅히 버릴 일이다.

고행을 아무리 많이 한들, 그것을 통하여 배운 바가 없다면, 그 많은 고생에 무슨 의미가 있단 말인가? 그래서 "고생만 하고 배우지 않는 자[困而不學]는 성인이라도 그를 어쩔 수 없다"고 했다.

공자께서 이르시기를, 배우기를 좋아함은 지知에 가깝고 힘써 행함은
인仁에 가깝고 부끄러운 줄 아는 것은 용勇에 가깝다 했으니, 이 셋을
알면 곧 무엇으로써 몸을 닦을 것인지 알게 되고 무엇으로써 몸을 닦
을 것인지 알면 곧 무엇으로써 사람을 다스릴 것인지 알게 되고 무엇
으로써 사람을 다스릴 것인지 알면 곧 무엇으로써 천하 국가를 다스
릴 것인지 알게 된다.

子曰 好學은 近乎知하고 力行은 近乎仁하고 知恥는 近乎勇이니
자 왈 호 학   근 호 지   역 행   근 호 인   지 치   근 호 용

知斯三者면 則知所以修身이요 知所以修身이면 則知所以治人이요
지 사 삼 자   즉 지 소 이 수 신   지 소 이 수 신   즉 지 소 이 치 인

知所以治人이면 則知所以治天下國家矣니라.
지 소 이 치 인   즉 지 소 이 치 천 하 국 가 의

나라를 다스리고자 한다면 먼저 (다른) 사람 다스릴 줄을 알아야 한
다. (다른) 사람을 다스리고자 한다면 먼저 자기 몸 닦을 줄을 알아야
한다. 자기 몸을 닦고자 한다면 먼저 배우기를 좋아하여 지知에 가까
워지고 힘써 행하여 인仁에 가까워지고 부끄러운 줄을 알아 용勇에 가
까워져야 한다. 배우기를 좋아하고 힘써 행하고 부끄러운 줄을 알면

지·인·용 삼덕을 두루 갖추게 되고 그로써 자기 몸을 닦아 사람을 다스리게 되고 사람을 다스림으로써 마침내 나라를 다스리게 된다.

진실로 능히 배우기를 좋아하여 게으르지 않으면[好學不倦] 또한 지知에 가까워지고, 힘써 행하여 중단하지 않으면[力行不已] 또한 인仁에 가까워지고, 사람답지 못한 것을 부끄러워하면[以不若人爲恥] 또한 용勇에 가까워진다. 대개 배우기를 좋아하면 이로써 이치에 밝아지고 힘써 행하면 이로써 도에 진전이 있게 되고 부끄러운 줄을 알면 이로써 뜻을 세우게 되니, 이 세 가지에 능히 공功을 들이면 세 가지 달덕達德이 차츰 지극해진다.(서산진씨)

"남을 다스린다"는 말은 남을 누른다는 말이 아니다. 자기 몸을 닦음으로써 남들로 하여금 스스로 자신을 닦도록 한다는 뜻이다. 성인이 세상에서 한 일들 가운데 가장 중심이 되는 일은, 스스로 도를 닦아 사람됨의 본을 보여 준 것이다.

참된 다스림은 세상에 좋은 본이 되어 사람들로 하여금 스스로 사람됨의 길을 가도록 이끌어 주는 데 있다. 그래서 성인은 말없는 가르침을 베푼다[行不言之敎]고 했다.(노자) 가르치지 않으면서 가르친다는 이 말을 바꾸면, 다스리지 않으면서 다스린다는 말이 된다. 이것이 성인의 다스림이다.

남(사람)을 다스리면 그것이 곧 천하 국가를 다스리는 것이다. '국가'란 그 안에 살고 있는 '사람들'이기 때문이다.

정치[政]를 묻는 애공哀公의 질문에, 위정爲政은 사람한테 있으므로 〔在人〕 나라를 다스림은 사람(남)을 다스림에 있고 사람(남)을 다스림은 내 몸 닦음에 있고 내 몸 닦는 일은 삼덕三德을 두루 갖추는 데 있고 세 가지 덕을 두루 갖추는 일은 배우기를 좋아하고 힘써 행하고 부끄러운 줄을 아는 데 있다는 대답이 주어진 셈이다.

이제 좀더 구체적으로, 나라 다스리는 데 적용되는 아홉 가지 길[九經]을 말할 차례가 되었다.

무릇 천하 국가를 다스림에 아홉 경經이 있으니 몸을 닦는 것, 어진 이를 받드는 것, 친족과 친지를 친하게 대하는 것, 대신大臣을 공경하는 것, 여러 신하들을 내 몸처럼 여기는 것, 서민을 자식처럼 여기는 것, 기술자들이 모여들게 하는 것, 멀리 있는 사람들을 부드럽게 대하는 것, 제후를 품어 주는 것이다.

凡爲天下國家에 有九經하니 曰修身也요 尊賢也요 親親也요
범 위 천 하 국 가   유 구 경   왈 수 신 야   존 현 야   친 친 야

敬大臣也요 體君臣也요 子庶民也요 來百工也요 柔遠人也요
경 대 신 야   체 군 신 야   자 서 민 야   내 백 공 야   유 원 인 야

懷諸侯也니라.
회 제 후 야

옷감을 짤 때 씨줄과 날줄이 있는데 날줄을 경經이라 한다. 날줄은 고정되어 있고 씨줄이 오간다. 그래서 경經은 상尙이라, 한결같은 것이다. 원리라 할까 원칙이라 할까, 아무튼 나라를 다스리려면 아홉 가지 경經을 두루 갖추어야 한다.(경經을 경徑으로 읽어 '길'로 새겨도 크게 어긋나지는 않겠다.)

아홉 경經에서 첫째는 수신修身이다. 『대학』에 천자로부터 서인에 이르기까지 모두가 수신을 본으로 삼는다 했다. 사람이 세상에서 무엇을 하든 자기 몸으로 하게 마련이다. 몸이야말로 만사의 바탕이다. 여기서 말하는 '수신'이란 목욕탕에서 때를 벗기는 일이 아니다. 몸과 마음을 함께 닦는 것이다. 그러기에 수신修身 곧 수행修行이다. 몸과 마음으로 짓는 모든 업業을 닦는, 그것이 바로 수신이요 수행이요 수도다. 이것이 바탕에 깔려 있지 않으면, 이것으로부터 나오는 것이 아니면, 집안을 가꾸고 나라를 다스린다는 게 모두 뻥이다. 뿌리 없는 나무에서 무엇을 기대할 것인가?

수신 다음에 해야 할 것이 존현尊賢, 어진 이를 받드는 일이다. 나라를 다스리는 것은 사람을 다스리는 것이다. 어진 이를 스승 삼아 덕을 갖추지 않고서는 사람을 다스릴 수 없다.

존현 다음은 친친親親이다. 친한 이를 친하게 대한다는 뜻이다. 나라를 다스리기 전에 집안이 화목해야 한다. 흔히 사극史劇에 보면 왕자끼리 죽이고 죽으면서 종묘사직을 지키고 나라를 세우기 위해서라는 명분을 내세우는데 그것은 핑계에 지나지 않는다. 친족을 미워하면서 멀리 있는 사람을 사랑한다는 것은 궤변이요 거짓말이다. 화롯

불이 제 둘레를 따뜻하게 하지 않고서 문 밖에 있는 것을 따뜻하게 할 수는 없는 일이다.

친친 다음에 할 일이 신하들과 제대로 관계를 맺는 것인데 대신大臣은 존대하고 일반 신하들은 자기 몸처럼 여긴다.

다음으로 백성을 자식처럼 사랑한다. 자서민子庶民은 서민을 자식 사랑하듯이 사랑한다는 뜻이다.

그렇게 하면 먼 데서 소문을 듣고 기술자들이 모여든다.

유원인柔遠人은 멀리 있는 자들을 부드럽게 대한다, 또는 부드럽게 만든다는 뜻인데, 변방에 있어서 중앙 정부의 혜택을 입지 못하면 기질이 거칠게 되어 불평불만이 쌓일 수 있으므로 부드럽게 대하여 그들을 달래 주어야 한다.

마지막으로 남는 것이 외교다. 제후는 주변의 작은 나라를 다스리는 왕이다. 그들을 잘 품어 주면 절로 천하가 다스려진다.

이렇게 아홉 경經을 잘 지키면 천하 국가를 다스릴 수 있다는 얘기다.

몸 닦으면 길이 서고 어진 이 받들면 이치[理]에 의혹이 생기지 않고 친한 이 친하게 대하면 부모 형제가 원망하지 않게 되고 대신大臣을 존대하면 일[事]이 어지러워지지 않고 뭇 신하를 내 몸처럼 여기면 선비들이 무겁게 예로 보답하고 서민을 자식처럼 사랑하면 백성이 따르고 기술자들이 모여들면 살림이 넉넉해지고 멀리 있는 사람을 부드럽게 대하면 사방이 돌아오고 제후를 품으면 천하가 그를 두려워한다.

修身則道立하고 尊賢則不惑하고 親親則諸父昆弟이 不怨하고 敬大
수 신 즉 도 립　　존 현 즉 불 혹　　　친 친 즉 제 부 곤 제　　불 원　　경 대

臣則不眩하고 體群臣則士之報禮이 重하고 子庶民則百姓이 勸하고
신 즉 불 현　　체 군 신 즉 사 지 보 례　　중　　　자 서 민 즉 백 성　　권

來百工則財用이 足하고 柔遠人則四方이 歸之하고 懷諸侯則天下
내 백 공 즉 재 용　　족　　　유 원 인 즉 사 방　　귀 지　　　회 제 후 즉 천 하

畏之니라.
외 지

아홉 경經을 지키면 어떻게 되는지를 말하고 있다.

수신즉도립修身則道立이라, 몸 닦으면 길이 선다고 할 때 '길'은 나
라 다스리는 길을 가리킨다. 내 몸 하나 닦는 것이 나라 바로 다스리
는 것과 다를 바 없다. 그 길이 그 길이다. "도를 내 몸에 이루어 백성
의 모범으로 된다."(주자)

어진 이를 받들어 스승으로 모시면 이치[理]에 어둡지 않게 된다.
'불혹'不惑은 이치에 어둡지 않다는 말이다. 무슨 일이 잘 안 되는 까
닭은 그 일을 하는 사람이 이치에 어둡기 때문이다. 밭 가는 일에도
이치가 있고 장사를 하는 데도 이치가 있고 하다못해 벽돌을 쌓는 데
도 이치가 있다. 하물며 나라 다스리는 일에 이치가 없겠는가? 이치
에 어둡지 않다는 말은 상황에 따라 이랬다저랬다 허둥대지 않는다는
말과 같다. 이치에 흔들리지 않으면 이치대로 할 수 있고 이치대로 하
면 안 될 일이 없다.

친족과 친지를 대하면 부모 형제에게서 원망 살 일이 없다.

대신을 존대하면 일에 어지러워지지 않는다. '불현' 不眩은 일에 어지럽지 않다는 말이다. 일은 대신들이 한다. 그들을 존대하면 다른 데 마음 쓰지 않으니 절로 일이 순조롭게 이루어진다. 여러 신하들을 내 몸처럼 여기면 그들이 저마다 예를 갖추어 보답한다.

예로써 무겁게 갚는다(報禮重)는 말은, 임금이 신하를 손발처럼 여기면 신하가 임금을 심장처럼 여긴다는 말이다. 백성이 따른다(百姓勸)는 말은 임금이 백성을 자식처럼 대우하면 백성이 임금을 부모처럼 사랑한다는 말이다.(진씨)

서민을 자식처럼 사랑하면 백성이 따르게 되고 기술자들이 모여들면 살림이 넉넉해진다.

멀리 있는 자들을 부드럽게 대하면 사방에서 사람들이 모여들고 제후를 품으면 온 세상이 그를 두려워한다. 여기 두려워한다(畏)는 말은 겁을 낸다는 뜻보다 어려워한다는 뜻이다.

당시에 천하 국가를 다스렸던 솔로몬의 노래 한 구절을 들어 보자.

하느님, 임금에게 올바른 통치력을 주시고
임금의 아들에게 정직한 마음을 주소서
당신의 백성에게 공정한 판결을 내리고
약한 자의 권리를 세워 주게 하소서

......
풀밭에 쏟아지는 단비처럼
땅에 쏟아지는 소나기처럼
그의 은덕 만인에게 내리리니
정의가 꽃피는 그의 날에
저 달이 다 닳도록 평화 넘치리라(시편 72:1, 2, 6, 7)

몸을 깨끗이 하고 옷을 차려입어 예禮 아니면 움직이지 않는 것은 그렇게 하여 몸을 닦는 것이고, 아첨하는 자를 물리치고 색色을 멀리 하며 재화[貨]를 천하게 여기고 덕을 귀하게 여김은 그렇게 하여 어진 이를 격려하는 것이고, 지위地位를 받들어 주고 벼슬을 무겁게 여기며 좋아하고 싫어하는 바를 똑같이 함은 그렇게 하여 친족을 친하게 대하는 것이고, 관직을 성대하게 하여 부리는 일을 맡김은 그렇게 하여 대신을 격려하는 것이고, 충심으로 믿어 주며 봉급을 많이 줌은 그렇게 하여 선비를 격려하는 것이고, 때에 맞추어 일을 시키고 세금을 적게 거둠은 그렇게 하여 백성을 격려하는 것이고, 날마다 살피고 달마다 시험하여 하는 일에 맞추어 삯을 주는 것은 그렇게 하여 기술자들을 격려하는 것이고, 오는 사람 맞고 가는 사람 보내며 잘하는 자 칭찬하고 못하는 자 불쌍히 여김은 그렇게 하여 멀리 있는 자를 부드럽게 대하는 것이고, 끊어진 세대 이어 주고 망한 나라 세워 주며 어지

러움을 다스리고 위태로움을 붙들어 주며 조빙朝聘을 때에 맞추어 하
도록 하고 주는 것은 후하게 주고 받는 것은 조금 받음은 그렇게 하여
제후를 품는 것이다.

齊命盛服하여 非禮不動은 所以修身也요 去讒遠色하며 賤貨而貴
제 명 성 복   비 례 부 동   소 이 수 신 야   거 참 원 색   천 화 이 귀

德은 所以勸賢也요 尊其位하고 重其祿하며 同其好惡는 所以勸親
덕   소 이 권 현 야   존 기 위   중 기 록   동 기 호 오   소 이 권 친

親也요 官盛任使는 所以勸大臣也요 忠信重祿은 所以勸士也요 時
친 야   관 성 임 사   소 이 권 대 신 야   충 신 중 록   소 이 권 사 야   시

使薄斂은 所以勸百姓也요 日省月試하여 旣稟稱事는 所以勸百工
사 박 렴   소 이 권 백 성 야   일 성 월 시   기 품 칭 사   소 이 권 백 공

也요 送往迎來하고 嘉善而矜不能은 所以柔遠人야요 繼絶世하고
야   송 왕 영 래   가 선 이 긍 불 능   소 이 유 원 인   계 절 세

擧廢國하며 治亂持危하고 朝聘以時하며 厚往而薄來는 所以懷諸
거 폐 국   치 란 지 위   조 빙 이 시   후 왕 이 박 래   소 이 회 제

侯也니라.
후 야

아홉 경經을 좀더 자세하게 예를 들어 설명한다. 이렇게만 한다면,
천하 국가가 다스려지지 않을 리 없겠다.

조朝는 제후가 천자를 직접 찾아가 만나는 것이고 빙聘은 대부를 보
내 예물을 바치며 문안을 올리는 것이다. 주나라 제도에는 1년에 한
번 소빙小聘을, 3년에 한 번 대빙大聘을, 5년에 한 번 내조來朝를 하도
록 되어 있었다.

무릇 천하 국가를 다스리는 데 아홉 경經이 있으나, 그것을 행하게 하는 것은 하나다.

凡爲天下國家에 有九經이나 所以行之者는 一也니라.
범 위 천 하 국 가   유 구 경   소 이 행 지 자   일 야

'하나'는 성誠이다. 조금이라도 성하지 못하면 아홉 경이 모두 빈말〔虛文〕로 되고 만다. 이것이 아홉 경經의 알속〔實〕이다.(주자)

성실하지 못함〔不誠〕. 이 한 마디 말은 수학에서 영零과 비슷하다. 아무리 많은 정수라도 영零을 곱하면 없어져 버린다.
수신을 하든 존현을 하든, 성誠으로써 하지 않으면 모두 거짓이 되어 차라리 아니함만 못하다. 수신도 존현도 그것을 가능케 하는 것은 오직 성이다. 그래서 성誠을 『중용』의 중추中樞라고 한 것이다.

삼덕三德을 행하는 자는 '하나'로써 그 덕을 알차게 하고 구경九經을 행하는 자는 '하나'로써 그 일〔事〕을 알차게 한다.(삼산반씨三山潘氏)

수신을 성실하게 하지 않으면 욕심이 생겨 이치〔理〕에 틈이 나게 되고 존현을 성실하게 하지 않으면 사邪가 생겨 바름〔正〕에 틈이 나게 되고

친친을 성실하게 하지 않으면 소원함〔疎〕이 생겨 친밀함〔親〕에 틈이 난다. 이렇게 미루어 살피면 모두 그러하다.(운봉호씨)

무릇 일이 준비가 되어 있으면 이루어지고 준비가 되어 있지 않으면 무너진다. 미리 정해져 있으면 말에 어긋남이 없고, 미리 정해져 있으면 일에 힘겹지 않고, 미리 정해져 있으면 행함에 탈이 나지 않고, 미리 정해져 있으면 길이 막히지 않는다.

凡事이 豫則立하고 不豫則廢하나니 言前定則不跲하고 事前定則不
범 사   예 즉 립   불 예 즉 폐   언 전 정 즉 불 겁   사 전 정 즉 불

困하고 行前定則不疚하고 道前定則不窮이니라.
곤   행 전 정 즉 불 구   도 전 정 즉 불 궁

말을 하거나 길을 가거나 무엇을 하거나 먼저 '성'誠을 갖추라는 말이다.

뒤의 네 가지 미리 정해져 있다〔前定〕는 말은 앞의 준비되어 있다〔豫〕는 말의 뜻을 거듭 밝힌 것이다. 미리 정하고 미리 준비해서 성誠을 이루라는 말이 아니라 미리 준비하고 미리 정할 바에 성실하라는 말이다.(신안진씨)

아랫자리에 있으면서 윗사람 신임을 얻지 못하면 백성을 다스릴 수 없다. 윗사람 신임을 얻는 데 길이 있으니 벗들의 신임을 얻지 못하면 윗사람 신임을 얻지 못한다. 벗들의 신임을 얻는 데 길이 있으니 어버이를 따르지 않으면 벗들의 신임을 얻지 못한다. 어버이를 따르는 데 길이 있으니 돌이켜 자기를 살피는 일에 성誠하지 않으면 어버이를 따르지 않게 된다. 자기에게 성하는 데 길이 있으니 선善에 밝지 못하면 자기에게 성하지 못한다.

在下位하여 不獲乎上이면 民不可得而治矣니라. 獲乎上에 有道
재 하 위   불 획 호 상   민 불 가 득 이 치 의   획 호 상   유 도

하니 不信乎朋友면 不獲乎上矣니라. 信乎朋友에 有道하니 不順乎
    불 신 호 붕 우   불 획 호 상 의   신 호 붕 우   유 도   불 순 호

親이면 不信乎朋友矣니라. 順乎親에 有道하니 反諸身不誠이면
친   불 신 호 붕 우 의   순 호 친   유 도   반 제 신 불 성

不順乎親矣니라. 誠身에 有道하니 不明乎善이면 不誠乎身矣니라.
불 순 호 친 의   성 신   유 도   불 명 호 선   불 성 호 신 의

묻기를, "'모든 일이 준비되어 있으면 이루어진다' 는 말은 일을 하고 길을 가는데 먼저 그 시작에 정定함이 있으면 어긋나지도 않고 힘들지도 않고 탈이 나지도 않고 막히지도 않으니 이것이 필연의 결과라는 말입니다. 그런 까닭에, 윗사람 신임을 못 얻고 벗들의 신임을 못 얻고

어버이를 따르지 않는 것은 모두가 처음부터 자기한테 불성不誠했기 때문일 따름이지요. 그러니 먼저 자기한테 성誠하라는 것이 이 장章의 요지要旨라 하겠습니다. 그런데, 선에 밝지 못하면 자기한테 성誠할 수 없습니다. 이제 선에 밝고자 할진대 반드시 격물格物로써 이理를 궁구窮究하고 치지治知로써 뜻[義]에 처할 것입니다. 그런 다음에 선을 좋아할 만한 것으로 알아서 그것을 좋아하되 예쁜 색色 좋아하듯이 하고 악惡을 싫어할 만한 것으로 알아서 그것을 싫어하되 고약한 냄새 싫어하듯이 하여, 선善에 밝기가 이와 같으면 어찌 불성不誠할 수 있겠습니까? 이로써 살펴보건대, 중용에서 말하는 '명선'明善은 대학에서 말한 '치지'致知의 일이요 중용에서 말하는 '성신' 誠身은 대학에서 말한 '성의' 誠意의 공功인 바, 그 뜻은 결국 한 이치[理]로 돌아온다 하겠습니다." 이에 주자朱子 이르기를 "잘 읽었다."

성誠은 하늘의 길이요 성誠을 성誠하게 하는 것은 사람의 길이다. 성誠은 애쓰지 않아도 들어맞고 바라지 않아도 얻어서 조용하게 도에 맞으니 성인聖人이요 성誠을 성誠하게 하는 것은 선善을 가려서 그것을 굳게 잡는 것이다.

誠者는 天之道也요 誠之者는 人之道也라. 誠者는 不勉而中하고
성 자　　천 지 도 야　　성 지 자　　인 지 도 야　　성 자　　불 면 이 중

不思而得하여　從容中道하니　聖人也요　誠之者는　擇善而固執之
불 사 이 득　　　종 용 중 도　　　성 인 야　　성 지 자　　　택 선 이 고 집 지
者也니라.
자 야

　하늘에서 보면 하늘나라는 처음부터 이 땅에 이루어진 나라다. 그러나 사람 쪽에서 보면 아직 이루어지지 않은 나라다. 그래서 "하늘나라가 이 땅에 이루어지이다" 하고 기도하는 것이다.

　성誠 자체로 보면 어디에도 불성不誠한 구석이 없다. 그러나 사람 쪽에서 보면 아직 불성不誠한 구석이 많이 있다. 그래서 성誠을 성誠하게 해야 한다.

　어떤 사람이 땅에 살면서 하늘나라 법을 따라 살면, 애쓰거나 바라는 일 없이 그렇게 살면, 그를 우리는 성인聖人이라고 부른다. 아직 성인이 못 된 자는 선善을 가려서 굳게 잡아야 한다. 성인이 못 되었으면서 성인처럼 구는 자는 저와 세상을 속이고 있는 것이다.

　성誠은 진실무망眞實無妄을 일컫는 말이니 하늘 이치[天理]의 본모습 [本然]이요, 성지誠之는 아직 진실무망하지 못하매 진실무망하기를 바라는 것을 일컫는 말이니 사람이 마땅히 할 일이다. 성인의 덕은 하늘 이치에 들어맞아서 진실무망하여 바라거나 애쓰지 않아도 도에 맞으니 또한 하늘의 길이요, 아직 성인 되지 못한 자는 사사로운 욕심을 버리지 못해 그 덕이 모두 실實하지 아니한 까닭에 바라지 않고서는 얻지 못하니 그래서 반드시 선善을 가려 낸 뒤에야 선에 밝을 수 있고 애쓰지 않고서는 들어맞지 않으니 그래서 반드시 굳게 잡은 뒤에야 자기

몸에 성誠할 수 있는지라, 이를 일컬어 사람의 길이라 한다.(주자)

널리 배우고 살펴 묻고 신중히 생각하고 밝히 가려내고 착실하게 행한다.

博學之하고 審問之하고 愼思之하고 明辯之하고 篤行之니라.
박 학 지   심 문 지   신 사 지   명 변 지   독 행 지

성誠을 성誠하게 한다는 것이 무엇인지를 다섯 가지로 나누어 설명하고 있다.

배우고 묻고 생각하고 가려내는 것[學問思辨]은 그렇게 해서 선善을 가려내어 알게 되는 것이니 이는 배워서 아는 것[學而知]이요 착실하게 행함[篤行]은 그렇게 해서 굳게 잡아 인仁을 이루는 것이니 이로움을 좇아 행하는 것[利而行]이다. 정자程子께서 이르시기를, 이 다섯 가운데 하나를 놓쳐도 배움[學]이 아니라 하셨다(주자)

배우지 않을지언정 배울 바에는 능치 못함을 그냥 두지 않고 묻지 않을지언정 물을 바에는 알지 못함을 그냥 두지 않고 바라지 않을지언정 바랄 바에는 얻지 못함을 그냥 두지 않고 가리지 않을지언정 가려낼 바에는 밝지 못함을 그냥 두지 않고 행하지 않을지언정 행할 바에는 착실치 못함을 그냥 두지 않아서, 남이 한 번에 할 수 있으면 나는 백 번 하고 남이 열 번에 할 수 있으면 나는 천 번 한다.

有弗學이언정 學之인댄 弗能을 弗措也하고 有弗問이언정 問之인
유 불 학   학 지   불 능   불 조 야   유 불 문   문 지

댄 弗知를 弗措也하고 有弗思이언정 思之인댄 弗得을 弗措也하고
   불 지   불 조 야   유 불 사   사 지   불 득   불 조 야

有弗辨이언정 辨之인댄 弗明을 弗措也하고 有弗行이언정 行之인댄
유 불 변   변 지   불 명   불 조 야   유 불 행   행 지

弗篤을 弗措也하여 人一能之어든 己百之하며 人十能之어든 己千
불 독   불 조 야   인 일 능 지   기 백 지   인 십 능 지   기 천

之니라.
지

이것이 곧 '성지'誠之의 내용이다. 이와 같은 마음으로 삶에 임하면 그 바라는 바가 미처 이루어지지 않는다 해도 아쉬울 것이 없겠다.

성 바울로가, "나는 이 희망을 이미 이루었다는 것도 아니고 또 이미 완전한 사람이 되었다는 것도 아닙니다. 다만 나는 그것을 붙들려

고 달음질할 뿐입니다. 그리스도 예수께서 나를 붙드신 목적이 바로 이것입니다. 형제 여러분, 나는 그것을 이미 붙들었다고 생각하지 않습니다. 다만 나는 내 뒤에 있는 것을 잊고 앞에 있는 것만 바라보면서 목표를 향하여 달려갈 뿐입니다. 하느님께서는 그리스도 예수를 통하여 나를 부르셔서 높은 곳에 살게 하십니다. 그것이 나의 목표이며 내가 바라는 상입니다"(「필립비서」 3:12~14)라고 한 것이 바로 이와 같은 마음의 표현 아니겠는가?

예수 그리스도, 그분이야말로 성지誠之의 모범이자 그로써 도달한 성誠 자체시다. 그러기에 당신을 길이요 생명(진리)이라고 말씀하신다. 누구든지 그를 좇아 행하는 자는 마침내 자신의 삶으로 성誠을 이룰 것이다. 그리하여 따로 애쓰고 바라지 않아도 도에 적중한 삶을 살게 될 것이다.

과연 능히 이 길을 갈 수 있다면, 어리석은 자라도 반드시 밝아지고 약한 자라도 반드시 강해진다.

果能此道矣면 雖愚나 必明하고 雖柔나 必强이니라.
과 능 차 도 의   수 우   필 명   수 유   필 강

구하면 받고 찾으면 얻고 두드리면 열린다고 했다. 구하고 찾고 두드리되 쉬지 않는 데 열쇠가 있다. 구하고 찾고 두드리는 자의 기질에 차이가 있어서 그 구하고 두드리는 방법이 서로 다를지언정, 마침내 받고 얻고 열리는 것은 모두에게 동일하다.

앞에서 말하기를 (중용의 길을) 능히 걸을 자 드물고 또 불가능이라 했지만, 여기서는 백 배로 공功을 들이면 그 길을 갈 수 있다고 했다. 비록 어리석은 자라도 밝을 수 있다는 말은 앎〔知〕을 채우면 뜻〔義〕이 정精해질 수 있다는 말이고 비록 약한 자라도 강해질 수 있다는 말은 인仁을 채우면 인仁이 익을〔熟〕 수 있다는 말이다. 이는 중용을 얻음이 불가능하지 않다는 사실을 보여 준다. 그것을 해내는 일은 사람한테 달려 있고 사람이 그것을 능히 할 수 있음은 용勇에 달려 있다.(운봉호씨)

허공에 울리는 북소리
내 심장의
고동鼓動 소리
둥 둥 둥 울리는 그 소리에 묻혀
한 음성 들린다
"네가 고단한 줄 알고 있다.
그래도 오라, 이것이 그 길이다." (루미Rumi의 「북소리」)

21

성誠해서 밝은 것을 성性이라 하고 밝아서 성誠한 것을 교敎라 한다.
성誠하니 곧 밝고 밝으니 곧 성誠하다.

自誠明을 謂之性이요 自明誠을 謂之敎니라. 誠則明矣요 明則誠
　자 성 명　　　위 지 성　　　자 명 성　　　위 지 교　　　성 즉 명 의　　　명 즉 성
矣니라.
　의

　속이지 않고〔不欺〕쉬지 않고〔不息〕망령되지 않고〔無妄〕참되고 알찬
〔眞實〕것이 곧 성誠이다.
　하늘의 명〔天命〕을 알아서 성誠한다고 했다. 하늘이 누구를 속이는
가? 하늘이 끊어진 적 있는가? 하늘이 망령된 짓을 하는가? 하늘은
텅 비어 있음으로 가득 차서 언제나 참되고 알차다. 그러니 그 하는
일이 밝지 않을 수 없다. 하늘의 명命을 지켜 그대로 살아가는 사람 또
한 밝지 않을 수 없으니, 그래서 예수는 말한다.

　나는 세상의 빛이다. 나를 따라오는 사람은 어둠 속을 걷지 않고 생명

의 빛을 얻을 것이다.(「요한복음」 8:12)

성誠해서 밝다(自誠明)는 말은, 성性이 본디 성誠하니 그래서 밝다는 말이다. 밝음은 투명함이다. 밝지 않은 성性을 상상할 수 있을까? 혹시 밝지 않은 태양이 있다면 밝지 않은 성性을 상상할 수 있을 것이다. 그러나 세상에 밝지 않은 태양은 없다.

성性은 모든 인간이, 인간뿐 아니라 우주에 존재하는 모든 사물이, 제 속에 모시고 있는 천명天命이다. 모든 것이 성性에서 나왔다가 성性으로 돌아간다. 어느 인간도 이 운명에서 제외되지 않는다. 지금 누구를 속이고 있는 자도 지금 누구를 거짓 없이 속이고 있는 것이다.

이 성性의 밝음으로 말미암아 성誠해지는 것, 또는 그렇게 되도록 이끄는 것을 가르침(敎)이라 한다. 성誠해서 밝은 것은 하늘의 길이요 밝아서 성誠한 것은 사람의 길이다. 하늘의 길은 저절로 이루어지지만 사람의 길은 배워야 한다. 그래서 가르침이 필요한 것이다.

성誠해서 밝은 것은 그 안이 온전함을 말미암음이다. 참된 이치를 얻어서 그것으로 사물을 비추는데 하늘이 열려 해가 밝음과 같으니 자연히 감추는 바가 없다. 그래서 성性을 일컬어 하늘의 길(天之道)이라 하는 것이다. 밝아서 성誠한 것은 궁리를 해서 깨달아 알고는 사욕私慾을 버리고 돌아가 그 얻은 바 참된 이치를 온전케 함이니 반드시 배워야 할 수 있다. 그래서 가르침으로써 사람의 길(人之道)을 세운다고 하는 것이다. 성誠해서 밝다는 것은 성誠이 곧 밝음이라는 말이지 성誠한 뒤에 밝아진다는 말이 아니다. 밝아서 성誠한 것은 반드시 밝은 뒤에 성誠에 이른다는 말이다. 그러나 마침내 공功을 이루면 하나다.(삼산반씨)

모든 것이 공개되는 현장이다. 누가 무엇을 속이거나 감출 수 있겠는가? 누가 누구를 속이는 것은 자신의 행위가 세상에 감추어질 수 있다는 착각의 산물이다.

감추인 것은 드러나게 마련이고 비밀은 알려지게 마련이다. 그러므로 너희가 어두운 곳에서 말한 것은 모두 밝은 데서 들릴 것이며 골방에서 귀에 대고 속삭인 것은 지붕 위에서 선포될 것이다.(「루가복음」 12:2~3)

이것이 세상의 이치임을 안다면 절로 성誠하지 않을 수 없고 따라서 그의 행실은 그냥 두어도 밝을 것이다. 정보화情報化 시스템이 바야흐로 극極에 이르러 개인의 사생활이 설 자리를 잃게 되었다고들 한다. 좋은 소식이다. 싫든 좋든 투명하게 살아야 하는 세상이 오고 있다는 얘기다. 아무리 생각해도 컴퓨터는 신神의 작품이다.

22

오직 천하의 지극한 성誠이라야 자기의 성性을 다할 수 있으니 자기의 성性을 다할 수 있으면 남의 성性을 다할 수 있고 남의 성性을 다할 수 있으면 물物의 성性을 다할 수 있고 물物의 성性을 다할 수 있으면 하늘·땅의 화육化育을 도울 수 있고 하늘·땅의 화육을 도울 수 있으면 하늘·땅과 더불어 나란히 설 수 있다.

唯天下至誠이라야　爲能盡其性이니　能盡其性則能盡人之性이요
유 천 하 지 성　　　위 능 진 기 성　　　능 진 기 성 즉 능 진 인 지 성

能盡人之性則能盡物之性이요 能盡物之性則可以贊天地之化育이요
능 진 인 지 성 즉 능 진 물 지 성　　능 진 물 지 성 즉 가 이 찬 천 지 지 화 육

可以贊天地之化育則可以與天地參矣니라.
가 이 찬 천 지 지 화 육 즉 가 이 여 천 지 참 의

　다한다〔盡〕는 말은 모자람이나 흠이 없이 온전케 한다는 뜻으로 새긴다. 천하에 더없이 지극한 성誠으로 살아가는 사람만이 자기의 성性을 온전하게 지키며 그런 사람만이 남〔人〕의 성性을 온전케 해줄 수 있다. 자기를 사랑할 줄 아는 사람만이 남을 사랑할 수 있는 것이다. 자기의 성性을 온전케 한다는 말은, 하느님의 뜻이 자기한테서 온전히

이루어지도록 한다는 말이다. 그런 사람은, 성性을 지닌 사람이 아니라 사람의 모양을 갖춘 성性이다.("이제는 내가 사는 것이 아니라 그리스도가 내 안에서 사시는 것입니다."—「갈라디아서」 2:20) 그러므로 나아가 다른 사람의 성性을 온전케 할 수 있는 것이다. 자기 눈의 들보를 뽑아 없앤 사람만이 남의 눈에서 티를 뽑아 줄 수 있다.

일단 이 길에 올라선 사람에게는 퇴보가 없다. 아무도, 무엇도, 그의 길을 막지 못한다. '너'도 '그것'도 그의 '나' 앞에 장애가 될 수 없다. 왜냐하면 나·너·그것의 성性이 모두 하나인 때문이다.

그렇게, 하늘·땅에 있는 모든 것의 성性을 온전케 하면 바야흐로 그것들이 태어나고 자라는 것을 도울 수 있게 된다. 그럴 수 있을 때 비로소 하늘·땅·사람[天地人] 세 기둥이 하나로 서게 되는 것이다.

천명天命인 성性은 본디 진실하고 무망無妄하다. 그러므로 성인의 마음이 진실 무망한 것은 본연의 성性에서 비롯하여 능히 그 성性을 다한 것이지 다른 무엇을 보탠 게 아니다. 자기의 행동과 말을 살피는 데 미치지 못한 구석이 없으니 그런 까닭에 다른 사람과 사물의 성性을 아는데도 밝지 못한 구석이 없다. 그것으로 말미암아 나아감에 막힘이 없으니 그런 까닭에 남과 사물을 다루는 데 부당함이 없다. 남과 사물의 성性 또한 나의 성性이다. 성인이 그것을 온전케 하는 것 또한 무엇을 보탠 게 아니다. 하늘과 땅은 사람과 사물에 성性을 넣어 줄 수 있지만 그들로 하여금 저마다 그것을 다하게까지는 할 수 없다. 오직 성인만이 그것을 다할 수 있으니 그래서 하늘·땅의 화육化育을 도울 수 있고 하늘·땅과 나란히 서서 셋을 이룰 수 있는 것이다.(운봉호씨)

23

그 다음은 곡진曲盡함에 이르는 것이다. 곡진하면 능히 성誠하게 되니 성하면 꼴을 갖추게 되고 꼴을 갖추면 드러나게 되고 드러나면 밝아지고 밝으면 움직이고 움직이면 변하고 변하면 화化한다. 오직 천하의 지극한 성誠이라야 능히 화化를 이룰 수 있다.

其次는 致曲이라. 曲能有誠이니 誠則形하고 形則著하고 著則明
기 차   치 곡   곡 능 유 성   성 즉 형   형 즉 저   저 즉 명
하고 明則動하고 動則變하고 變則化니 唯天下至誠이라야 爲能化
      명 즉 동   동 즉 변   변 즉 화   유 천 하 지 성   위 능 화
니라.

치致는 한 발 한 발 나아가 마침내 이르는 것이다. 곡曲은 곡진曲盡함으로 읽는다. 곡진하다는 말은 뜻과 정성을 다한다는 말이다.

무엇을 하든 뜻과 정성을 다 쏟으면 반드시 그 뜻과 정성이 모양을 갖추게 된다. 중심에 성誠을 품으면 밖으로 꼴을 갖춘다[誠於中 形於外] 고 했다.

꼴을 갖추었으면 반드시 겉으로 드러난다. 드러나면 빛을 받는다.

빛을 받으면 밝아진다. 밝아지면 움직인다. 어둠 속에서는 어디가 어딘지 몰라서 움직이지 못하지만 밝아지면 움직일 수 있다.

움직이면 변變한다. 아이가 어른으로 바뀌는 게 변變이다. 움직이지 않으면 변하지 못한다. 꽃망울이 꽃으로 변하는 것도 우리 눈에 보이지 않는 부단한 움직임의 결과다. 변變은 겉모습이 달라지는 것이다. 변變이 계속되면 마침내 화化를 이룬다. 화化는 속이 달라지는 것이다. 예컨대, 알코올 중독자가 성자로 바뀌는 것이 화다.

낡은 사람을 벗고 새 사람으로 갈아입는 것이 화다. 고기 낚는 어부 시몬이 사람 낚는 어부 베드로로 바뀌는 것이다. 그러나 그가 그렇게 되기까지는 스승의 말씀을 못 알아들으면서도 계속 그 곁에 머물면서 뜻과 정성을 쏟아 스승을 닮아 가려는 노력이 있었기 때문이다. 시몬이 하루아침에 베드로로 바뀐 것은 아니다. 오랜 변變의 과정을 밟았기에 마침내 화化를 이루었던 것이다.

성인이면 애쓰지 않아도 절로 성誠하고 그래서 하늘·땅과 더불어 만물을 화육하는 데 한몫을 하겠지만, 그렇지 못한 사람은 뜻과 정성을 다 쏟는 노력이 있어야 한다.

맹자께서 이르시기를, 지성至誠이면서 움직이지 않는 자 일찍이 없었고 불성不誠이면서 능히 움직이는 자 또한 없었다고 하셨거니와 이는 자사子思의 말씀을 밝힌 것이다. 움직이면 변하니 저로 하여금 불선不善을 바꿔 선善을 좇게 한다. 변變하면 화化하니 저로 하여금 착해지고 죄를 멀리하게 하되 누가 그렇게 하는지를 모른다. 변하면 그 바뀐 흔적이 드러난다. 화化하면 사람을 감화시키는 공功이 깊어진다. 사람을 감화시키는 것이 지성至誠과 비슷하긴 하지만, 지성의 감화는 밝아지기를 기다리지 않고도 움직이고 움직여서 변하고 변한 뒤에 화하는 것이다. 그런 까닭에 세우면 그대로 서고 말하면 그대로 하고 끌면 그대로 오고 움직이면 그대로 따른다. 오직 부자夫子께서만 그러실 수 있었다.(왕씨)

24

지극한 성誠의 도는 미리 알 수 있으니 나라가 장차 흥하려면 반드시 복福의 조짐이 있고 나라가 장차 망하려면 반드시 화禍의 싹이 있어 점占에 나타나고 사람 몸에 움직인다. 화와 복이 장차 오려 함에 반드시 그 좋은 것을 미리 알고 그 좋지 못한 것을 미리 아니, 그런 까닭에 지성至誠은 신神과 같다.

至誠之道는 可以前知니 國家將興에 必有禎祥하며 國家將亡에 必
지성지도　　가이전지　　국가장흥　　필유정상　　　국가장망　　필

有妖孽하여 見乎蓍龜하며 動乎四體라. 禍福將至에 善을 必先知之
유요얼　　　현호시귀　　동호사체　　화복장지　선　필선지지

하며 不善을 必先知之니 故로 至誠은 如神이니라.
불선　필선지지　고　지성　여신

　　정상禎祥은 복의 조짐〔福之兆〕이요 요얼妖孽은 화의 싹〔禍之萌〕이
다.(주자)

　지성至誠으로 살아가는 사람은 아직 드러나 보이지 않는 것을 내다
본다. 그의 눈이 평소에 사물의 겉모습인 형상形象을 보면서 그 속에

감추인 진상眞相을 꿰뚫어 보기 때문이다. 형상phenomenon이 먼저 있어서 진상noumenon이 있는 게 아니라 그 반대다.

성인은 그 몸에 청명淸明함이 있어서 한 오라기 욕심이 그의 눈을 가리지 못한다. 그런 까닭에 지기知氣가 여신如神하여 밝은 거울과 흡사한지라 아주 작은 그림자가 비쳐도 곧 알아본다. 중인衆人은 흐린 거울 같아서 잘 알아보지 못한다.(쌍봉요씨)

지성至誠으로 사는 사람은 마음이 깨끗하다. 마음이 깨끗하면 하느님을 본다. 마음이 깨끗하다는 것은 몸이 깨끗하다는 것이요 몸이 깨끗하다는 것은 눈이 맑다는 뜻이다. 눈은 몸의 등불이기 때문이다.

25

성誠은 스스로 이루는 것이요 길은 스스로 가는 것이다. 성은 만물의 처음과 나중이니 성 아니면 만물은 없다. 이런 까닭에 군자는 성을 귀하게 여긴다. 성은 자기를 이루는 데 그치지 않고 남을 이루어 준다. 자기를 이룸은 인仁이요 남을 이루어 줌은 지知니 성性의 덕이요 안과 밖의 도道가 합해진 것이다. 그러므로 때에 맞추어 베푸는 것이 마땅하다.

誠者는 自誠也요 而道는 自道也니라. 誠者는 物之終始니 不誠이
성자　　자성야　이도　　자도야　　　성자　　물지종시　　불성

면 無物이라, 是故로 君子는 誠之爲貴니라. 誠者는 非自成己而已
　무물　　　시고　　군자　　성지위귀　　　성자　　비자성기이이

也요 所必成物也니라. 成己는 仁也요 成物은 知也니 性之德也요
야　소필성물야　　　성기　　인야　　성물　　지야　　성지덕야

合內外之道也니라. 故로 時措之宣也니라.
합내외지도야　　　고　　시조지의야

　남이 억지로 이루어 주는 것이라면 성誠이라 할 수 없다. 스스로 이루는 것이 성이다.

어떤 사람이 땅에 씨앗을 뿌려 놓았다. 하루하루 자고 일어나고 하는 사이에 씨앗은 싹이 트고 자라나지만 그 사람은 그것이 어떻게 자라는지 모른다. 땅이 저절로 열매를 맺게 하는 것인데……(「마르코복음」4:27, 28)

하느님 나라가 이와 같다. 그 나라는 스스로 이루어지는 나라다. 자연과 자유라는 두 말을 쓰지 않고는 하느님 나라를 말할 수 없다. 누구도, 하느님도, 강제하에 이룰 수 없는 나라가 그 나라다. 강제로 이루어지는 나라라면 그것은 하느님 나라가 아니다.

길(道)은 스스로 가는 것이다. 억지로 끌려가는 것은 길을 가는 게 아니다. 예수는 사람들에게 "나를 따라오라"고 했지만 그들 가운데 누구 하나 오지 않겠다는 것을 강제로 끌고 가지 않았다. 아무리 좋은 길이라도 억지로 끌려가면 그 길은 결코 좋은 길이 아니다.

성誠과 도道는 남을 돌보기 전에 먼저 자기를 이룬다. 밖을 내다보기 전에 먼저 안을 들여다본다. 평천하平天下 이전에 치국治國이요 치국 이전에 제가齊家요 제가 이전에 수신修身이다. 이 순서를 무시하거나 뒤집으면 성誠도 아니요 도道도 아니다. 부도不道면 조이早已라, 도道 아닌 것은 금방 끝나 버린다.

그러나 또한 성誠은 자기를 이루는 데서 그치지 않는다. 반드시 남[物]을 이루어 준다. 나무는 열매를 맺지만 그것을 저 혼자 가지지 않는다. 꽃은 향기를 머금지만 그것을 바람에 실어 날려 보낸다.

지성至誠으로 살아가는 사람이 남에게 아무 영향을 미치지 않고 혼자서만 있을 수는 없다. 성기成己는 성물成物로 이어지지 않을 수 없다. 인仁과 지知가 모두 성性의 덕이기 때문이다.

산이 없으면 강도 없고 강이 없으면 산도 없다. 산이 강을 내고 강은 산을 살린다. 산과 강이 모두 하느님 말씀 곧 성性의 작품이다. 성性의 덕이 안으로 미치면 인仁으로 자기를 이루고 밖으로 미치면 지知로 남을 이루어 준다.

> 밖으로 남을 이루어 주고 안으로 자기를 이룬다. 이 둘을 따로 말하면 자기를 이루는 인仁이요 남을 이루어 주는 지知다. 이 둘을 합해서 말하면 성性의 덕德이다.(고씨顧氏)

성性의 덕을 베푸는 데는 반드시 때를 맞추어야 한다. 자기를 이루는 것과 남을 이루어 주는 것이 모두 저절로 그리되어야 때에 맞출 수 있다. 조금이라도 인욕人慾이 발동하면 때를 맞출 수 없다.

모든 물物이 성誠에서 나와 성誠으로 돌아간다. 성은 만물의 알파요 오메가다. 그러므로 성誠 아니면 만물은 없는 것이다. 만물은 눈에 보이고 성誠은 보이지 않는다.

'예수'를 관념어로 번역한다면 '사랑' 또는 '성'誠으로 옮길 수 있을 것이다. 그에게는 속임수도 거짓됨도 망령됨도 없다. 언제나 한결같아서 중단되지 않는다. 진실무망眞實無妄이 바로 그의 인격이다. 그래서 모든 것이 말씀을 통해 생겨났고 말씀 없이 생겨난 것은 하나도 없는데(「요한복음」1:3) 그 말씀이 곧 세상을 비추는 빛이고 그 빛이 곧 예수라고 요한은 증언한다. 물物이 있어서 성誠이 있는 게 아니라 성이 있어서 물이 있는 것이다. 보이는 모든 것이 보이지 않는 것에서 나오는 줄(「히브리서」 11:3) 아는 군자는 마땅히 물物보다 성誠을 귀하게 여긴다.

26

그러기에 지극한 성誠은 쉬지 않는다. 쉬지 않으면 오래가고 오래가면 효험이 나타나고 효험이 나타나면 유원悠遠하고 유원하면 넓게 두텁고 넓게 두터우면 높고 밝다. 넓게 두터우면 그것으로 만물을 싣고 높고 밝으면 그것으로 만물을 덮고 오래 계속되면 그것으로 만물을 이룬다. 넓게 두터움은 땅에 짝하고 높고 밝음은 하늘에 짝하고 오래 계속됨은 그 끝이 없다. 이와 같은 사람은 드러내지 않으면서 밝게 돋보이고 움직이지 않으면서 변하고 하지 않으면서 이룬다.

故로 至誠은 無息이니 不息則久하고 久則徵하고 徵則悠遠하고
고   지성   무식   불식즉구   구즉미   미즉유원

悠遠則博厚하고 博厚則高明하니라. 博厚는 所以載物也요 高明은
유원즉박후   박후즉고명   박후   소이재물야   고명

所以覆物也요 悠久는 所以成物也라. 博厚는 配地하고 高明은 配天
소이부물야   유구   소이성물야   박후   배지   고명   배천

하고 悠久는 無疆이니라. 如此者는 不見而章하며 不動而變하며
유구   무강   여차자   불현이장   부동이변

無爲而成하니라.
무위이성

하늘이 저렇게 가없이 푸른 이유는 하늘이기 때문이다. 지극한 성誠은 지극한 성이니까 멈추지 않는다. 멈추지 않으려고 노력을 해서 멈추지 않는 게 아니라 저절로 그러하다. 쉰다〔息〕는 말은 사이가 끊어진다〔間斷〕는 말이다.

지극한 성〔至誠〕은 출발점과 종점이 따로 없다. 흐르는 것이 물의 본질이듯이, 그래서 개울은 바다로 흐르고 바다는 하늘로 흐르고 하늘은 다시 개울로 흐르듯이, 지극한 성誠은 다만 흐르고 흐를 뿐이다. 여기가 성의 처음이요 여기가 성의 나중이라고 잘라 말할 곳이 없다. 예수님이 알파요 오메가라는 말은 그분에게는 모든 곳이 출발점이요 모든 곳이 종점이라는, 그러니까 처음과 나중이 따로 없다는, 그런 뜻이다. 있는 것은 끊임없이 흐르는 과정process이 있을 따름이다.

그러기에 지극한 성은 반드시 그 효험이 나타난다. 물이 흐르면서 산야山野를 살리듯이, 중심에 성을 모신 사람은 자기의 삶이 사회화되는 것을 피할 길이 없다.

물이 숲을 살리면 이번에는 숲이 물을 살린다. 사막이 저렇게 메마른 것은 그 위로 비가 내리지 않아서가 아니라 거기에 숲이 없어서다. 성의 효험이 나타나면 그 효험이 다시 성을 오래 멀리 미치게 한다. 예수님은 제자들을 살리고 제자들은 예수님을 만세萬世에 살아 있게 한다.

지극한 성誠은 박후博厚·고명高明·유구悠久하다. 넓고 두터운 모양은 땅에 견줄 만하고 높고 밝은 모양은 하늘에 견줄 만하고 오래 계속되는 모양은 끝없이 흐르는 물에 견줄 만하다.

품이 넓고 든든하며 뜻이 높고 밝으며 그 실천이 한결같은 사람은 자기를 드러내지 않아도 밝게 빛나고 스스로 움직이지 않아도 저와 남을 변화시키고 아무 하는 일 없어도 모든 것을 이룬다.

　땅 같은 사람, 하늘 같은 사람, 그 사이로 흐르는 물 같은 사람. 그가 바로 지극한 성誠으로 살아가는 사람이다.

하늘과 땅의 도道는 한마디 말로 끝낼 수 있다. 그것이 만물로 됨은 둘이 아니다. 그래서 만물을 낳는데 그것들을 헤아릴 수 없다.

天地之道는 可一言而盡也니 其爲物이 不貳라 則其生物이 不測이니라.
천 지 지 도　　가 일 언 이 진 야　　기 위 물　　불 이　　즉 기 생 물　　불 측

　　이 구절은 다시 하늘과 땅을 가지고 지성무식至誠無息의 공용功用을 밝힌 것이다. 하늘과 땅의 도를 한마디 말로 끝낼 수 있다는 말은 성誠을 말한 것에 지나지 않는다.(주자)

　한 줄기 싹이 돋아 자라면서 여러 가지[枝]로 나뉘고 그 위에 헤아릴 수 없이 많은 잎이 달릴 수 있음은 나무가 살아서 하늘로 땅으로 끊임없이(막힘없이) 흐르기 때문이다.

　　하나가 모두요
　　모두가 하나다

이와 같을 수만 있다면
무엇을 못 마칠까 두려워하리오
一卽一切
一切卽一
但能如是
何慮不畢

　한 어머니 몸에서 여러 자식이 태어나지만 그들이 태어나는 '길'은
오직 하나, 사랑이라는 이름의 길이 있을 뿐이다. 그 길을 다르게 부
르면, 성誠이다.

하늘과 땅의 도는 넓고 두텁고 높고 밝고 길고 오래다.

天地之道는 博也厚也高也明也悠也久也니라.
천 지 지 도　　　박 야 후 야 고 야 명 야 유 야 구 야

　지극한 성誠 또한 그러하다.

지금 하늘은 밝은 것이 많이 모인 것인데 그 가없음에 이르면 해·달·별들이 달려 있으며 만물이 그 아래 덮여 있다. 지금 땅은 한 줌 흙이 많이 모인 것인데 그 넓고 두터움에 이르면 화산華山과 악산嶽山을 싣고도 무거워하지 않으며 강과 바다를 담고도 새지 않고 만물이 그 위에 실려 있다. 지금 산은 주먹만 한 돌이 많이 모인 것인데 그 크고 넓음에 이르면 초목이 태어나고 새와 짐승이 거하며 온갖 보석을 거기서 캐어 낸다. 지금 물은 한 홉 물이 많이 모인 것인데 그 잴 수 없음에 이르면 큰 자라·악어·물고기·자라가 살며 온갖 재화가 거기서 불어난다.

今夫天이 斯昭昭之多니 及其無窮也엔 日月星辰이 繫焉하며 萬
금부천   사소소지 다   급기무궁야   일월성신   계언   만
物이 覆焉이니라. 今夫地이 一撮土之多니 及其廣厚엔 載華嶽而不
물   부언   금부지   일촬토지다   급기광후   재화악이부
重하며 振河海而不洩하며 萬物이 載焉이니라. 今夫山이 一卷石之
중   진하해이불설   만물   재언   금부산   일권석지
多니 及其廣大엔 草木이 生之하며 禽獸가 居之하며 寶藏이 興焉이
다   급기광대   초목   생지   금수   거지   보장   흥언
니라. 今夫水가 一勺之多니 及其不測엔 蛟龍魚鼈이 生焉하며 貨
   금부수   일작지다   급기불측   교룡어별   생언   화
財가 殖焉이니라.
재   식언

사소해 보이는 몸짓 하나, 말 한마디를 함부로 하지 않는 것. 그것

이 성誠이다. 돌멩이 하나를 가벼이 여김은 곧 태산을 가벼이 여기는 것이다. 산이 아무리 커도 주먹만 한 돌의 쌓임이요 바다가 아무리 넓어도 한 홉 물의 모임이기 때문이다.

  지극히 작은 소자小子 하나에게 물 한 그릇 대접하는 것이 곧 하느님(의 아들)을 대접하는 것이다.

시詩에 이르기를, 오직 하늘의 명命이여 맑고 그윽하여 그치지를 않는구나, 하였으니 이는 하늘이 하늘인 까닭을 말한 것이요, 아아, 돋보이지 않는가? 문왕의 덕의 깨끗함이여, 하였으니 이는 문왕이 문왕인 까닭을 말한 것인데, 깨끗하고 또한 그치지를 아니함이다.

詩云維天之命이 於穆不已라 하였으니 蓋曰天之所以爲天也요 於乎
시 운 유 천 지 명　　어 목 불 이　　　　개 왈 천 지 소 이 위 천 야　　어 호

不顯인저 文王之德之純이여 하였으니 蓋曰文王之所以爲文也라 純
불 현　　문 왕 지 덕 지 순　　　　　개 왈 문 왕 지 소 이 위 문 야　　순

亦不已니라.
역 불 이

  하늘이 하늘인 까닭은 맑고 그윽하여 끝이 없기 때문이요 문왕이 문왕인 까닭은 그의 덕이 깨끗하여 또한 그치지를 않았기 때문이다. 둘 다 지성무식至誠無識이 어떤 것인지를 보여 주는 실례實例다.

순純은 지극한 성[至誠]에 털 한 오라기만큼도 거짓이 섞여 있지 않은 것을 말한다. 오직 순한 성誠에 티가 섞이지 않으면 저절로 그치지를 않게 된다. 이는 하늘이 봄에서 여름으로 여름에서 가을로 가을에서 겨울로 낮에서 밤으로 밤에서 낮으로 돌고 돌면서 한 짬도 멈추지 않는 것과 같다. 또한 아이가 어른이 되어 늙는데 처음부터 끝까지 한 짬도 끊어지지 않고 한결같이 이어지는[誠] 것과 같다. 이미 성誠하면 저절로 그치지 않게 된다.(서산진씨)

저 가늘게 흐르는 실개울과 바다 사이를 잇는 물줄기의 어느 한 군데가 면도날만큼이라도 단절되면 그 순간 개울도 사라지고 바다로 사라진다. 끊어지는 것은 성誠이 아니요, 성 아니면 만물이 존재할 수 없기 때문이다.

27

크구나, 성인聖人의 길이여. 온 누리 가득하여 만물을 낳고 기르는데 그 빼어남이 하늘에 닿았다. 넉넉하고 크구나, 3백 가지 예의禮儀와 3천 가지 위의威儀가 그 한 사람을 기다린 뒤에 행하여진다. 그래서 이르기를, 실로 그 덕이 지극하지 아니하면 지극한 도가 이루어지지 않는다고 하였다.

大哉라 聖人之道여. 洋洋乎發育萬物하여 峻極于天이로다. 優優大
대 저   성 인 지 도   양 양 호 발 육 만 물   준 극 우 천   우 우 대

哉라 禮儀三百과 威儀三千이 待其人而後에 行이니라. 故로 曰苟不
저   예 의 삼 백   위 의 삼 천   대 기 인 이 후   행   고   왈 구 부

至德이면 至道不凝焉이라 하니라.
지 덕   지 도 불 응 언

지성불식至誠不息이 어떤 사람의 삶에서 실현될 때 그 사람을 가리켜 성인聖人이라 부른다.

성인의 길은 크고 넉넉하다. 만물을 낳아 기르고 온갖 예의범절이 갖추어져 있어도 성인이 그것을 실행에 옮길 때 비로소 제대로 행하여진다. 아무리 좋은 활이 있어도 그것을 다룰 만한 사람이 있고서야

쓸 수 있는 것이다.

성인이 예의범절을 행하는 것은 그 자잘한 규범을 하나하나 지킴으로써가 아니라 그의 존재 자체가 이미 예의범절이기 때문이다.

그러므로 군자는 덕성을 높이고 학문을 말미암으니 크고 넓으면서 정교하고 세밀하며, 높고 밝으면서 중용을 실천하고, 옛것을 익혀서 새것을 알며, 든든하고 두텁게 예禮를 받든다. 그래서 위에 있어 거만하지 않고 아래에 있어 등돌리지 않는다. 나라에 도가 있으면 말을 하고 나라에 도가 없으면 침묵한다. 시詩에 이르기를, 이미 밝은 데 더욱 슬기로워서 그 몸을 지킨다 하였으니, 이를 두고 한 말이다.

故로 君子는 尊德性而道問學이니 致廣大而盡精微하며 極高明而道
고   군자   존덕성이도문학   치광대이진정미   극고명이도

中庸하며 溫故而知新하며 敦厚以崇禮니라. 是故로 居上不驕하며
중용   온고이지신   돈후이숭례   시고   거상불교

爲下不倍라. 國有道에 其言이 足以興이요 國無道에 其黙이 足以容
위하불배   국유도   기언   족이흥   국무도   기묵   족이용

이니 詩曰旣明且哲하여 以保其身이라 하였으니 其此之謂與인저.
     시왈기명차철   이보기신   기차지위여

성인은 애쓰지 않아도 그 삶이 저절로 지성무식이다. 그러나 군자

는 스스로 노력해야 한다. 그러기에 덕성을 높이고 학문을 하여 그에 따라서 살아간다. 그 세계가 넓고 크지만 작고 세밀한 것을 놓치지 않고 그 뜻이 높고 밝지만 중용을 지킨다. 옛것을 익혀 새것을 알고 돈후敦厚로써 예禮를 받든다.

언제 어디서나 도를 떠나지 않기 때문에 윗자리에 앉았다 하여 거만을 부리거나 아랫자리에 있다 하여 배반하지 않는다.

나라에 도가 있다는 말은 다스리는 자가 도를 지킨다는 말이다. 그럴 때에는 말을 해서 자기 뜻을 이룬다. 그러나 다스리는 자가 도에서 어긋나 있을 때에는 침묵하는 것을 부끄럽게 여기지 않는다. 사세事勢를 잘 읽고 앞일을 밝게 내다보아 자기 몸을 지키는 것이 곧 군자의 삶이다.

철 지난 명분에 얽매여 섶을 지고 불 속에 뛰어드는 어리석음은 군자의 길이 아니다. 그러나 눈치를 잘 살펴 요령껏 처신하라는 말도 아니다. 그건 군자가 아니라 기회주의자의 삶이다.

28

공자 이르시기를, 어리석으면서 스스로 쓰임 받기를 좋아하고 낮은 신분이면서 제 맘대로 하기를 좋아하고 지금 세상에 났으면서 옛날의 도로 돌아가는, 이런 자에게는 재앙이 그 몸에 미친다고 했다. 천자天子 아니면 예禮를 정하지 않고 제도를 만들지 않고 문자를 고정하지 않는다. 지금 천하는 수레마다 바퀴 폭이 같고 책마다 문자가 같고 사람들의 행동에 인륜이 같다. 비록 자리를 차지했더라도 덕이 없으면 감히 예악禮樂을 짓지 못하고 비록 덕이 있어도 자리에 있지 못했으면 또한 감히 예악을 짓지 못한다. 공자 이르시기를, 내가 하夏의 예禮를 말할 수 있지만 기杞나라로서 증거를 삼지 못하고 내가 은殷의 예를 배웠지만 송宋에 있거니와 내가 주周의 예를 배웠는데 지금 그것이 쓰이고 있으니 나는 주周나라를 좇겠다고 하셨다.

子曰愚而好自用하며 賤而好自專이요 生乎今之世하여 反古之道면
자 왈 우 이 호 자 용　　　천 이 호 자 전　　　생 호 금 지 세　　　반 고 지 도

如此者는 災及反其身者也니라. 非天子면 不議禮하며 不題度하며
여 차 자　　재 급 반 기 신 자 야　　　비 천 자　　불 의 례　　부 제 도

不考文이니라. 今天下가 車同軌하고 書同文하고 行同倫하니라.
불 고 문　　　금 천 하　　거 동 궤　　서 동 문　　행 동 륜

雖有其位나 苟無其德이면 不敢作禮樂焉이며 雖有其德이나 苟無
수 유 기 위   구 무 기 덕   불 강 작 예 악 언   수 유 기 덕   구 무

其位면 亦不敢作禮樂焉이니라. 子曰吾說夏禮나 杞不足徵也요
기 위   역 불 강 작 예 악 언   자 왈 오 설 하 례   기 부 족 징 야

吾學殷禮나 有宋에 存焉이어니와 吾學周禮하였는데 今用之라 吾
오 학 은 례   유 송   존 언   오 학 주 례   금 용 지   오

從周하니라.
종 주

　자기가 어리석은 줄 알면서 쓰임 받기를 좋아하고 남의 밑에 있는
자가 제 맘대로 하기를 좋아하고 현세에 살면서 옛날로 돌아가려는
자는 그렇게 하여 제 몸에 재앙을 초래할 따름이다.
　중용의 길은 자기 분수에 맞추어 살아가는 것이다. 할 수 있는 일은
하고 할 수 없는 일은 하지 않는다. 예禮를 정하고 제도를 세우고 문자
를 만드는 일이 비록 좋은 일이긴 하지만 아무나 해서는 안 되는 일이
다. 그런 일을 할 만한 위치에 있어도 덕이 없으면 하지 말아야 하고
덕이 있어도 그런 일을 할 위치에 있지 않으면 또한 하지 말아야 한다.
　공자는 덕이 있지만 그런 일을 할 위치(자리)에 앉지 못했다. 그래
서 다만 주周의 예를 배우고 그대로 좇을 따름이었다.

　자리에 있으면서 덕이 없는데 예악禮樂을 짓는 것을 일러 어리석은 자
가 쓰임 받기를 좋아한다고 했다. 덕은 있으나 자리에 앉지 못했으면서
예악을 짓는 것을 일러 낮은 신분이 제 맘대로 하기를 좋아한다고 했
다. 주나라 시대에 살면서 하은夏殷의 예를 행하려 하는 것을 일러 지
금 세상에 살면서 옛날의 도道로 돌아간다고 했다. 여기 말하는 도란,

예를 정하고 제도를 세우고 문자를 만드는 일이다. 예로써 행동을 규제하니 행동에 인륜이 같다. 제도로 법을 삼으니 수레마다 바퀴 폭이 같다. 문자를 고정시켜 속俗에 합습하니 책마다 문자가 같다.(주자)

29

천하를 다스리는 데 세 가지 중요한 것을 갖추면 허물이 적을 것이다. 삼왕三王 이전에 만들어진 것들은 비록 좋긴 하지만 증거할 길이 없다. 증거를 못하니 믿을 수 없고 믿을 수 없으니 백성이 따르지 않는다. 삼왕 이후에 만든 것들도 비록 좋긴 하지만 사람들이 떠받들지 않는다. 떠받들리지 못하니 믿을 수 없고 믿을 수 없으니 백성이 따르지 않는다.

王天下에 有三重焉이면 其寡過矣乎인저. 上焉者는 雖善이나 無徵
왕 천 하   유 삼 중 언   기 과 과 의 호   상 언 자   수 선   무 징
이라. 無徵이니 不信이요 不信이니 民弗從이니라. 下焉者는 雖善
         무 징   불 신   불 신   민 부 종   하 언 자   수 선
이나 不尊이라. 不尊이니 不信이요 不信이니 民弗從이니라.
      부 존   부 존   불 신   불 신   민 부 종

  세 가지 중요한 것[三重]이란 앞에서 말한 의례議禮·제도制度·고문考文을 말한다. 이 세 가지를 두루 갖추면 허물이 적을 것이다.
  그런데 문제는 그것들을 어떻게 갖추느냐에 있다.
  삼왕三王 이전에 만들어진 것들이 좋긴 하지만 그것을 실생활에 그대로 쓰기 어렵고 그러니 믿을 수가 없어서 백성이 따르지 않는다. 공

자님 맹자님 말씀이 모두 지당한 말씀이지만 그것을 이 시대에 문자 그대로 적용하기는 아무래도 무리다.

그런가 하면 삼왕三王 이후에 만들어진 것들도 좋긴 하지만 사람들이 받들어 모시지 않는다. 중국은 유토피아를 미래가 아닌 태고太古에서 찾는 경향이 있다. 그러니 오래된 것일수록 떠받들고 반대로 가까운 것일수록 가벼이 여긴다. 가벼이 여기니 그만큼 믿을 수 없고 믿을 수 없으니 또한 백성이 따르지 않는다.

요컨대, 지난 시절의 것을 그대로 가져다가 현실에 적용하는 것은 어려운 일이라는 얘기다. 그러면 어떻게 할 것인가?

그러기에 군자의 도는 뿌리를 자기 몸에 두어 서민에게 증거하는 것이니 삼왕에 겨주어 보아도 그릇되지 않고 하늘과 땅에 세워 보아도 어긋나지 않으며 여러 귀신에게 물어 보아도 의심스러움이 없고 백세百世를 기다려 성인이 살펴보아도 어둡지 않다. 여러 귀신에게 물어도 의심스러움이 없음은 하늘을 아는 것이요 백세를 기다려 성인이 살펴 보아도 어둡지 않음은 사람을 아는 것이다.

故로 君子之道는 本諸身하여 徵諸庶民하니 考諸三王而不謬하고
고　　군자지도는　본제신　　징제서민　　　고제삼왕이불류

建諸天地而不悖하고 質諸鬼神而無疑하고 百世以俟聖人而不惑이니
건제천지이불패　　　질제귀신이무의　　　백세이사성인이불혹

라. 質諸鬼神而無疑는 知天也요 百世以俟聖人而不惑은 知人也니라.
질 제 귀 신 이 무 의   지 천 야   백 세 이 사 성 인 이 불 혹   지 인 야

군자의 도는 어디 멀리에서 가져오는 것이 아니다. 옛날을 살펴 배
우되 그것을 오늘에 새로이 살려 낸다.

군자의 길은 자기 몸에 있다.

사람의 몸은, 그것이 히틀러의 것이라 해도, 빈틈없이 거룩하다. 그
것은 하느님의 손에 의해 만들어진 이래 단 한순간도 하느님의 명을
어긴 바 없다. 간디의 심장과 이토 히로부미의 심장은 전혀 다르지 않
다. 성자의 머리카락과 도둑의 머리카락에 차이가 없고 예술가의 적
혈구와 강도의 적혈구에 아무 다름이 없다.

누구든지 자기 몸을 스승으로 모시고 그로부터 배운 대로 살면 그
는 하느님의 백성이다.

군자는 자기 몸에서 길을 찾고 그것을 남에게 미루어 좇도록 하니,
삼왕이 돌아보고 하늘과 땅이 굽어보고 귀신이 물어보고 백세百世 뒤
의 성인이 살펴보아도 그릇되거나 어긋나거나 의심스러운 구석이 있
을 리 없다.

이러기에 군자는 움직이면 대대로 세상의 도가 되고 행하면 대대로
세상의 법이 되고 말하면 대대로 세상의 규칙이 된다. 멀리 있으면 우

러러보고 가까이 있어도 싫증 내지 않는다. 시詩에 이르기를, 저쪽에서 미워하지 않고 이쪽에서 싫어하지 않네 새벽부터 밤까지 일하여 끝내 영예롭기를 바라노라, 하였으니 군자가 이렇게 하지 않고서 세상의 영예를 누린 적이 일찍이 없었다.

是故로 君子는 動而世爲天下道하고 行而世爲天下法하고 言而世爲
시 고 　군 자　　동 이 세 위 천 하 도　　　 행 이 세 위 천 하 법　　　언 이 세 위

天下則이라. 遠之則有望이요 近之則不厭이니라. 詩曰在彼無惡하
천 하 칙　　　 원 지 즉 유 망　　　근 지 즉 불 염　　　　 시 왈 재 피 무 오

며 在此無射이라 庶幾夙夜하여 以永終譽라 하였으니 君子가 未有
　재 차 무 역　　서 기 숙 야　　이 영 종 예　　　　 군 자　　미 유

不如此而蚤有譽於天下者也니라.
불 여 차 이 조 유 예 어 천 하 자 야

　멀리서 우러러보기는 쉬운 일이나 가까이 있으면서 싫증 내지 않기란 쉬운 일이 아니다. 바라보는 대상이 군자일 경우에만 그럴 수 있다.

　누가 무엇을 한다고 할 때 먼저 그의 집안 식구들이 어떤 얼굴로 그를 대하고 있는지 살펴보는 것도 그의 사람됨을 헤아려 보는 데 좋은 자료가 될 수 있다.
　가까운 사람의 인정을 얻지 못한 채 멀리 있는 사람들로부터 칭찬을 듣는다면, 그것은 군자의 길이 아니다.

30

중니께서는 요임금과 순임금을 조상으로 이어 받들고 무왕과 문왕을
빛나게 하셨으며 위로는 하늘의 때를 좇으셨고 아래로는 물과 흙의
길을 밟으셨다. 이는 하늘과 땅이 실어 주지 않는 게 없고 덮어 주지
않는 게 없음과 같고 사철이 갈마들며 흐르고 해와 달이 번갈아 세상
을 밝히는 것과 같았다.

仲尼는 祖述堯舜하시고 憲章文武하시며 上律天時하시고 下襲水土
중 니   조 술 요 순   헌 장 문 무   상 율 천 시   하 습 수 토

하시니 辟如天地之無不持載하고 無不覆幬하며 辟如四時之錯行하
        비 여 천 지 지 무 부 지 재   무 불 부 주   비 여 사 시 지 착 행

고 如日月之代明이니라.
    여 일 월 지 대 명

조술祖述이란, 멀리 그 도를 자신의 머리로 삼는다는 말이요 헌장憲章
이란, 가까이 그 법을 지킨다는 말이다. 율천시律天時는 자연의 움직임
을 본받는다는 말이요 습수토襲水土는 정해진 이치를 따른다는 말이
니 이는 곧 안팎이 본과 말을 두루 갖추고 있음을 말한 것이다.(주자)

중용의 도는 중니에 이르러 집대성된다. 그래서 이 책의 끝에 중니를 예로 들어서 그 뜻을 밝혔다.(교봉방씨蛟峰方氏)

아무리 훌륭하고 완벽한 법이라 해도 그것을 사람이 지킬 수 없다면 무슨 소용이 있으랴? 그런 것은 말할 이유도 없으려니와 사실은 말할 수도 없는 것이다.

공자 스스로 중용의 길을 걷기가 불가능하다고 말한 바 있긴 하지만, 그러나 다른 한편으로 보통 사람의 어리석음으로도 알 수 있고 보통 사람의 모자람으로도 걸을 수 있는 것이 또한 중용의 길인 것도 사실이다.

자사子思는 책을 마무리하면서 중용의 도를 가르친 공자께서 어떻게 그 길을 스스로 걸으셨는지를 이야기함으로써, 그 길이 사람의 머릿속에서나 걸을 수 있는 관념이 아님을 밝힌다. 그렇다. 인간의 학문은 혹시 '머리'에서 출발할 수 있을지 모르나 그 열매는 반드시 몸에서, 삶에서, 거두어야 하는 것이다.

공자는 요순의 도와 문무의 법을 이어받아서 그것을 세상에 펼친 분이다. 요순이 하늘이라면 문무는 땅인데, 공자는 말하자면 하늘의 법이 땅에 이루어지도록, 그 길을 몸소 걸으신 분이다.

위로 하늘의 때를 좇아서 살았다[上律天時]는 말은 사계절이 갈마들며 꼬리를 물고 흐르는데 조금도 빈틈이 없고 거스름이 없듯이 그렇게 살았다는 말이다. 공자의 일생이 과연 그랬다. 그에게 의(意, 사사로운 뜻)·필(必, 반드시 하려는)·고(固, 단단한 고집)·아(我, 나), 이 네 가지가 없었다는 증언에서(『논어』) 우리는 그의 삶이 어떠한 것이었는지를 짐작할 수 있다. 그러나 이 말은 그가 아무 줏대도 없이 형편 닿는 대로 대충대충 살았다는 말이 아니다. 하늘이 없는 것 같으나 그 법도가 엄하여 아무도 감히 어길 수 없으며 땅에 비록 손발이 없지만 그 움직이는 길 또한 어김이 없어서 아무도 벗어날 수 없듯이, 공자의 삶도 그렇게 빈틈없는 것이었다.

그래서 그의 삶은 비유하자면, 하늘·땅과 같고 사계절과 같고 해·달과 같았다. 하늘은 모든 것을 덮어 주고 땅은 모든 것을 실어 주며 사계절은 빈틈없이 갈마들고 해와 달 또한 그렇게 세상을 밝혀 준다.

> 부자夫子의 도는 갖추어지지 않은 곳이 없어서, 마땅히 단단해야 할 곳에서는 단단하고 마땅히 부드러워야 할 곳에서는 부드럽고 벼슬자리에 나갈 수 있으면 벼슬을 하고 멈출 수 있으면 멈추었으니 이는 마치 더위와 추위가 서로 갈마들고 해와 달이 번갈아 세상을 비추는 것과 같았다. 그분은 한없이 두텁고 넓은 땅처럼 모든 것을 실어 주셨고 높고 밝은 하늘처럼 모든 것을 덮어 주셨고 번갈아 떠오르는 해와 달처럼 세상을 두루 밝게 하셨다.(쌍봉요씨)

만물이 함께 자라는데 서로 해를 입히지 않고 도가 함께 행하여지는데 서로 어긋나지 않는다. 작은 덕은 개울로 흐르고 큰 덕은 두터이 변화시킨다. 이것이, 하늘과 땅이 큰 까닭이다.

萬物이 竝育而不相害하며 道이 竝行而不相悖라. 小德은 川流요
만물　　병육이불상해　　도　병행이불상패　　　소덕　천류

大德은 敦化니 此이 天地之所以爲大也니라.
대덕　돈화　차　천지지소이위대야

　　큰 스승 밑에는 온갖 제자들이 모여든다. 성격도 각색이요 그릇의
크기도 서로 다르다. 스승이 그들을 기르는데 서로 다투어 상처를 입
히는 일이 없다. 스승의 그늘 아래 있는 동안에는 그런 일이 일어나지
않는다. 예수의 제자들이 서로 싸워서 갈라서거나 상처를 입혔다는
얘기는 들어 보지 못했다. 사실 출신성분으로만 보아도 열심당원(시
몬)과 세리(레위)가 한솥밥을 먹는다는 것은 도저히 있을 수 없는 일
이었다. 그런데 그런 일이 가능했다. 한 스승의 가르침을 받아 자라고
있었기 때문이다.(예수를 배반한 유다조차도 다른 제자들과 갈등이 있어서
그랬던 것은 아니라고 보아야 한다.)
　　공자의 제자들도, 그들에게 스승이 살아 있는 동안에는 분열되지
않았다. 갈등의 불씨를 안고 있기는 했지만 그것이 다툼과 분열로 연
결되지는 않았던 것이다.
　　그릇에는 작은 그릇도 있고 큰 그릇도 있게 마련이다. 그 모든 그릇
을 적절히 쓰되 서로 부딪히지 않게 하는 이가 곧 하늘·땅처럼 큰 스
승이다. 공자가 그런 분이었으니, 다만 중용의 도[中庸之道]를 몸소 걸
어간 결과였다.

31

오직 천하의 지극한 성인聖人이라야 능히 눈과 귀가 밝고 슬기로워서 아래로 사람을 거느릴 수 있으니, 너그럽고 부드러워서 사람들을 받아들이게 되고 단단하고 굳세어서 사람들을 붙잡게 되고 장중하고 곧아서 사람들을 공경하게 되고 조리 있고 자세히 살펴보아서 사람들을 분별하게 되는 것이다.

唯天下至聖이어야 爲能聰明叡智하며 足以有臨也니 寬裕溫柔하여
유 천 하 지 성   위 능 총 명 예 지   족 이 유 림 야   관 유 온 유

足以有容也요 發强剛毅하여 足以有執也요 齊莊中正하여 足以有
족 이 유 용 야   발 강 강 의   족 이 유 집 야   제 장 중 정   족 이 유

敬也요 文理密察하여 足以有別也니라.
경 야   문 리 밀 찰   족 이 유 별 야

총명예지聰明叡智는 태어나면서부터 아는 사람의 기질(生知之質)이요 그 아래의 네 가지는 모두 인의예지仁義禮智의 덕이다.(주자)

관유온유寬裕溫柔는 인仁, 발강강의發强剛毅는 의義, 제장중정齊莊中正은 예禮, 문리밀찰文理密察은 지智의 덕이다.

성인은 이렇게 인의예지의 덕을 고루 갖추고 있어서, 사람들을 넉넉히 받아들이고 붙들어 주고 경敬으로 대하고 분별하여 알 수 있다. 그래서 사람들 위에 임臨한다는 말은 위에 있어서 아래를 살핀다는 말이다.

이상 네 가지 덕 가운데 어느 하나도 제대로 갖추지 못한 자가 백성의 지도자 자리에 앉아 군림하는 세상이라면 그 세상에서 도대체 무슨 일이 제대로 이루어지겠는가? 캄캄한 데서 저마다 두 팔을 휘두르며 닥치는 대로 다투고 싸울 따름이다.

두루 넓고 근원이 깊어서 때에 맞추어 나타나니 두루 넓은 것은 하늘과 같고 근원이 깊은 것은 연못과 같다. 드러내 보이면 백성이 받들지 않을 수 없고 말을 하면 백성이 믿지 않을 수 없고 행하면 백성이 기뻐하지 않을 수 없다.

溥博淵泉하여 而時出之니 溥博은 如天하고 淵泉은 如淵이라
부 박 연 천   이 시 출 지   부 박   여 천   연 천   여 연

見而民莫不敬하고 言而民莫不信하고 行而民莫不說이니라.
현 이 민 막 불 경   언 이 민 막 불 신   행 이 민 막 불 열

마땅히 자비를 베풀어야 할 때에 자비를 베풀고 마땅히 정의를 세

워야 할 때에 정의를 세우는 것은 인의예지仁義禮智의 덕을 두루 갖춘
성인만이 할 수 있는 일이다.

그가 자기 모습을 드러낼 때 백성이 그를 공경하고 그가 말을 할 때
백성이 그 말을 믿고 그가 어떤 일을 할 때 백성이 그 일을 기뻐하는
것은 봄에 꽃이 피고 가을에 열매가 익는 것과 같다. 거기에는 조금도
인위人爲의 작용이 있을 수 없다.

이로써 그 이름이 중국에 넘쳐흘러 오랑캐들한테까지 알려졌다. 배와
수레가 닿는 곳, 사람의 힘이 미치는 곳, 하늘이 덮어 주는 곳, 땅이 실
어 주는 곳, 해와 달이 빛을 비추는 곳, 서리와 이슬이 내리는 곳의 모
든 혈기 있는 자들이 그를 존경하여 가까이하지 않을 수 없으니 그래
서 이르기를 하늘에 짝을 이룬다고 했다.

是以로 聲名이 洋溢乎中國하여 施及蠻貊하니라. 舟車所至와 人力
시 이 성 명   양 일 호 중 국   이 급 만 맥   주 거 소 지   인 력
所通과 天之所覆와 地之所載와 日月所照와 霜露所隊에 凡有血氣
소 통   천 지 소 부   지 지 소 재   일 월 소 조   상 로 소 추   범 유 혈 기
者이 莫不尊親하니 故로 曰配天이니라.
자   막 불 존 친   고   왈 배 천

중용의 길을 걸어간 공자를 염두에 두고 썼음 직한 문장이다.

이와 같은 성덕聖德의 실實을 갖추었기에 이와 같은 성덕의 이름을 얻은 것이다. '모든 혈기 있는 자들'은 인류를 가리켜 한 말이다. 그를 받들어 임금으로 모시고 그를 가까이하기를 부모처럼 한다. 만약에 덕을 갖추지 못했다면 어찌 그럴 수 있겠는가?(신안진씨)

하늘에 짝을 이룬다[配天]는 말은 그 덕이 하늘처럼 넓게 두루 미친다는 뜻으로 읽는다.

과연, 모두 옳은 말이다. 그러나 하늘에서 아무리 비를 내려도 사람이 우산을 받쳐 들면 그의 가슴을 적실 수 없는 법, 이는 성인조차도 어쩔 수 없는 일이다.

받지 않겠다는 자에게 선물을 줄 길은 없다. 그래서 공자 같은 성인도 세상을 떠도는 나그네 인생을 면치 못했고 예수님도 젊은 나이에 십자가를 질 수밖에 없었던 것이다. 그러나 그렇다고 해서 배우는 자가 중용의 길을 버리고 세속에 휩쓸릴 수도 없는 일.

하늘은 오늘도 사람들이 어찌 응하든 상관없이 은총의 단비를 내리고 있다. 사람들을 위해서가 아니라 그렇게 하는 것이 하늘의 길이기 때문이다. 그리고 바로 그것이 중용의 길[中庸之道]이기도 하다.

32

오직 천하의 지극한 성인이라야 능히 천하의 큰 틀을 다스릴 수 있고 천하의 큰 뿌리를 세울 수 있으며 하늘과 땅이 낳아서 기르는 이치를 알 수 있거니와 다른 무엇을 의지하겠는가? 그 사랑은 간절하며 정성스럽고 그 연못은 깊고 그 하늘은 드넓다. 진실로 눈과 귀가 밝고 거룩한 지식을 갖추어 하늘의 덕에 미치지 아니한 자로서 누가 그를 알아볼 수 있으랴.

唯天下至聖이라야 爲能經綸天下之大經하며 立天下之大本하며 知
유 천 하 지 성　　위 능 경 륜 천 하 지 대 경　　입 천 하 지 대 본　　지

天地之化育이어니와 夫焉有所倚리오. 肫肫其仁이며 淵淵其淵이며
천 지 지 화 육　　부 언 유 소 의　　준 준 기 인　　연 연 기 연

浩浩其天이로다. 苟不固聰明聖知達天德者면 其孰能知之리오.
호 호 기 천　　구 불 고 총 명 성 지 달 천 덕 자　　기 숙 능 지 지

　　성인이 세상을 다스리고 나라의 뿌리를 세우고 하늘과 땅이 만물을 낳아 기르는 이치를 아는 것은 스스로 그렇게 하는 것이다. 다른 누구를 의지하여 그런 일을 하는 것이 아니다.
　　성인은 주인을 자기 '안'에 모시고 사는 사람이다. 따라서 자기

'밖'에 있는 누구의 지시 따위를 받는 일은 없다. 예수님은 아버지를
당신 안에 모시고 살았다.

남한테서 찾지 말아라
벗어날수록 나로부터 멀어진다
나 이제 홀로 길을 가거니와
가는 곳곳에서 그를 만난다
그는 곧 나인데
나는 그가 아니로구나
마땅히 이렇게 서로 만나야
바야흐로 부처와 하나가 되리

切忌從他覓 超超與我疏
我今獨自往 處處得逢渠
渠今正是我 我今不是渠
應須恁麼會 方得契如如(『동산양개』洞山良价)

순순肫肫은 간절하고 정성스런 모양이니 천하를 경륜함이 그렇다는 말
이요 연연淵淵은 고요하고 깊은 모양이니 큰 뿌리[大本]를 세움이 그렇
다는 말이요 호호浩浩는 드넓은 모양이니 만물의 교화[化]됨을 아는 지
식이 그렇다는 말이다.(주자)

하늘과 땅이 만물을 낳고 기르는 것을 안다는 말은 그 일에 스스로

동참하여 함께한다는 뜻으로 새긴다.

이와 같은 성인의 존재를 누가 알 수 있을까?

대덕大德은 소리도 없고 냄새도 없어서 성인이 아니고서는 능히 알아보지 못한다.(옥연장씨玉淵張氏)

범인은 성인을 몰라본다. 그래서 그의 말을 의심하기도 하고 비웃기도 하고 나아가서 그를 업신여기며 죽이기까지 한다. 그래도 성인은 저들의 그런 태도에 마음을 쓰지 않는다. 오직 자신을 위하여 존재하기 때문이다. 그가 사람을 위하여 목숨까지 내어 놓는 것은 그들을 위해서가 아니라 자신(의 삶)을 위해서다. 오늘도 내일도 그 다음날에도, 성인은 오직 '나의 길'을 갈 따름이다.(「루가복음」 13:33)

33

시詩에 이르기를, 비단옷을 입고 홑옷을 걸쳤다 하였으니 이는 그 무 늬가 드러남을 싫어한 것이다. 그런 까닭에 군자의 길은 어두운 듯하 나 날로 밝고 소인의 길은 뚜렷한 듯하나 날로 사그라진다. 군자의 길 은 담백하면서 싫증이 나지 않고 간단하면서 문채가 나고 온화하면서 조리가 있다. 먼 것의 가까움을 알고 바람이 비롯된 곳을 알고 미세한 것의 드러남을 알면 더불어 덕에 들어갈 수 있다.

詩曰衣錦尙絅이라 하니 惡其文之著也니라. 故로 君子之道는 闇然
시 왈 의 금 상 경   오 기 문 지 저 야   고   군 자 지 도   암 연

而日章하고 小人之道는 的然而日亡하니 君子之道는 淡而不厭하며
이 일 장   소 인 지 도   적 연 이 일 망   군 자 지 도   담 이 불 염

簡而文하며 溫而理하니라. 知遠之近하고 知風之自하고 知微之顯
간 이 문   온 이 리   지 원 지 근   지 풍 지 자   지 미 지 현

하면 可與入德矣니라.
     가 여 입 덕 의

마침내 『중용』 마지막 장에 이르렀다. 저자는 끝으로 『시경』의 몇 구절을 인용하여 군자의 길[君子之道]이 어떠함을 밝힌다.

아무리 좋은 공부를 했어도 그것이 배운 자의 실제 생활에 변화를 가져다주지 않는다면 공연한 시간과 정력의 낭비가 아닐 수 없다.

처음부터 다시 시작하는 마음으로 한 구절씩 읽어 본다.

소인의 길은 분명한 듯하지만 날이 갈수록 희미해진다. 반대로 군자의 길은 어둑해 보이지만 날이 갈수록 밝아진다. 소인은 눈에 잘 띄는 현상現象을 보며 살지만 군자는 현상을 통해 언제나 진상眞相을 보기 때문이다.

꽃은 화려하고 뿌리는 검소하다. 꿀물은 달콤하고 맹물은 맛이 없다. 그러나 꽃 없는 뿌리는 있지만 뿌리 없는 꽃은 없다. 맹물은 아무리 먹어도 싫증 나지 않지만 꿀물은 한 대접 이상을 마시기 어렵다. 군자의 길은 겉으로 보아 검소하고 화려하지 않지만 아무리 걸어도 싫증 나지 않고, 속에 비단옷이 있어서 보면 볼수록 무늬가 아름답고, 겉으로는 부드럽지만 속에 조리가 반듯하다. 소인의 길은 그 반대다.

> 먼 것의 가까움을 알고 바람이 비롯된 곳을 아는 것은 거죽을 보아 속을 아는 것이요 미세한 것의 드러남을 아는 것은 안으로 말미암아 밖에 미치는 것이다.(주자)

무엇이 멀리 있어 보이지만 사실은 그것이 여기 가까운 데에 있음을 알고 바람이 불어올 때 그것이 처음 불기 시작한 곳이 어디인지를 알며 아주 작은 것이 크게 드러날 줄을 안다면, 그런 사람은 더불어 덕을 닦는 길을 함께 갈 수 있다. 왜냐하면 눈에 보이는 것에서 보이지 않는 것을 보는 자만이 군자의 길을 걸을 수 있기 때문이다.

시詩에 이르기를, 잠겨서 비록 엎드려 있으나 또한 잘 보인다 하였으니 그런 까닭에 군자는 자기 안을 살펴 병든 곳이 없으매 부끄러워하지 않는다. (사람들이) 군자에 미칠 수 없는 것은 다만 남에게 드러나 보이지 않는 것에 있다.

詩云潛雖伏矣나 亦孔之昭라 하였으니 故로 君子는 內省不疚하여
시 운 잠 수 복 의   역 공 지 소   고   군 자   내 성 불 구

無惡於志니라. 君子之所不可及者는 其唯人之所不見乎인저.
무 오 어 지   군 자 지 소 불 가 급 자   기 유 인 지 소 불 견 호

시詩에서 노래한 것은, 물고기가 연못에 잠겨 있어서 깊이 숨은 것 같지만 연못 물이 맑아서 쉽게 드러나 보이듯이 화란禍亂을 피할 수 없다는 뜻인데, 이를 인용하여 마음속에 들어 있는 것이 비록 깊지만 감추는 것보다 더 잘 드러냄이 없으니 홀로 있을 때 삼가야 함을 말한 것이다.(동양허씨)

속으로 자기를 살펴보아 부끄러움이 없을 만큼 병든 것이 없어야 과연 군자라 하겠다. 그렇게 되려면 혼자 있을 때 삼갈 줄 알아야 한다.

군자와 소인의 차이는 홀로 있을 때, 사람들 눈에 띄지 않을 때, 어떻게 처신하느냐에 달려 있다. 군자가 홀로 있을 때 함부로 굴지 않는

까닭은 자신의 존재가 보이지 않는 눈과 손가락으로 둘러싸여 있음을
잘 알고 있기 때문이다.

시詩에 이르기를, 그대가 방에 있음을 보니 방구석 모퉁이에 부끄러
울 것이 없구나 하였으니 그런 까닭에 군자는 움직이지 않아도 경건
하고 말하지 않아도 믿음직스럽다.

詩云相在爾室한대 尙不愧于屋漏라 하였으니 故로 君子는 不動
시 운 상 재 이 실   상 불 괴 우 옥 루   고   군 자   부 동

而敬하고 不言而信이니라.
이 경   불 언 이 신

상相은 시視로 읽는다.

옥루屋漏는 방의 서북쪽 모퉁이를 말한다. 중국 사람들은 대개 방의
동남쪽에 문을 내므로 서북쪽 모퉁이는 가장 으슥한 곳이 된다. 군자
는 홀로 방에 있을 때에도 방의 으슥한 구석에 대하여 부끄러울 짓을
하지 않는다.

시詩는 『중용』 머리장의 '보이지 않는 바를 삼가고 들리지 않는 바를
두려워한다' 〔戒愼其所不睹, 恐懼其所不聞〕는 구절의 뜻을 노래한 것이

다. 옥루屋漏는 사람의 발길이 미치지 않는 곳으로 남들이 나를 보지
못하는 자리다. 그곳에서도 진실무망眞實無妄하고 나아가 스스로 삼가
며 두려워하면 바야흐로 아무런 부끄러움이 없을 수 있다. 군자의 공功
이 여기에 이르면, 움직이기를 기다려 일에 응하고 상대를 만난 뒤에야
비로소 경건한 것이 아니라 아직 일에 응하고 상대를 만나기 전 남들
이 없는 곳에서도 스스로 경건하지 않음이 없다. 말을 입 밖에 낸 뒤에
야 신실한 것이 아니라 말을 하기 전에도 본디 진실하여 믿음직스럽지
않음이 없다.(북계진씨)

어두운 세상에 빛으로 존재하는 사람이 군자다. 빛이 무슨 수로 자
신을 감추어 은밀한 구석을 마련할 것인가?

등불을 켜서 그릇으로 덮어 두거나 침상 밑에 두는 사람이 어디 있겠
느냐? 누구나 등경 위에 얹어 놓아 방에 들어오는 사람들이 그 빛을 볼
수 있게 할 것이다. 감추어 둔 것은 나타나게 마련이고 비밀은 알려져
서 세상에 드러나게 마련이다.(「루가복음」 8:16, 17)

시詩에 이르기를, 가假를 연주하고 말이 없어도 때에 다투지 않았네,
하였으니 이런 까닭에 군자는 상을 주지 않아도 백성이 스스로 힘쓰
고 성을 내지 않아도 백성이 도끼보다 무서워한다.

詩曰奏假無言하여 時靡有爭이라 하였으니 是故로 君子는 不賞而
시 왈 주 가 무 언　　　시 미 유 쟁　　　　　　시 고　　군 자　　불 상 이

民勸하며 不怒而民威於鈇鉞이니라.
민 권　　　불 노 이 민 위 어 부 월

주가奏假는 대악大樂을 연주한다는 뜻으로 읽는다. 장엄한 음악을
연주하는데 굳이 인간의 말을 섞지 않는다. 그래서 다투지 말라는 말
을 따로 하지 않아도 음악을 듣는 동안 사람들이 절로 다툼을 그친다.

군자가 백성을 다스릴 때 그렇게 된다. 상賞을 주지 않는데도 백성
이 스스로 힘을 쓰고 성을 내지 않아도 백성이 먼저 두려워한다.

부월鈇鉞은 형벌을 줄 때 쓰는 도끼다.

> 이는 군자가 사람을 감동시켜 움직이는 것이다. 상을 주지 않아도 백성
> 이 스스로 힘쓰고 성을 내지 않아도 백성이 스스로 두려워하는 것은
> 군자가 자기를 닦아[自修] 홀로 있을 때 삼가고 두려워하는[謹獨戒懼]
> 본보기를 보였기 때문이다.(신안진씨)

세상에는 그런 사람이 가끔 있다. 아무 말 하지 않는데도 그의 얼굴
만 바라보면 마음이 평온해지는 사람, 그가 거기 있는 것만으로도 안
심이 되는 사람. 세상에는 그런 사람이 드물지만 있다.

람화연의 길드와 전쟁을 하고, 캐슬 데일을 놓친 것에 대한 책임.

그 모든 것을 이하와 기정의 탓으로 돌리려 했던 혜인이다.

사스케가 가공한 자료에 속았다 치더라도 어쨌든 그 결정을 내린 것은 혜인 자신. 조금 전 표현했던 대로 '죄 많은' 희생양에 가깝다.

즉, 혜인은 그런 자신에게 이하가 이토록 중요한 얘기를 하는 이유가 궁금했다.

"내가 당신을 왜 믿냐고?"

"예."

"믿는 거 아녜요."

"음? 그, 그러면……."

"믿어서 부탁하는 거 아니라고. 믿기 위해서 부탁하는 거지."

"믿기…… 위해서?"

"응. 그러니까 증명해 봐요. 당신의 가치를 높일 수 있는 건 당신뿐이니까."

이하는 빙긋 웃으며 손을 내밀었다

누군가를 믿는다는 건 하루아침에 할 수 있는 일이 아니다. 그리고 그 사실은 이하뿐 아니라 혜인도 아주 잘 알고 있었다.

크게는 도시나 성급 규모의 손실이 발생하는 일이었으니 그 보상 또한 무시할 수준은 아니었다.

"에인션트 드래곤의 공간 잠금이라……. 어덜트 드래곤의 잠금은 뚫어 본 적 있습니다만 에인션트의 마법은 어떨지……."

"저번에 골드 드래곤도 묶었었잖아요. 베일리푸스가 깜짝 놀랄 정도의 공간 마법까지 쓰면서. 어덜트 드래곤의 공간 잠금을 언제 뚫었었는지는 모르겠지만, 그때보다 당신도 지금이 훨씬 더 강해졌을 텐데 말이죠."

이하는 미니스 전역에서 있었던 일을 또렷하게 기억하고 있었다.

그 말을 들은 혜인은 옅은 미소를 띠었다.

자신이 인정받아 기분 좋다는 표정이기도 했지만 이하의 의도가 궁금했기 때문이기도 했다.

"물론 그렇습니다만……. 하나 물어봐도 되겠습니까."

"뭔데요?"

"왜 저한테 그런 얘기를 하는 겁니까."

"왜냐니요?"

"저는 한때나마 여기 있는 여러분들을 배신하려 했– 아니, 실제로 배신했고……. 당신을 죽이려고 했습니다. 그것도 그냥 죽이는 게 아니라 모함과 누명까지 덮어씌우면서 말이지요."

별초 정도의 길드를 설립하고 성장시킨 장본인은, 그릇이라는 측면에서 보통이 넘는 모양이다. 현재 별초를 성숙하게 만든 길드 마스터보다는 확실히 차분했다.

이하는 혜인과 기정의 표정을 비교하다 킥, 하고 웃음을 내뱉었다.

"엉아? 그게 뭔 소리야? 골드 드래곤급의 힘이라면 그때 이름 들었던 그 레드 드래곤을 말하는 거 맞지? 게다가 푸른 수염이라니? 그 마왕의 조각? 벌써 그거랑 싸웠어?"

현재의 길드 마스터는 눈알이 튀어나올 정도로 당황해서는 이하의 얼굴을 쳐다보고 있었다.

"키킷, 우리가 똥 치우고 있을 때 혼자서 온갖 퀘스트는 다 깨고 있었나 보죠?"

"똥은 아닙니다, 비예미 군. 기지 방어 또한 훌륭한 퀘스트. 5분 대기조처럼 여기 모여 있는 이유가 다 있는 것이니까요."

"말이 그렇다는 거죠, 태일 님, 키킷."

비예미가 자신만 빼놓고 재밌는 거 하냐는 식으로 비꼬았지만 확실히 간단한 퀘스트는 아니었다.

별초와 러쉬, 패트리어트 등 퓌비엘의 대형 길드들에게 부과된 퀘스트 또한 막중한 책임감을 띄고 있었던 것은 분명하다.

그들이 방어에 실패할 때마다 작게는 퓌비엘의 마을 하나,

"에인션트급이라는 말도 놀라운데, 그 이상이라니. 무슨 뜻인지 잘 모르겠군요."

"대충 눈치 깠으면서 거짓말 말아요. 그 이상이래 봐야 뭐가 있겠어. 그때 만났던 골드 드래곤 수준의 힘을 갖춘 또 다른 드래곤이 있어요. 그 녀석이 공간을 막거나…… 아니면 푸른 수염이 공간을 막을 거예요. 그거 뚫을 수 있느냐는 말이에요."

"으음……."

이하가 언급한 두 존재를 들은 별초 전원의 표정이 바뀌었다. 그러나 혜인의 표정은 비교적 차분한 상태, 벌써 합리적이고 냉철한 계산을 하고 있는 것으로 보였다.

'역시 오리지널이 낫긴 나은 건가.'

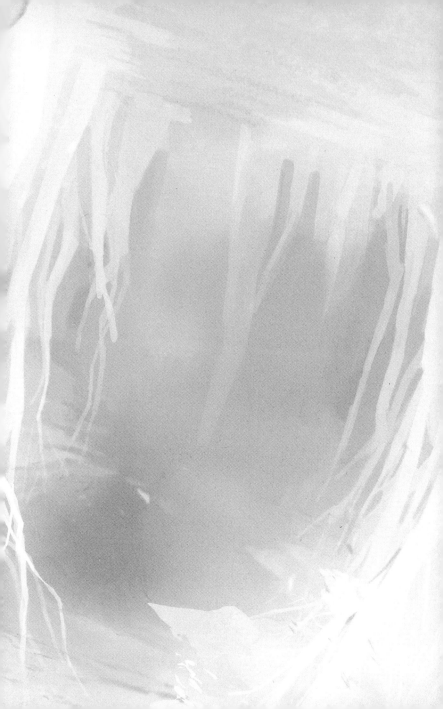

Geschoss 1

차례

INTIME GAME FANTASY STORY

14

시작

마
탄
의
**사
수** 14

이수백 게임판타지 장편소설

초판 1쇄 찍은 날 | 2018년 3월 16일
초판 1쇄 펴낸 날 | 2018년 3월 23일

지은이 | 이수백
펴낸이 | 예경원

기획 | (주)인타임 김명국
편집책임 | (주)인타임 윤영상
편집 | 이즈플러스

펴낸곳 | 예원북스
등록번호 | 제396-2012-000132호
등록일자 | 2012. 7. 25
SFN | 제1-267호

주소 | 경기도 고양시 일산동구 호수로 646-24 위너스21 II 빌딩 206A호 (우) 10401
전화 | 031-819-9431 팩스 | 031-817-9432
E-mail | yewonbooks@naver.com

ISBN 979-11-6098-884-0 04810
　　　979-11-6098-073-8 (set)

시詩에 이르기를, 돋보이지 않는가 크신 덕이여! 모든 제후가 이를 본받는구나 하였으니 이런 까닭에 군자는 착실히 공경하여 천하를 평정하는 것이다.

詩曰不顯惟德인저 百辟其刑之라 하였으니 是故로 君子는 篤恭而
시 왈 불 현 유 덕　　　　백 벽 기 형 지　　　　　　　시 고　　군 자　　독 공 이

天下平이니라.
천 하 평

　천자가 덕을 갖추고 있으면 그것이 절로 드러나게 되어 제후들이 본받는다. 그 결과 천하가 평온해진다.
　창칼로 세계를 평정하는 것은 군자의 길이 아니다.

시詩에 이르기를, 나는 밝은 덕을 그리워하나니 소리와 모양을 크게 여기지 않는다네 하였거니와 공자께서도 소리와 모양은 백성을 교화시키는 일에 말단이라고 하셨다.

詩云予懷明德하노니 不大聲以色이라 하였거니와 子曰聲色之於以
시 운 여 회 명 덕　　　　　불 대 성 이 색　　　　　　　자 왈 성 색 지 어 이

化民에 末也라 하시니라.
화 민　　　말 야

　속에 밝은 덕이 있으면 그뿐이다. 큰소리를 내거나 이상한 모양을
만들 이유가 없다.
　군자의 길이 그와 같다.

　　여기에 나의 종이 있다.
　　그는 내가 믿어 주는 자,
　　마음에 들어 뽑아 세운 나의 종이다.
　　그는 나의 영을 받아
　　뭇 민족에게 바른 인생길을 펴주리라.
　　그는 소리치거나 고함을 지르지 않아
　　밖에서 그의 소리가 들리지 않는다.(「이사야」 42:1, 2)

　시詩에 이르기를, 덕의 가볍기가 터럭 같다 하였으니 터럭은 오히려
비슷한 것들이 있거니와, 하늘 위에서 하는 일은 소리도 냄새도 없다
하였으니 과연 지극한 말씀이다.

詩云德輶如毛라 하였으니 毛猶有倫이어니와 上天之載는 無聲無臭라
시 운 덕 유 여 모   모 유 유 륜   상 천 지 재   무 성 무 취

至矣로다.
지 의

　이제까지 중용의 길〔中庸之道〕을 설명해 보느라고 말이 좀 많았다.
그러나 이보다 백배 천배 말을 많이 한들 그것으로써 어찌 "소리도 냄
새도 없는" 길을 다 설명할 수 있으랴?
　남은 일은 책을 덮고 마음에 떠오르는 '말씀' 한마디에 이끌려 실
제로 그렇게 살아 보는 것이렷다. 어차피 인생이란 연습 아니던가?